CAFÉ com LICHIA

EMERY LEE

Tradução Fernanda Lizardo

CAFÉ *com* LICHIA

astral
cultural

Copyright © Emery Lee, 2022
Tradução para Língua Portuguesa © 2023 Fernanda Lizardo
Todos os direitos reservados à Astral Cultural e protegidos pela Lei
9.610, de 19.2.1998. É proibida a reprodução total ou parcial sem a
expressa anuência da editora.

Editora Natália Ortega
Editora de arte Tâmizi Ribeiro
Produção editorial Ana Laura Padovan, Andressa Ciniciato,
Brendha Rodrigues e Esther Ferreira
Preparação de texto Pedro Siqueira
Revisão Beatriz Guterman, Carlos César da Silva, Fernanda Costa e
João Rodrigues
Capa Nero Hamaoui **Ilustração da capa** Erin Fitzsimmons
Foto autore cortesia de Emery Lee

Dados Internacionais de Catalogação na Publicação (CIP)
Angélica Ilacqua CRB-8/7057

L516c

    Lee, Emery
       Café com Lichia / Emery Lee ; tradução de Fernanda
Lizardo. – Bauru, SP : Astral Cultural, 2023.
      320 p. : il

    ISBN 978-65-5566-386-0
    Título original: Café con Lychee

    1. Literatura infantojuvenil norte-americana
    2. Homossexualidade I. Título II. Lizardo, Fernanda

23-4038   CDD 028.5

Índice para catálogo sistemático:
1. Literatura infantojuvenil norte-americana

BAURU
Av. Duque de Caxias, 11-70
8º andar
Vila Altinópolis
CEP 17012-151
Telefone: (14) 3879-3877

SÃO PAULO
Rua Major Quedinho, 111
Cj. 1910, 19º andar
Centro Histórico
CEP 01050-904
Telefone: (11) 3048-2900

E-mail: contato@astralcultural.com.br

Aos meus avós, obrigade
por me mostrarem como o amor
pode ser belo para além das fronteiras culturais.

UM
THEO

Dizem que quando você está para morrer, sua vida passa todinha diante de seus olhos, sendo assim, quero deixar uma coisa bem clara para o responsável por essas cenas: é melhor não incluir nem uma mísera imagem de Gabriel Moreno, ou vai rolar um processinho.

Já é bem ruim ter de olhar para ele do campo de futebol, para as manchas de grama nas minhas roupas que gastarei uma semana inteira tentando remover. Ter de aguentá-lo gaguejando um pedido de desculpas, sempre com aquele sorriso bobo, como se não me atropelasse simplesmente em todos os treinos.

Na verdade, acho que a essa altura é mais do que isso.

— Desculpa, Theo — diz ele, estendendo a mão para mim.

Aceito com relutância, mas só porque sei que o técnico está olhando e porque não quero tomar outra advertência ressaltando que "o aluno é deficiente na gentileza para com os colegas".

Esse é o meu jeito, fazer o quê — vou mal na escola, sou ruim em fazer amigos e péssimo no trato com os colegas do time que, possivelmente, são a única razão pela qual ainda não conseguimos vencer nenhum jogo em dois anos. Nosso lema é literalmente "Perdedores invictos". E, sei lá, acho que foi ingenuidade da minha parte achar que a gente ia conseguir agitar as coisas, mandar muito bem no primeiro ano do ensino médio e assim talvez ganhar uns pontos nas candidaturas às faculdades, fazendo meus pais ficarem um tiquinho menos decepcionados comigo. Acho que o desastre de hoje é o universo me dizendo que devo parar de sonhar alto.

— Isso não vai acontecer de novo — diz Gabriel.

Então nos encaramos inexpressivamente, afinal nenhum de nós acredita nessa porcaria.

— Muito bem! — grita o técnico, apitando. Ele é chegado naquele apito, como se fosse a única coisa que lhe dá alguma sensação de poder, mesmo quando ele perde tempo treinando o pior time de futebol da história. — Vamos começar do zero, ok?

O técnico gosta de mim porque sou o garoto mais veloz do time, e um dos três que de fato sabem mirar, mas às vezes acho que ele só tem esse apego ao time porque se sente menos otário ao constatar que somos ainda mais inúteis do que ele mesmo. Que outra motivação ele teria para treinar um time de futebol que nunca vence e desperdiçar todas as suas tardes tentando transformá-lo em um bom time? Mas pode ser que ele simplesmente goste do fato de não precisar voltar para uma casa vazia desde que se divorciou da esposa no ano passado.

Quando finalmente dá cinco horas, minhas costas doem, não sei se é porque caí no campo ou se é por ter carregado o time nas costas mais uma vez. Quando estou indo para casa, Justin Cheng me alcança.

A sorte de viver em uma cidade com não mais do que uns vinte e cinco quilômetros quadrados é que moro a pouco mais de um quilômetro e meio da escola, então a caminhada não é tão ruim assim. O bicho pega mesmo no inverno, quando a neve bate na cintura e você precisa abrir caminho pela rua praticamente a braçadas. Mas, como estamos em meados de setembro, está tranquilo. Claro, meu objetivo é morar em algum lugar tipo Nova York, onde caminhar é mais fácil e eu não ficaria encurralado tendo que ver Gabriel Moreno em todos os lugares.

Meu bairro é majoritariamente o que você esperaria de um reduto branco de classe média e, embora seja hora do rush, quase não tem carros na rua. No trajeto, temos de tomar uma rotatória familiar para retornar à loja, e todo mundo faz o de sempre quando passa por ali: para e acena para os pedestres antes de seguir caminho. Meu irmão sempre me perturba, insistindo que as pessoas não vão ser tão legais caso eu saia de Vermont, mas a graça é exatamente essa. Quero ir para algum lugar onde as pessoas pensem parecido comigo, em vez de ficar aqui nesse mundinho com vegetação impecável e sorvete de bordo.

— Você encarou aquela falta como um campeão — comenta Justin.

Dou de ombros.

— Memória muscular.

Justin ri como se fosse a coisa mais engraçada que ele já ouviu. Somos amigos desde o segundo ano do fundamental. Sendo as duas únicas crianças do leste asiático na nossa turma, fez sentido que nos uníssemos. Faço nosso gesto de zoeira, e ele me lembra de como sou sortudo por meus pais não falarem em me deserdar por ser um aluno mediano. Simbolismo, ou alguma coisa assim.

Quando chegamos à loja, vejo minha mãe limpando o balcão da frente, os ombros curvados. Tem sido assim nas últimas semanas — chego por volta das cinco e pego a loja mais vazia do que as arquibancadas durante um de nossos jogos, e minha mãe sempre esfregando o mesmo trecho reluzente do balcão. No ano passado, nessa mesma época, teria pelo menos um punhado de clientes na fila para tomar um chá com leite ou alguma coisa assim, mas isso foi antes de todas as sorveterias, lojas de *frozen yogurt* e de *donuts* começarem a vender chá gelado também.

E isso não chega nem perto do nosso problema com os Moreno. Várias outras lojas étnicas andaram abrindo, mas, considerando que a cidade é tão branca que a maioria das pessoas nem sequer faz ideia do que feijão-mungo é, boa parte delas acabou fechando as portas depois de um ano ou dois. Nossa loja e a dos Moreno são as únicas que resistiram, como se tivessem um bom diferencial para convencer as pessoas a frequentá-las, mas isso também significa que vivemos em um cabo de guerra constante para evitar que eles roubem nossos clientes e terminemos fora da jogada. E é por isso que, mesmo se Gabriel não fosse o maior incômodo do planeta, eu ainda o odiaria.

— Ah, Theo — diz minha mãe, como se eu não chegasse em casa sempre no mesmo horário todos os dias —, agora você pode me ajudar a contar as gorjetas.

Ela nunca me manda fazer as coisas. Ela sempre usa a expressão "você pode", como se estivesse me concedendo o privilégio especial de ser seu empregado.

— Ei, senhora Mori — diz Justin. — Pode trazer um pão de taro e também uma daquelas bebidas legais de pôr do sol?

Já sinto a tensão emanando da minha mãe antes mesmo de ela perguntar:

— O que seria uma bebida de pôr do sol?

— Ah, um daqueles chás de cores legais — diz Justin. — Espera aí, vou mostrar.

Ele saca o telefone do bolso, provavelmente para mostrar algum vídeo dos *Try Guys* no YouTube ou alguma coisa assim. Então, bota a tela na frente do rosto da minha mãe, e ela retorce o lábio.

— O que é isso aí? Isso não é chá. Parece um abajur de lava.

— Mas todo mundo está postando fotos disso!

Boto a mão no ombro de Justin e digo:

— Vou ali contar as gorjetas. — Daí sigo para trás do balcão.

A voz de Justin ressoa atrás de mim enquanto ele continua argumentando, mas ele já devia saber que não vale a pena gastar saliva ali. Meus pais são tradicionais. Bom, tradicionais até onde uma chinesa e um japonês podem ser, acho. Eles só acreditam em marcas tradicionais, só compram produtos com desconto e, mais importante, não se deixam seguir por tendências. Se não estiver gravado em pedra e consolidado no manual, eles não vão seguir. Exceto pelo lance do *bubble tea*, mas nesse caso acho que faz parte da natureza chinesa surrupiar uma bebida de Taiwan e reivindicá-la como nossa.

No escritório, a porta fecha um pouco ruidosamente atrás de mim, mas pelo menos bloqueia a discussão que vem do balcão. Justin vai ficar lá implorando por sua bebida de arco-íris esquisita, e minha mãe jamais vai ceder. Eles são assim.

Quando me refestelo na cadeira da escrivaninha, fica bem nítido que sou a pessoa mais generosa da minha família. Permito que minha mãe siga seus velhos hábitos asiáticos, acolho as peculiaridades de Justin, e até chamo esse espaço de escritório, mesmo que seja apenas um depósito minúsculo com uma escrivaninha.

Pego o cofrinho de lata de fiambre que meu pai usa para guardar as gorjetas do dia e começo a contar. Considerando que a maioria de nossos clientes são asiáticos mais velhos à procura dos únicos doces asiáticos autênticos da cidade, nossas gorjetas não são lá grande coisa. Mas tudo bem, pois sou sempre o responsável por contá-las, o que significa que ninguém se abala quando um dólar ou dois desaparecem.

Enfio as notas sorrateiramente no meu bolso enquanto anoto o total até o momento. Alguns trocados não vão fazer muita diferença para os meus pais, mas para o meu futuro, sim, então ignoro o leve arrepio que sinto toda vez que fecho o cofre e o devolvo à mesa. Nossa loja nunca fecha antes das oito, mas duvido que alguém vá aparecer nas duas últimas horas. Sei que meus pais mantêm a loja aberta na expectativa de que não desperdicemos os últimos pães e que alguém apareça para comprá-los, mas eles geralmente acabam no lixo.

Quando saio do escritório, é só para descobrir que Justin já foi embora. Se o pedido dele foi atendido, não faço ideia.

— Como estão as gorjetas? Boas? — pergunta minha mãe.

Faço que sim com a cabeça, entregando a ela o bloquinho com o total do dia. Ela parece um pouco triste ao vê-lo, mas não diz nada.

— Vou para o meu quarto fazer o dever casa, se não tiver problema para você — digo.

— Você nunca quer ajudar — queixa-se ela. — O Thomas sempre ajudava depois da escola, mas você perde seu tempo jogando futebol, e agora...

— Ok, tá bom — rebato, minha voz mais alta do que eu gostaria. — Quer ajuda? O que quer que eu faça?

Minha mãe se vira com um olhar contundente, o ângulo de suas sobrancelhas é mais do que suficiente para eu saber que passei dos limites ao responder bruscamente. Ela jamais admitiria isso, mas provavelmente teria um conceito mais elevado de mim se eu tivesse matado um cara em vez de ser meio respondão.

Ela olha para a loja como se quisesse fazer um balanço de quantos clientes estão presentes antes de me colocar no devido lugar. Mas não tem ninguém, e ela parece perceber isso rapidamente, suspirando enquanto diz:

— Não, não quero sua ajuda se você for falar comigo desse jeito. Vai estudar e tenta pelo menos trazer um boletim com notas mais decentes.

Moramos no andar de cima da loja, em um pequeno loft de dois quartos. Eu costumava dividir meu quarto com meu irmão, Thomas, mas no verão passado ele começou a faculdade e foi morar com alguns caras que não conheço nem faço questão de conhecer. Não fica a nem vinte minutos daqui, mas acho que é pretexto suficiente para ele nunca mais ajudar na loja ou sequer verificar se ainda estamos vivos.

Uma vez que a porta do meu quarto está fechada, pego a caixa de sapatos cheia de moedas e trocados debaixo da cama, daí acrescento os ganhos de hoje. Subtrair notas aqui e ali do pote de gorjetas pode não parecer um negócio lucrativo, mas comecei a fazer isso há quase um ano e agora a caixa está praticamente transbordando.

A maioria da galera branca da minha escola se gaba por ganhar mesada, ou por receber uma grana para cortar o gramado dos vizinhos, ou por vender nudes. Já eu, desde que tinha idade suficiente para contar até sete, passei a maior parte das noites e dos fins de semana trabalhando na loja, mas nunca fui remunerado, e definitivamente não recebo mesada nenhuma. Então, no fim das contas, essas gorjetas que pego são só uma ínfima parcela do que meus pais me devem por todas as horas que investi no trabalho.

E, quando me formar no ano que vem, esse vai ser meu fundo para a faculdade, já que meus pais nunca fizeram nenhuma poupança para mim e sempre deixaram bem claro, desde o meu diagnóstico de TDAH, que não nutrem grandes esperanças para mim em termos de ensino superior. Não sei quanto dinheiro vou ter juntado até lá, mas espero que seja o suficiente para sair de Vermont, mesmo que minhas notas não sejam capazes de me levar a nenhum lugar muito impressionante. No fim, o que importa é a liberdade, e não o nível de escolaridade.

A única coisa que preciso fazer é ignorar a parte de mim que se sente culpada toda vez que volto da escola e vejo a loja praticamente deserta. Bom... às vezes o movimento oscila, então tenho certeza de que é só uma questão de tempo até as pessoas se enjoarem dos lanches gordurosos e do café aguado dos Moreno e voltarem rastejando para nós.

A questão é que meus pais só têm a loja, e mais nada. Quando se mudaram para Vermont e dedicaram todo o seu tempo a montar e gerir o estabelecimento, eles basicamente perderam todos os antigos amigos e nunca conseguiram construir outros vínculos. E agora que Thomas mora do outro lado da cidade e quase nunca aparece, eles só sabem trabalhar e encher meu saco por causa das notas vermelhas e do meu fracasso geral como filho. Acho que isso dá a eles uma sensação de controle, essa concentração na minha inutilidade e nessa tentativa de me transformar em alguém ainda digno de ser convidado para o jantar de Natal dos meus avós.

Mas, levando em conta quanto o cerco apertou para mim entre a ida de Thomas para a faculdade e a queda de movimento na loja, só me resta imaginar o que aconteceria se eles fechassem a loja. Minha fuga da cidade com certeza não vai passar despercebida se eles não tiverem alguma distração.

Alguém bate à porta do quarto, e eu rapidamente enfio a caixa de sapatos debaixo da cama e me jogo sobre edredom, dizendo:

— Pode entrar.

Meu pai enfia a cabeça no vão da porta e olha em volta como se não soubesse bem onde me encontrar no espaço de dois metros e meio. Nem tinha percebido que ele estava em casa, mas faz sentido, já que nem ele nem minha mãe têm vida fora da loja.

— Oi, Theo — diz ele, como se estivesse esperando encontrar outra pessoa. — Sua mãe já falou com você sobre a loja?

— Não, o que é que tem?

Ele hesita por um minuto antes de dar um passo para dentro e parar.

— Os Moreno estão roubando nossos clientes de novo. E com a inauguração desse lugar novo, a gente vai precisar de um plano para reconquistá-los.

— Você está pedindo minha opinião? — pergunto.

Meu pai ri, e não estou surpreso. Seria mais fácil o inferno congelar do que meus pais tomarem uma decisão com base em um conselho meu.

— Achamos que você pode falar da loja para seus colegas da escola. Lembre eles do por que nossa loja ainda é a número um.

— Meus colegas não estão interessados nisso. — Até porque, de qualquer modo, o lance deles é mais aquelas cafeterias hipster convencionais.

— Você não tem como saber se não tentar — diz meu pai. Daí enfia a mão no bolso e saca uma pilha de cartões de visita com aquele visual *graphic design is my passion*. — Pelo menos tenta.

Relutantemente pego os cartões, analisando a fonte brega que diz *Golden Tea, Boba & Bakery. Se você não gosta de pão dormido, experimente nosso pão bao!*

Arqueio uma sobrancelha.

— Experimente nosso pão *bao* em vez *do quê?*

— Fiquei em frente ao Café Moreno entregando isso aos clientes — diz ele, com uma piscadela.

Reviro os olhos, largando os cartões de lado até que possa jogá-los fora sem que meu pai perceba.

E então ele sai do quarto sem dizer mais nada, que é o jeito típico do meu pai. Nossas conversas são sempre muito unilaterais. Não faz sentido nenhum bater papo com uma parede.

DOIS
GABI

As sextas-feiras são, sem sombra de dúvida, superiores a todos os outros dias da semana. O estacionamento da escola fica praticamente vazio, já que o pessoal do último ano costuma matar aula e, como o técnico do nosso time já sabia disso quando montou o cronograma letivo, graças a Deus não temos treino de futebol.

Mas o melhor de tudo é que de sexta o tráfego habitual de pedestres mantém meus pais muito ocupados com a loja, e assim não ficam enchendo meu saco para saber o que vou fazer à tarde. Uma bênção.

Atravessando o estacionamento dos alunos, livre e desimpedido, sigo pela calçada rumo à fileira com os três prédios de tijolos da nossa escola. O campo de futebol está à minha direita; o campo de beisebol, à esquerda, e todos os meus colegas parecem zumbis, gemendo e tropeçando numa tentativa desesperada de sobreviver à semana que está quase terminando.

Minha melhor amiga, Melissa, está sentada na escadinha de tijolos do prédio mais próximo do estacionamento, com fones de ouvido e balançando a cabeça no ritmo da música.

Parece perfeitamente à vontade, como se nada fosse capaz de tirar sua concentração, mas sei que ela está me esperando, do jeito que faz todas as manhãs. Afinal de contas, sou *O serviço de entregas da Kiki* dela, só que minha mercadoria é o café da manhã e no lugar da vassoura uso um Corolla usado.

— Bom dia — digo, e ela olha para cima imediatamente, como se não estivesse escutando música. Faço uma reverência solene antes de estender para ela um copo descartável e um saco de papel branco. — Sua *tostada y* seu café, vadia.

Ela revira os olhos, mas sorri mesmo assim ao aceitar a comida grátis. Ela não pode reclamar de nada, já que sou seu mordomo fixo e não cobro taxas de entrega desde o primeiro ano do ensino médio.

— Amo café — cantarola ela, o eufemismo da década. Nunca vi ninguém mandar o café para dentro igual a Meli, e ela geralmente bebe só café preto. Só consegui convencê-la a experimentar o *café con leche* da minha família quando menti o significado da palavra *leche*.

Eu me jogo ao lado dela, pego o copo de sua mão para bebericar um gole e então devolvo. Nunca fui um grande fã de café, mas sempre dou uns golinhos de qualquer coisa que Meli esteja bebendo.

— Alguma novidade do carro alegórico?

Ela suspira, mas sei que esse é o único assunto pelo qual se interessa nesse momento. Meli foi eleita presidente do comitê da festa anual da escola, porque a professora de artes a indicou no ano passado e ela não soube como dizer não, mas agora ela está tão absorta no assunto que sua personalidade se resume a falar sobre isso. Ela sempre foi perfeccionista, então mesmo quando não curte uma tarefa que lhe é atribuída, Meli vai garantir que saia tudo impecável. Também faço parte do comitê — basicamente porque ela me obrigou a entrar—, mas não passo de um lacaio, já que espírito escolar e talento esportivo não são exatamente o meu forte.

Aguardo pacientemente enquanto ela pega o celular e abre a seção com decorações de baile do Pinterest. Já está repleta de adereços devidamente aprovados por Meli — incluindo algumas esquisitices da temática superclichê "País das Maravilhas" para o carro alegórico do desfile, decorações em vermelho e preto para o salão de dança, e até mesmo um vestido formal combinando com tudo (junto a um link de compra). Ainda falta mais de um mês para a festa, mas se você quer que alguma coisa fique pronta com antecedência é só jogar na mão de Meli.

Cinco minutos antes da aula, seguimos para o corredor. O espaço estreito forrado com armários de metal já está tomado pelos alunos que resolveram aparecer hoje. Meli me entrega o celular para mostrar duas cores diferentes de serpentina que, para mim, são praticamente iguais. Eu o devolvo bem na hora em que testemunho minha morte prematura ao dar uma bela de uma trombada em Theo Mori, que está com alguns caras do time de futebol.

Conseguimos evitar um tombo nos ladrilhos verde-menta, mas acabo empurrando-o sem querer contra os armários, e um estrondo retumbante ecoa. Recuo de repente, mas caio nos armários do outro lado, já que o corredor só tem espaço para poucas pessoas de cada vez.

Agora três pares de olhos inconfundivelmente raivosos me encaram enquanto gaguejo um pedido de desculpas.

Mas o pior é sem dúvida o de Theo. Tipo, não que ele seja a pior pessoa do mundo, mas é uma merda que a cada dia que passe, eu só consiga irritá-lo cada vez mais. Não só porque ele é o cocapitão do time de futebol no qual preciso continuar para aplacar meus pais, mas também porque ele é gay. Bom, o mais importante é que ele é o único garoto abertamente gay da nossa turma, e acho que parte de mim sempre achou que deveríamos ser amigos por causa disso, mesmo que eu ainda esteja enfiadíssimo no armário, como se estivesse enrolado no suéter natalino horroroso que minha *tía* me deu no ano passado e, por isso, nunca mais pudesse sair. E também por causa dos meus pais.

Não sei dizer quanto tempo fico ali parado antes de Meli finalmente enroscar o braço no meu e me afastar dos olhares cheios de censura. Só sei que parte de mim queria muito voltar lá, fazer um floreio e imitar um pouco o estilo de Keiynan Lonsdale, mandando uma explicação supercharmosa capaz de fazer todos os caras perdoarem meu vacilo. Ou talvez isso só fosse servir para me tirar do armário mesmo. Provavelmente a segunda opção.

Meli me deixa em frente à sala da minha primeira aula, e caminho rapidamente ao longo da fileira até o meu lugar, na expectativa pela chegada de Theo, que se senta bem atrás de mim desde a terceira série. É estranho, como se o destino estivesse constantemente tentando nos juntar numa dança; mas não importa o que eu faça, não consigo levar a melhor sobre meus dois pés esquerdos.

. . .

Depois da escola, tenho que participar de uma reunião do comitê de formatura. Ao longo do verão, esses encontros aconteciam a cada duas semanas, mas agora que falta apenas um mês para o grande evento, Meli tem insistido para que façamos reuniões com mais frequência, mesmo que isso interfira nos meus planos habituais de sexta-feira.

Sou o último a chegar, e Meli diz que isso acontece porque sigo o "horário latino", o que é ridículo, afinal atrasei só uns dois minutos. Vivi já está esperando por mim, sentada à mesa bamba perto da janela, e Vivi quase sempre chega adiantada, então atrasos definitivamente não são um hábito de latines. Meli só está sendo maldosa.

Sento à mesa, bem ao lado de Vivi, e abro um sorriso. Só nos entrosamos de verdade depois de entrarmos no comitê da festa no final do ano passado, mas ela é legal. Nós dois adoramos Kehlani — tal como seria esperado de qualquer pessoa decente —, e ela é uma das três pessoas da escola que já provaram um autêntico pudim de pão porto-riquenho antes de eu trazer o que minha avó faz, então é isso. Sério, o único motivo pelo qual não passamos mais tempo juntos é porque ela e Meli são tipo água e óleo, o que só tem piorado com a tirania crescente de Meli na organização da festa.

Vivi abaixa a voz e diz:

— Ela está surtando de novo.

Dou uma risadinha, e embora Melissa esteja meio que ocupada gritando com Jeff por ele ter cometido um erro nos panfletos que deveriam ser distribuídos amanhã, ela ainda consegue uma brecha para lançar um olhar na minha direção. Reviro os olhos. Todo mundo aqui percebe que ela está exagerando. Claro, a festa é superimportante para nossa escola — já que não temos o tradicional time de futebol americano —, e a administração tem apostado no nosso time de futebol como vitrine de um "estilo de vida acadêmico equilibrado", só que a longo prazo tudo isso vai ser irrelevante, e Meli vai acabar percebendo isso mais cedo ou mais tarde.

Vivi e eu passamos a maior parte da reunião no celular trocando memes enquanto Meli se demora em assuntos que já abordamos um monte de vezes. Até entendo a irritação de Meli com a imensa incompetência que paira no comitê, mas minha mente está em outro lugar enquanto rolo a tela do Instagram e tropeço em fotos de pessoas segurando copos bizarros de *bubble tea* nas cores do arco-íris. Nunca me ocorreu que os Mori pudessem começar a se especializar em alguma coisa tão estética, mas o fato é que meus pais não vão ficar felizes com isso. Eles já odeiam os Mori e a loja deles do jeito que é.

— Gabi.

Olho para cima e vejo Meli de pé bem na minha frente, os lábios franzidos.

— Você não ouviu uma palavra do que eu disse, né? — ralha ela.

Dou uma risadinha sem graça enquanto fecho o Instagram e sorrio para ela.

— Um pudim de pão conta como um pedido de desculpas?

Ela revira os olhos.

Olho ao redor e percebo que a maior parte do comitê está realizando tarefas individuais: definir os horários, planejar o baile, organizar as decorações.

— Anda, Gabi — incita ela. — Já estamos muito em cima da hora para ficar nessa enrolação toda.

Isso definitivamente soa como um exagero, já que minhas duas únicas tarefas na organização do evento são garantir que os representantes de turma tenham tudo de que precisam para montar seus carros alegóricos, e fornecer lanches para nossas reuniões. Eu me levanto, colocando a mão no ombro de Meli e lhe oferecendo um sorriso.

— Já devia saber como são as coisas, Meli. Estou sempre no seu time.

A expressão dela suaviza um pouco quando uso a frase que ela sempre diz para mim. Ela afasta minha mão, mas dá para notar um sorrisinho repuxando os cantos de sua boca.

— Ok, beleza, mas não me decepcione.

...

O ponto alto do meu dia acontece justamente quando a reunião acaba e eu sigo para o fundo da escola, passando pelo refeitório, até o salão de festas. Tá, é só zoeira. Na verdade, esse é o ponto alto da minha semana.

A aula de balé.

Desde os seis anos, sempre quis ser bailarino, mas aos sete meus pais deixaram bem claro que dança é coisa de menina. Principalmente balé. E assim abandonei meu sonho de me dedicar à dança profissional. No entanto, quando cursei uma disciplina eletiva de dança no ano passado, acabei ficando amigo da nossa professora, Lady — sim, esse é o nome dela mesmo —, e depois que abri meu coração a respeito de seu famoso bolo de rum, ela se ofereceu para me dar aula toda sexta depois da escola. É como ter uma fada madrinha, tirando o fato de que, sinceramente, fico muito melhor do que ela de tutu.

O único problema do nosso acordo é essa estranha caminhada pela escola, de cabeça baixa, fazendo o máximo para assegurar que ninguém me veja. Na verdade, o pessoal provavelmente nem conseguiria deduzir para onde estou indo, mas também sei que, no mesmo segundo em que correr a notícia de que faço balé, todos vão sacar que sou gay, e isso significa que não posso arriscar ser descoberto. A única pessoa com quem me abri foi Meli, ela também é a única pessoa com quem me senti confortável o suficiente para me assumir.

Quando chego, Lady já está se alongando na barra, e ela me oferece um sorriso breve. Acho que se pode dizer que sou um daqueles adolescentes que se dá melhor com os adultos. Todos os pais me amam; já meus colegas adorariam que eu engasgasse com uma *papa rellena*. Mas conversar com Lady é legal, pois ela tem só vinte e poucos anos, e dos professores que já tive é a única latina, e ela tem esse jeitinho de quem ainda poderia estar no ensino médio, então essa é a única oportunidade de fingir que tenho traquejo social.

— Vá se arrumar, rapidinho — diz ela, batendo o pé no tatame. — Não posso ficar até muito tarde hoje.

— É? — digo. — Tem algum encontro hoje à noite?

Ela ri.

— Na verdade, tenho uma entrevista. Uma entrevista pelo Zoom.

Arqueio a sobrancelha.

— Entrevista para quê?

— Para um emprego que pague mais que um salário--mínimo.

Congelo.

— Espera aí. Você vai sair da escola?

Ela dá de ombros.

— Ainda não sei. É só uma entrevista.

Mas isso significa que ela quer sair. Significa que o melhor cenário para ela é aquele em que perco minha última oportunidade de dançar.

— Eu… — Minha voz falha. — Você não gosta de trabalhar aqui?

— É claro que gosto, Gabi, mas não basta só gostar do emprego — diz ela. — No final das contas, ser adulto às vezes é tomar uma decisão da qual você não gosta para suprir suas necessidades.

Fico sem saber o que dizer. Compreendo o sacrifício dela, de verdade. Mas… Tipo, o que vou fazer?

Ela percebe minha expressão amuada, aí balança a cabeça e me dá um sorriso.

— Não esquente tanto a cabeça, ok? Ainda não sei se vão me oferecer a vaga. E mesmo que ofereçam, só vou poder assumir o cargo por meio período. Concentre-se no que você sabe fazer e se preocupe com o restante depois, tá?

Faço que sim com a cabeça porque sei que é o que ela deseja, mesmo que em meu coração a sensação seja bem diferente.

Recentemente, temos montado uma coreografia juntos, o que basicamente significa que Lady está me usando como um manequim móvel para ajudá-la a planejar a coisa toda, mas não me importo. Quando fiz a eletiva com ela ano passado, tivemos de memorizar uma coreografia original e apresentá-la ao final do curso, e eu amei cada segundo de tudo, então é legal estar fazendo isso agora.

O finalzinho da nossa nova coreografia ainda não está pronto, então continuamos com o que já temos enquanto ela pensa nos passos que vamos inserir no fim, só que hoje estou parecendo uma barata tonta. É meio irônico, considerando que a dança é minha fuga de todas as ansiedades do mundo, mas cá estou eu tropeçando em cada movimento conforme meus medos vão se tornando instransponíveis, me tirando dos eixos.

Quando faço um *cabriole*, perco o equilíbrio e tropeço em direção à barra. Lady sugere que façamos uma pausa.

Entregando uma garrafa d'água para mim, ela diz:

— Não pense demais, tá bem? Cabeça no momento.

— Eu não estava...

Ela revira os olhos.

— Faça esse favor, pode ser? Só de pensar num assunto, você já pensa demais. — Admito: é meio constrangedor que ela me conheça tão bem. — De qualquer forma, você não sabe o que vai acontecer, então deixe rolar naturalmente. É igual numa apresentação, certo? Você é talentoso e sabe os passos, então basta deixar rolar.

Deixo as palavras dela assentarem por um momento antes de concordar e colocar a garrafa d'água na mesa.

— Estou pronto para voltar, se você estiver — digo.

Lady sorri, gesticulando para que eu me junte a ela.

E, de fato, me sinto muito melhor uma vez que volto a dançar. Meu corpo inteiro se sente livre enquanto executo os movimentos, e mesmo a mera sugestão de um *plié* aqui ou uma *pirouette* ali é uma oportunidade de finalmente ser uma pessoa da qual me orgulhe.

E não consigo acreditar que talvez precise abrir mão disso.

...

Chego à loja dos meus pais pouco depois das cinco. Normalmente, eu ficaria ensaiando até as seis, mas a entrevista de Lady interrompeu a aula.

Odeio ter de voltar à loja depois da escola, pois é quando minha mãe geralmente está de saída para seu curso noturno, o que significa que papai fica no comando, e com ele ali é mais provável que eu fique ajudando até a hora de fechar. Na verdade, eu meio que gosto de ajudar na cozinha, mas digamos que atendimento ao cliente não seja a minha praia. O problema é que não tenho permissão para ficar sozinho em casa, mesmo já tendo dezesseis anos. Minha mãe diz que eu poderia ser assassinado ou incendiar a casa por acidente, ou alguma coisa assim. Às vezes acho que ela se preocupa com a possibilidade de eu levar alguém para transar, mas acho que isso não está no meu futuro próximo. Acho que nenhuma mãe está disposta a admitir que o filho é feio.

Mas acho que ela aceitaria minhas transas melhor do que o fato de eu ser gay.

Quando entro na loja, meu pai está limpando embaixo do balcão, mas o salão não está nem perto de estar tão apinhado de gente quanto eu temia. Na verdade, só tem uma idosa sentada num canto, bebericando de uma xícara e lendo um romance.

Meu pai ergue uma sobrancelha quando entro, e diz:

— Chegou mais cedo?

Dou de ombros.

— Terminei de estudar.

Odeio mentir para os meus pais, e não só porque isso faz eu me sentir um degenerado, como se Jesus estivesse me olhando, pronto para me punir. É só que sou um péssimo mentiroso. Sinto como se estivesse com uma placa enorme de néon bem no meio do peito com os dizeres: ELE ESTÁ MENTINDO.

Mas meu pai nem reage, é como se nunca lhe tivesse ocorrido que o filho nerd e talentoso pudesse mentir para ele.

A porta dos fundos se abre e minha mãe aparece com uma prancheta na mão.

— Pedro, você leu este trecho aqui? — Ela congela quando me vê, arregalando os olhos. — Gabi, você voltou cedo.

— Achei que tivesse aula. — Tento manter meu tom indiferente enquanto deslizo a mochila do ombro.

Minha mãe e eu nos encaramos como se ela estivesse se digladiando mentalmente entre admitir que matou aula hoje ou inventar uma mentira. De qualquer forma, é muito hipócrita da parte dela, já que ela me esfolaria vivo se eu cabulasse uma aula.

— Gabi, tem uma coisa que queríamos discutir com você — diz meu pai, salvando a pele da mamãe. Não é justo que eles possam se unir assim. Preciso de um parceiro de crime também, com urgência.

— *¿Qué pasó?*

Meu pai suspira e olha para minha mãe, como se esperasse que o golpe derradeiro viesse dela, e acho que ele prefere isso mesmo. Finalmente, ela balança a cabeça e se vira para mim.

— Estamos vendendo a loja.

Arregalo os olhos.

— Eu… Calma aí… O quê… Por quê?

Minha mãe suspira.

— Recebemos uma boa oferta, e não estamos em condições de recusar.

Isso tudo é novidade para mim.

— Como assim? — pergunto.

— Sua mãe e eu… — responde meu pai. — Bom, sempre soubemos que isso não seria para sempre. Era para durar apenas até a gente conseguir se firmar, conseguir uma casa, permitir que sua mãe voltasse a estudar.

Minha mãe está concordando com a cabeça, mas nada disso faz sentido. Eles têm a loja desde antes de eu nascer. Eles sempre dizem que ela foi o primeiro filho deles. Agora vão jogar tudo fora?

— Não temos o mesmo movimento de antes — explica minha mãe —, e ainda tem a minha mensalidade, e logo, logo você também vai para a faculdade…

— Não preciso ir para a faculdade — digo, convicto. Não tenho essa vontade toda de fazer faculdade, de qualquer forma. Sempre achei que assumiria a loja quando tivesse idade suficiente.

Meu pai balança a cabeça.

— *Cállate*, Gabi, é claro que você vai para a faculdade. Só precisamos ser práticos. Com aqueles *chinos* roubando nossos negócios e aquele café de fusão novo… Vai ser mais lucrativo se vendermos a loja, então não tem mais justificativa para continuar com ela.

— Café de fusão?

Minha mãe suspira.

— Gabi, você não está prestando atenção.

Tá, isso não é totalmente mentira. Mas entre a organização da festa, o futebol e a dança, não tenho tido muito tempo livre como antes, então não é de surpreender que a loja não tenha sido minha prioridade.

Meu pai diz:

— O dinheiro que podemos ganhar com a venda... vai pagar pelo curso de enfermagem da sua mãe, e é mais prático eu voltar para o setor imobiliário.

Todo mundo adora ser prático e tomar grandes decisões adultas a respeito das quais não tenho poder algum, pois ter dezesseis anos significa que não posso ter nenhuma opinião ou juízo em relação à minha própria vida. Como se eu fosse um objeto que é jogado de um lado ao outro até algum adulto decidir pará-lo.

— Sei que isso é difícil para você, *mi hijo* — diz minha mãe. — Sei quanto você amava a loja quando era criança, mas isso não significa que você vai precisar parar de mexer com confeitaria.

Balanço a cabeça lentamente, mas só consigo dizer uma coisa:

— É isso que está aí na sua mão? O contrato? Vocês iam vender a loja antes mesmo de eu chegar em casa?

Meus pais parecem chocados com a virulência na minha voz. Acho que estão mesmo chocados. Eu também. Sei que não é certo ser malcriado assim, mas isso tudo é um tapa na cara. Eles não apenas não dão a mínima para os meus sentimentos, como iam vender o legado da nossa família sem sequer conversar comigo primeiro.

Minha mãe suspira e diz:

— Não vamos entregar antes de segunda. Íamos falar sobre isso com você nesse fim de semana.

Um fim de semana. Isso é tudo o que eu ia ter para me despedir. Só percebo que meus olhos estão ficando marejados quando minha mãe vem até mim para enxugar minhas lágrimas. Meu pai vira o rosto. Ele sempre diz que homens não devem chorar, mas acho que vai deixar passar dessa vez — contanto que não precise ver.

Mas não sei como dizer a ele que seu gesto só piora as coisas, que tudo aquilo no que depositei meu coração está escorregando lentamente das minhas mãos… e não faço ideia de como retardar isso.

TRÊS
THEO

Sábado de manhã, acordo com uma discussão ruidosa no andar de baixo. Não é preciso muito para sacar que o tio Greg está na loja. Tenho certeza de que ele tinha um nome diferente antes de abandonar a China, mas agora ele é simplesmente Greg, e o nome cai bem nele, já que na maioria das vezes em que aparece ele age como um típico macho branco idiota.

Meu tio Greg odiou meu pai desde que ele e minha mãe se conheceram na faculdade. E sempre deixou claro que minha mãe deveria ter se casado com um chinês, e arrumou mais merda ainda quando ela adotou o sobrenome japonês. Ele ainda aparece de vez em quando, então infelizmente acho que isso ainda o coloca em um patamar acima da família do meu pai, que preferiu cortar contato assim que ele pediu uma chinesa em casamento.

Visto uma calça jeans e uma camiseta antes de descer. O tio Greg costumava gostar de mim quando eu era novinho, principalmente porque eu era atleta, e ele queria que eu vencesse as Olimpíadas ou alguma coisa assim. Desde que me assumi, porém, ele deixou claro que Thomas é seu favorito e, sinceramente, não dou a mínima. A última coisa que me importa é a aprovação de um cara que passa a maior parte de seu tempo livre assistindo a vídeos, no YouTube, de garotas que mal atingiram a maioridade.

— Bom dia — digo.

O tio Greg está berrando alguma coisa em mandarim para minha mãe, e meu pai, com a melhor cara de paisagem do planeta, ignora os dois e reorganiza os doces na geladeira. Meu pai e eu somos passageiros no trem dos não falantes de chinês, mas, pelo tom de voz do tio Greg e pelo jeito como minha mãe está se afastando dele, até eu sou capaz de dizer que a conversa azedou. Além disso, acho que meu pai conseguiu aprender alguma coisa depois de assistir a todas aquelas novelas com a minha mãe e das noites de karaokê destrambelhado.

— E aí, tio Greg — digo, só para desviar a atenção dele da minha mãe.

Ele olha para mim todo carrancudo, mas minha mãe parece meio aliviada.

— Theo — diz ele. Nada de *Oi, sobrinho, como vai?* Ele sempre costumava começar com um *E aí, e as namoradinhas?*, mas acho que agora que sabe que sou gay minha vida amorosa já não é mais tão empolgante.

— Greg — intervém meu pai, como se minha distração fosse exatamente do que ele precisava —, se você quiser falar sobre números, a papelada está no escritório.

Ah, os números. Acho que é por isso que o tio Greg está tão chateado esta manhã.

Ele tecnicamente é o dono da loja. Comprou o lugar quinze anos atrás, quando meus pais, Thomas e eu, um bebê, ainda morávamos na Califórnia. Alguns anos depois, ele se cansou de administrar o lugar, e então, quando meu pai ficou desempregado, arrumamos as malas e viemos para

Vermont para que meus pais pudessem cuidar do estabelecimento, e em troca morariam no andar de cima sem precisar pagar aluguel. Todo mundo saía ganhando, exceto que agora devemos satisfações ao tio Greg, que é simultaneamente CEO da loja e locador da casa. E, além de tudo, moramos em Vermont. Uma situação bem frustrante.

— Não precisa — diz o tio Greg. — Já sei que você não faz um bom trabalho, Masao. Estou bancando seu aluguel há quantos anos?

Papai simplesmente desvia o olhar e volta a se ocupar, e invejo sua paciência. O tio Greg sempre vem reclamar e criticar meu pai, como se o fato de ele ser japonês por si só espantasse nossa clientela. E ainda por cima tem o jeito como ele trata minha mãe, como se ela fosse uma criança chorona que não conseguiu nem escolher um marido decente. Como eu odeio esse cara. Ele provavelmente votou no Trump.

— Greg — intercede minha mãe —, te pagamos o quanto você pediu no início do mês.

— Que foi menos do que no mês passado — queixa-se o tio Greg.

— E ainda assim mais do que você pediu.

— Deveria ser ainda mais. Consigo ganhar mais dinheiro nesse lugar se fizer uma loja nova. Ninguém mais quer comprar suas bebidas, ainda mais com a concorrência recente.

Reviro os olhos. O tio Greg não estaria ganhando merda nenhuma se tivesse outra loja, afinal de contas minha mãe é a única pessoa capaz de aturá-lo. Todos sabemos disso.

Mas é esse tipo de palhaçada que a gente tem de aguentar todo mês. Ele sempre age como se não precisasse da gente e como se devêssemos beijar os pés dele e implorar para que não nos expulse daqui, sendo que somos nós que mantemos a loja viva e garantimos a grana. E nem é preciso dizer que ele não tem coragem de nos expulsar, só que ele gosta desse joguinho de poder, de saber que tem autoridade para fazê-lo, sempre enrolando a minha mãe e usando-a como saco de pancadas.

Ele fica ali parado com seu arzinho presunçoso enquanto solta mais uma frase em chinês. Daí bate uma folha de papel no balcão, na frente da minha mãe, e ela toma um susto. Meu pai se aproxima e espia por cima do ombro dela para ver a folha, mas nenhum dos dois diz nada.

— Tantas possibilidades! — diz ele, e eu não sei do que ele está falando, mas é bem nítido que está sendo um babaca. Eu definitivamente não vou sentir saudade nenhuma dele quando finalmente conseguir fugir para a faculdade e nunca mais precisar pensar nisso aqui.

Quando o tio Greg vai embora, minha mãe está murchinha, e eu quero animá-la, mas sejamos sinceros: não fui feito para animar as pessoas. Thomas é o filho a quem eles recorrem quando precisam de apoio emocional e conselhos. Eu sou só o filho que fala demais e que sabe decepcionar os outros como ninguém.

Meu pai entrega à minha mãe o chá com leite favorito dela, provavelmente com 75% menos açúcar do que deveria, já que ela diz que não há crime maior do que um chá com leite doce demais. Ela lhe dá um sorrisinho, mas os dois parecem vagamente tristes, e me sinto um grande idiota por estar bisbilhotando essa troca silenciosa entre eles.

Finalmente, minha mãe ergue os olhos de seu chá e diz:

— O Greg vai assumir a loja.

— Ele sempre diz essas merdas. Tenho certeza de que não está falando sério.

Minha mãe me encara, olhos semicerrados, mas é meu pai quem censura:

— Olha essa boca, Theo.

Reviro os olhos de novo. Mesmo nesse perrengue, eles estão mais preocupados em assegurar que eu não esteja entrando em uma espiral de delinquência.

Então mamãe olha diretamente para mim e diz:

— A gente já não vende tanto mais. Nem temos tantos clientes. Não sei onde estamos errando, mas...

— Você não está errando, June — diz meu pai. — Aquela doceria porto-riquenha vem estragando nosso negócio há anos, e aquela nova cafeteria...

Mas nem preciso olhar para minha mãe para saber que está balançando a cabeça. Para ela, as coisas não "acontecem" do nada. Tudo precisa ser culpa de alguém, então se começamos a perder terreno para os Moreno é porque deve ser culpa dela.

— O Greg disse que, se não aumentarmos as vendas no próximo mês, ele vai transformar a loja em outra coisa — diz ela. — E, sim, ele está falando sério.

Ela segura o pequeno panfleto que o tio Greg jogou no balcão, com algum tipo de planta baixa anunciando um novo *day spa*.

Pego o papel da mão dela, olhando fixamente as palavras *Day Spa de Luxo* no topo.

— Que diabo é isso? Ele não pode estar falando sério — vocifero. — Ele quer jogar nossa loja no lixo para ficar lavando o pé de um monte de branquelos?

— Theo — censura meu pai novamente —, olha a boca.

Ele coloca a mão sobre a da minha mãe, mas desvio meu olhar. Não quero ver a expressão arrasada dos dois enquanto pensam na perda definitiva da loja. Quer dizer, nem contei para eles ainda que estou planejando ir embora para fazer faculdade em outra cidade. O que vão fazer quando o tio Greg tomar a loja e eu cair fora um ano depois? Ainda mais com

toda a cena de-se-enfiar-no-banheiro-e-fingir-que-não-estava-
-chorando que minha mãe fez quando Thomas foi embora.

Isso *se* o tio Greg ficar com a loja. Na verdade, essa história ainda não está resolvida. Temos muito tempo para aumentar as vendas e atrair mais clientes, e seja lá o que as pessoas usam para julgar como próspero um estabelecimento comercial, certo?

Balanço a cabeça, ignorando os cochichos do meu pai e da minha mãe. Meu Deus, o tio Greg é um babaca completo. Não acredito que ele faria uma coisa dessas com eles depois de tudo, como se eles não estivessem aqui lite- ralmente ganhando dinheiro para ele dia após dia. Como se não fôssemos literalmente sua família.

E agora estou puto com meus pais por se importarem tanto com o tio Greg. Por que eles ligam para essa loja, afinal de contas? Eles poderiam muito bem conseguir outros empregos. Minha mãe poderia ser uma chef profissional, e meu pai costumava trabalhar com contabilidade. Se não fossem tão teimosos, eles poderiam voltar para a Califórnia e ser felizes lá, longe dos abusos do tio Greg.

Mas, acima de tudo, estou puto com os Moreno. Estou puto por termos de competir com eles em uma cidadezinha onde somente um quarto da população já pateticamente pequena dá alguma importância para a culinária interna- cional. Não, estou puto mesmo é com Gabriel. É como se ele tivesse nascido para me frustrar a cada passo, como se fosse um obstáculo para os sonhos dos meus pais do mesmo jeito que é um obstáculo para mim nos treinos de futebol.

Ou talvez eu nem saiba direito com o que estou puto. Só sei que estou furioso e, se não descontar em alguém, vou explodir.

Então, de repente, penso melhor quando lembro de uma coisa que meu pai disse.

E aquela nova cafeteria…

Que nova cafeteria?

— Theo? — diz mamãe.

Eu me viro para olhar para ela e me arrependo logo em seguida. Seus olhos estão um pouco vermelhos e com olheiras. Ela gesticula para que eu me sente a uma das muitas mesas vazias e, depois de um suspiro profundo, obedeço. Ela dá a volta no balcão e se acomoda na minha frente, meu pai de pé atrás dela.

— Sei que deve ser difícil para você — começa ela.

— Deixem o tio Greg levar a loja. Não dou a mínima.

Meus pais me encaram com os olhos arregalados, como se não soubessem bem que tipo de monstro andaram criando. E, droga, eles provavelmente estão certos. Se estivesse aqui, Thomas estaria preparando algum evento para atrair a cidade e ganhar apoio para nossa lojinha, ou providenciando que um juiz da Suprema Corte prendesse o tio Greg ou alguma coisa assim.

Minha mãe diz:

— Eu sei que você não ama trabalhar na loja, mas este é o nosso lar. Fizemos de tudo para torná-lo especial.

— Por quê? — questiono. — Os clientes não ligam. Há anos não atualizamos o cardápio, e metade das vezes em que as pessoas pedem alguma coisa nós dizemos que não temos. Somos um bando de trabalhadores braçais mal pagos, enquanto o tio Greg enriquece sem nunca ter trabalhado um dia sequer.

Minha mãe age como se tivesse tomado um tapa na cara, e meu pai parece… Bom, bravo seria um eufemismo.

— Theo, não foi isso o que te ensinamos — retruca ele.

E sim, ele provavelmente está certo a respeito disso também, mas minha especialidade é a decepção, então pelo menos nessa parte estou acertando.

— Vá para o seu quarto — ordena meu pai. — Você está de castigo.

— Quer dizer que não quer minha ajuda na loja?

Nenhum dos dois parece achar minha piada engraçada, e não posso culpá-los. Encaixo a cadeira debaixo da mesa antes de subir correndo as escadas.

. . .

O único benefício de quase nunca ficar de castigo é que quando meus pais decidem me punir, eles não têm a mínima ideia de como executar a coisa. No domingo de manhã, falaram para eu continuar no meu quarto, mas meu celular está aqui sobre o edredom enquanto faço FaceTime com Justin, e meu notebook está aberto na escrivaninha, expondo minha pesquisa sobre a nova cafeteria.

Café Fusão Mundial.

Depois de chegar à conclusão de que esse é literalmente o pior nome de todos os tempos para uma cafeteria, abri o cardápio com algumas fotos da loja e dos produtos. E, sim, é basicamente meu pior pesadelo. É como se alguém juntasse todas as coisas que os brancos mais pedem na loja dos meus pais e os fundisse à comida horrorosa dos Moreno, tipo uma daquelas misturebas de Pokémon.

— Então você acha que seu tio está falando sério mesmo? Sobre esse lance de converter a loja? — pergunta Justin.

A verdade é que não sei. Um dia atrás, eu teria dito que ele jamais tomaria a loja e que isso era só papo para massagear o ego dele e colocar minha mãe em seu lugar por ela ter se casado com um japonês; mas agora não sei se isso faz diferença.

— De qualquer forma, minha mãe está assustada.

— Argh, que merda — diz Justin. — Não vai mais ter *bubble tea* de graça.

Reviro os olhos. É, é uma merda que Justin não vá mais ganhar *bubble tea*, mas o verdadeiro problema é se meus pais vão ou não aguentar o tranco. Minha mãe já está quase explodindo de estresse com toda essa pressão do tio Greg em cima dela. Além do fato de que Thomas vai ficar bem puto quando descobrir tudo.

E ainda por cima tem a questão da culpa que estou sentindo, que, francamente, nem percebi que poderia ficar tão grande.

Não é como se eu estivesse atrapalhando a loja, afastando os clientes ao usar uma daquelas placas bregas ou uma fantasia suada.

Mas já faz um tempinho que ando surrupiando as gorjetas.

Não tive a intenção de magoar meus pais, para começo de conversa. Só estava tentando melhorar minhas chances, construir um futuro para mim, já que eles não fizeram uma poupança para a minha faculdade e sempre repetiram que minhas notas ruins e minha ausência de habilidades organizacionais fariam de mim alguém incapaz de sobreviver à faculdade.

Mas talvez seja culpa minha ter um cérebro de bosta e ser um aluno de merda que não consegue uma bolsa integral em lugar nenhum, diferente de Thomas. Talvez seja culpa minha não convencer meus amigos a frequentar nossa loja em vez de ir ao café hipster no final do quarteirão. Talvez eu devesse estar ajudando mais, lavando pratos e aprendendo a preparar cheesecakes de *matcha*.

A tela treme quando Justin se aproxima do balcão do Café Fusão Mundial, seu telefone quicando desajeitadamente no bolso da camisa e me causando ânsia de vômito. O sinal é péssimo, como se o café nem tivesse wi-fi, o que acho que é um ponto a nosso favor. Cogitei que eu mesmo pudesse ir lá explorar o lugar, mas estou de castigo e não consigo imaginar nada pior do que pagar pela comida de merda deles. Sendo assim, Justin se ofereceu, arrastando Clara, sua "não namorada" ioiô. O problema é que ele não sabe posicionar a câmera e o que vejo é praticamente só o tecido de sua camisa azul.

— Hã, isso, vou querer a bebida do pôr do sol — diz ele, a voz falhando por causa da estática. — Ah, e os bolinhos de peixe. E uma porção de croquetes. Ah, e as empanadas de *kimchi*. E o...

Eu o ignoro enquanto ele pede metade do cardápio, que francamente me soa um tanto nojento. Empanadas de *kimchi*? *Taiyaki* de goiaba? E será que quero mesmo saber o que significa *ramen chicharrón*?

Justin pega o número do pedido e se esparrama em um dos sofás das minicabines, com Clara se acomodando ao lado dele. Para ser honesto, o lugar é grande demais e chique demais para se autodenominar "café e confeitaria". As paredes são forradas com fotos vintage e um mapa-múndi feito com pedaços de lousa, e tem também divisórias de madeira elegantes, almofadas de pelúcia e pequenos vasos no meio das mesas com somente uma flor.

— Esse lugar é maneiro — diz Justin, tirando o telefone do bolso. Ele o coloca virado para cima na mesa, e eu tenho um vislumbre do rosto dele e de Clara.

Reviro os olhos.

— Concentre-se na missão, idiota.

Justin parece um bobo completo, mas pelo menos Clara está gatinha, o cabelo preso em trancinhas com pequenas contas nas pontas e um batom azul-claro que deixaria qualquer pessoa de pele mais clara com um ar apagadaço. Ela é areia demais para o caminhãozinho dele.

— Eu estou totalmente concentrado — diz ele. — E morrendo de fome. Essas duas coisas vão nos fazer bem.

Reviro os olhos de novo.

Clara ri, apoiando-se no braço de Justin.

— Você nunca vai conseguir educar o Justin, Theo, então pode desistir de tentar.

Uma garota branca se aproxima da mesa e coloca algumas cestinhas na frente deles. Ela é bonita, mas pronuncia com dificuldade a palavra *takoyaki* enquanto serve a porção.

— Sei que estamos em território inimigo — diz Justin —, mas você tem que admitir que essa merda aqui tá bem legal.

— Estou perfeitamente bem sem feijão-preto no meu arroz frito, obrigado — digo.

A única resposta de Justin é um gemido longo e prolongado enquanto ele morde uma empanada.

Estremeço.

Olha, admito que posso não ser o público-alvo do tal Café Fusão Mundial, já que nunca gostei muito de nada com a palavra *fusão*, mas o que diabos significa "fusão mundial" e por que eles precisam degenerar minha cultura desse jeito, como se já não houvesse pessoas suficientes fazendo isso por aí?

— Ok, as empanadas são nota sete — diz Justin. — Os croquetes, um oito. Os bolinhos de peixe são tipo cinco e meio.

Clara afasta sua cestinha e diz:

— Os *tostones* são nota quatro, e estou sendo generosa.

— Então você está dizendo que o lugar é medíocre? — induzo.

Justin dá de ombros.

— É, basicamente. Mas a bebida é muito boa.

Clara sorri.

— Praticamente só bonita.

Pelo menos, isso é bom. Mas por que as pessoas estão tão ligadas nesse lugar? Claro, eles têm algumas misturas loucas que parecem saídas de uma caixa de feijões mágicos do Harry Potter, mas por que as pessoas o frequentam?

— Você está se estressando demais — diz Justin. — Você deveria vir aqui, aí te pago um chá com leite. De lavanda para te acalmar. Nem precisa contar para seus pais.

Mas Justin precisa entender que isso é muito mais sério do que meus pais. Por mais que eu odeie trabalhar na loja, ela ainda é importante para a minha família. É o nosso legado, a única coisa que nos permitiu estabelecer raízes. Não temos toda aquela riqueza intergeracional que os brancos têm sem esforço e essas merdas todas. A loja, nossas receitas, o relacionamento que construímos com os clientes… são as únicas coisas que restam à minha família.

— Por que as pessoas estão curtindo tanto esse lugar? — resmungo.

— Sei lá — responde Justin. — Porque tem um cardápio exclusivo? E acho que a atmosfera é bem legal, então talvez seja por isso também.

Provavelmente ele está certo. Não redecoramos o café desde que o tio Greg o comprou. Falta aquela estética instagramável que as pessoas provavelmente procuram. Também não atualizamos nosso cardápio já faz um tempinho, mas não dá para convencer meus pais a começarem a fazer empanadas de *kimchi*. Droga, eles preferem deixar a loja morrer do que fazer isso, e não posso culpá-los.

Mas e se pudermos agitar as coisas um pouco? Nem precisa ser nada de espetacular. Só preciso de uma distraçãozinha para fazer as pessoas esquecerem o tal Café Fusão e irem à nossa loja. E aí elas vão se lembrar de que nossa porra toda é muito melhor, e nunca mais vão querer voltar para aquela porcaria apropriadora.

Clara vira a cabeça para o lado, apertando os lábios.

— É o Gabriel Moreno ali?

Congelo quando Justin vira a câmera do celular, flagrando meu pior pesadelo na fila com duas garotas que só conheço de vista. Tenho certeza de que Melissa está no comitê da festa da nossa escola, ou sei lá, mas nunca fui da mesma turma que ela, e ela sempre me pareceu uma daquelas branquelas puxa-saco dos professores com quem não tenho o menor interesse em socializar. A outra garota eu não conheço de nome, mas é uma daquelas quietinhas que está sempre no canto com um livro ou alguma coisa assim, então acho que, em resumo, aquele é só o grupo de nerdolas do Gabriel.

O que ele está fazendo ali? É como se tudo o que eu mais odeio no mundo estivesse reunido em um único lugar.

— Quer que eu vá lá dizer oi? — pergunta Justin.

Clara ri, mas eu rosno, e Justin cai na gargalhada.

— Por que é que você odeia ele mesmo? — pergunta Clara, mas a lista é longa demais para relacionar.

— Ele é um lambe-botas e meu inimigo — digo.

Justin ri de novo.

— Você ainda não esqueceu aquela vez que ele dedurou que você copiou o dever de casa dele na, sei lá, quarta série?

— Você faz ideia do sermão que eu levei… Quer saber? Esquece. Só termina de comer e cai fora daí — digo. — Tem lugares melhores para vocês desperdiçarem o tempo.

Justin vira a câmera e diz:

— Ah, sim, definitivamente tem lugares melhores para desperdiçarmos o tempo.

Clara sorri.

— Definitivamente.

Sinto outra ânsia de vômito, só que dessa vez não tem nada a ver com comida.

QUATRO
GABI

Domingo de manhã, saio da cama me sentindo impaciente, mas determinado. Começo com alguns dos alongamentos que normalmente faço com Lady para aquecer, deixando o sangue fluir pelo corpo enquanto reúno coragem para botar meu plano em ação.

Primeira posição: falar com os meus pais. Nada de outro mundo.

Meus pais ainda não foram para a loja. Meu pai está preparando rabanadas para o café da manhã e dançando ao som de Celia Cruz daquele jeito que só os pais sabem dançar. Minha mãe diz que ele costumava dançar muito quando era mais jovem — provavelmente foi daí que herdei o gene —, mas agora estou veementemente convencido de que isso é uma mentira que eles inventaram para que eu pare de achar que sou adotado.

— *Buenas*, Gabi, pega um prato — diz ele.

Abro o armário e pego um dos pratos de porcelana do enxoval que minha mãe herdou.

— Você me parece muito feliz para alguém prestes a vender o legado da nossa família — comento.

Ele congela, a música animada de repente soando oca no ambiente matinal. Daí pega o radinho antigo — acho que ele o tem desde a infância —, desliga o som e solta um suspiro pesado.

— *Dios mío*, Gabi, será que não dá para termos um desjejum agradável hoje?

— Desculpa. — É única coisa que posso dizer. Preciso ser cauteloso se quiser convencer meus velhos porto-riquenhos a me darem ouvidos.

Meu pai coloca algumas rabanadas no meu prato e vou me arrastando para a sala de estar. Minha mãe é bem rígida a respeito de não comer em alguns dos móveis, então me sento no tapete e coloco o prato na mesinha de centro, encharcando as rabanadas com calda.

Minha mãe desce as escadas, o cabelo já arrumado, usando um terninho preto. Ela não costuma se arrumar para a maioria das ocasiões, mas acho que ela considera o evento de hoje muito importante. Vai saber.

— A papelada está quase pronta — diz ela, se colocando atrás do meu pai na cozinha. — Só precisa da sua assinatura.

— *Bueno*. Vou resolver isso depois do café.

Ela levanta uma sobrancelha, como se não entendesse por que ele não pode simplesmente largar o prato de lado por um segundo e assinar o documento, mas depois de um tempo dá de ombros, virando-se e me flagrando sentado no chão.

— Por que o baixo-astral, *mi hijo*?

Mal consigo acreditar que ela esteja me perguntando isso, como se não fosse totalmente óbvio.

Dou um suspiro e uma mordida na minha rabanada, mastigo devagar e daí digo:

— A Meli está pegando pesado na preparação da festa.

— Ah — diz minha mãe, a voz vacilando como se tivesse sido pega totalmente desprevenida. — Isso é bom, não é?

— Eu... É só que... Eu devia estar ajudando, mas não sou muito bom nessas coisas, sabe? Mas todo mundo está confiando em mim para levar o lanche das reuniões.

Noto o olhar da minha mãe quando a ficha dela cai.

— Gabi...

— Eu sei, eu sei — digo. — É só que... Vocês não me deram muito tempo, sabe? E toda essa coisa já é um baque, e sinto que estou decepcionando todo mundo e... Tipo, não existe um jeito de a loja continuar aberta? Só até a festa passar?

Meus pais me fitam, depois se entreolham e voltam a me encarar. Dá para perceber a batalha furiosa por trás dos olhos deles, mas ao menos é alguma coisa. Talvez eles também não estejam totalmente preparados para se livrarem da loja.

Finalmente, minha mãe suspira e diz:

— Não sei, mas acho que podemos... perguntar?

Meu pai balança a cabeça lentamente.

— Acho que vale tentar. O dia da festa já está chegando.

— Obrigado — digo, correndo para os meus pais e abraçando-os. Os dois enrijecem, e sei que estão cientes da minha malandragem, mas nesse momento não estou nem aí. A única coisa que me importa agora é ganhar mais tempo. Manter a loja aberta até o dia da festa significa mais um mês para descobrir como salvá-la em definitivo.

...

— Então... Pode ser que eu tenha usado você como pretexto para meus pais não venderem a loja.

Meli faz uma pausa quando paro no estacionamento em frente ao Café Fusão Mundial, uma sobrancelha erguida.

— Você fez o quê?

Balanço a cabeça.

— Pedi para eles deixarem a loja aberta até o dia da festa. Você sabe, para que eu possa continuar levando lanches para as reuniões.

Meli ri, revirando os olhos.

— Eles realmente caíram nessa?

— Minha esperança é que talvez eles também estejam hesitando na venda.

Meli me olha por um momento, e, sim, eu sei que pode ser um pouco de ilusão da minha parte, mas preciso de alguma coisa para me manter otimista enquanto executo o próximo passo do meu plano.

Segunda posição: espionagem.

Precisamos descobrir o que está rolando nesse tal Fusão Mundial para que assim possamos elaborar um plano para manter a loja dos meus pais de pé e convencê-los de que é mais lucrativo não a vender.

Mas, para ser sincero, mesmo no estacionamento já me sinto uma erva daninha em um canteiro de flores. Como se algum grande ser onisciente estivesse me vigiando, observando enquanto atravesso um espaço ao qual não pertenço, aguardando avidamente para me arrancar pela raiz ou para borrifar em mim algum produto químico que me fará murchar.

E é por isso que chamei Meli para vir comigo, já que ela sempre foi a personalidade mais forte da nossa relação e pode me impedir de amarelar. Mas ela também é péssima em qualquer coisa que exija inteligência emocional, então ela meio que só me encara enquanto agarro o volante para tentar me acalmar.

Isso me lembra de quando me assumi para ela, de como ela precisou me estimular a desembuchar logo, e de como mal conseguiu lidar com a conversa quando comecei a ficar todo emocionado e a tagarelar sobre celebridades gays e coisas assim. Ela sempre foi desse jeitinho. Se você tem um problema, Meli é a pessoa para resolvê-lo. Precisa de alguém para segurar as pontas enquanto você chora? Bom, é para isso que servem os bichos de pelúcia.

Mas quando não havia mais ninguém a quem confiar minha sexualidade, Meli se fez presente para mim sem hesitação. *Você já devia saber disso, Gabi. Estou sempre no seu time.* Acho que isso é muito mais importante do que ser bom com as palavras.

E também ajuda a compensar o fato de que, nesse momento, Meli está meio alheia respondendo a mais um e-mail sobre a festa. Eu sei que ela está tentando ser solidária, ainda que não seja a pessoa mais habilidosa na hora de demonstrar isso, e sei que foi por isso que ela convidou Vivi para vir com a gente, apesar de eu me esforçar para manter as duas separadas. Meli acha que se eu tiver um reforço, não vai ser um grande problema quando ela precisar sair mais cedo. Ela tem adotado esse método desde a quinta série.

Quando finalmente consigo controlar minha respiração, saímos do carro. Vivi já está esperando na frente da cafeteria e dá um aceno entusiasmado quando nos aproximamos. Na verdade, até que é legal ter Meli e Vivi aqui juntas, já que elas são tão diferentes uma da outra — Meli é emocionalmente indisponível, mas perfeita para quando precisamos resolver as coisas, enquanto Vivi tende a ser emotiva e topa-tudo, mesmo tendo demorado um pouquinho para se abrir.

— Estou pronta para me entupir de comida até explodir — diz Vivi, e Meli apenas revira os olhos.

Quero lembrá-la de que tecnicamente estamos em uma missão de reconhecimento, mas sei que as duas estão me fazendo um favor só de estarem aqui, então decido não cortar o barato de ninguém.

Tem poucas pessoas na fila quando entramos, o que deveria ser reconfortante, mas aí um grupo de oito chega logo atrás da gente, e mais algumas pessoas aparecem logo depois dele. Mesmo na época em que nosso café bombava, não era *tanto assim*. Afinal de contas, sempre dividimos nossa clientela com os Mori — meu pai diz que isso é o "equivalente varejista a ter um depósito de lixo como vizinho", porque eles só serviam para derrubar o valor imobiliário da região —, mas ao examinar as mesas movimentadas reconheço alguns de nossos frequentadores. Uma clientela que já não tem aparecido na nossa loja há algum tempo.

O cardápio é esquisito e mal consigo lê-lo. Tem um desenho escandaloso no fundo, como se quisessem formar o contorno dos continentes, mas estão todos meio equivocados, e a América do Norte parece grande demais. E além disso, a fonte é esquisita e inclinada, o que só dificulta a leitura. Na verdade, nem sei o que é *bao*. Ou *takoyaki*, que seja. E todos os pratos tradicionais têm invencionices. *Taiyaki tres leches*? Pudim de pão de taro? E de quem foi a ideia brilhante de rechear as empanadas com *kimchi*?

Vivi entrelaça os dedos nos meus, e percebo que é um gesto para abrir meus punhos cerrados.

— Está tudo bem — diz ela enquanto se inclina para mim, sua voz suave. — Não fica tão bravo.

Mas não sei como dizer que não estou bravo — mas com medo. Claro, meus pais sempre odiaram os Mori, dizendo que eles roubaram alguns de nossos melhores clientes ao abrirem uma loja na mesma rua, mas isso aqui é diferente. Isso aqui não é um *Ah, cara, perdemos a Heather e as boas gorjetas dela*. Isso aqui representa meses de queda nas vendas e no movimento. É uma ameaça existencial avassaladora que está prestes a nos fazer entregar a loja para sempre.

O caixa chama o próximo cliente e Meli enfia o celular no bolso antes de se aproximar e fazer seu pedido. Desenrosco meus dedos dos de Vivi e meto as mãos nos bolsos. Foi minha ideia vir aqui sondar o terreno, mas obviamente foi uma ideia terrível. Minha vontade é meio que me encolher em um cantinho e morrer.

— O que vão querer? — pergunta o caixa.

E eu congelo. Tanto por estar tenso a ponto de não sentir meus polegares, como também pelo fato de ele ser bem gatinho, e já sinto um rubor tomando minhas bochechas.

Antes que eu me embaralhe e diga alguma coisa estranha, Vivi meio que me empurra de lado e toma a frente:

— Ele vai querer os doces de goiaba e queijo, e um *café con leche*. Eu quero o *smoothie* de goiaba e o pudim de pão, por favor.

O caixa digita bruscamente, e Vivi entrega seu cartão sem nem mesmo olhar para mim. Então ela enrosca o braço no meu e começa a me arrastar em direção a uma mesa.

— O que foi aquilo? — pergunto.

Ela enrubesce.

— Ué, você parecia tenso demais para pedir, então pedi por você. Além do mais, se a gente veio fazer uma pesquisa, então você precisa experimentar os mesmos produtos que fazem a fama da loja dos seus pais. É o único jeito de comparar de verdade.

— Você não precisava pagar — digo.

Ela abre um sorriso, mas seus olhos parecem fixados na gola da minha camisa.

— Você já está chateado o bastante. Não parecia justo fazer você dar dinheiro para o inimigo.

Apesar de ter feito o pedido antes da gente, Meli está meio que só moscando. Ela espera até que Vivi me empurre para uma mesa para sentar à nossa frente.

— Tudo bem, Meli? — pergunto.

— Tudo, só estou ocupada — responde ela, os olhos grudados no celular, mas não tenho certeza se é porque está realmente atolada com coisas da festa ou porque não quer dar papo para Vivi.

Uma garota chega com uma bandeja, colocando cuidadosamente toda a nossa comida sobre a mesa antes de voltar para a cozinha. Analiso tudo com cautela, meu estômago pesado. Vai ser pior se a comida for boa ou se for ruim? E qual passo devo dar depois? Isso vai mesmo fazer diferença para...

— Pelo amor de Deus, só come, vai — ordena Vivi dando uma mordidona no pudim de pão.

Suspiro e pego um dos *pastelillos*. Eles têm um formato estranho — super-redondo, quase uma bola. Dou uma mordida. Não é horrível, mas também não é ótimo. Quero dizer, eles nem parecem frescos, mas pré-congelados ou alguma coisa assim. E a goiaba está meio pedaçuda, a crosta não é quebradiça o suficiente. Bem decepcionante.

Meli morde um croquete, os olhos ainda colados no celular. Ela olha para cima apenas o suficiente para dizer:

— Os dos seus pais são melhores. — Daí volta para o que quer que esteja fazendo.

Vivi assente.

— É. É bonzinho, mas não entendo o *hype*.

E tem alguma coisa nisso tudo que dói mais do que se essa merda tivesse se revelado ser a melhor comida caribenha que já comi. Tipo, sério? Nem chega a ser boa, mas conseguiu roubar todos os nossos clientes? O que isso diz sobre a gente? Ou sobre o futuro da loja?

Vivi coloca a mão sobre a minha.

— Relaxa, tá bom? O pessoal provavelmente vem aqui porque o lugar é novo e tem essa decoração maneirinha e tal. Daqui a uma semana eles voltam para o café de vocês.

E eu quero acreditar nela, de verdade, mas tem uma pedra no meu estômago triturando minhas entranhas e dando uma sensação de peso imensa. Não consigo me lembrar da última vez que me senti tão sem esperanças.

CINCO
THEO

Tarde de domingo, vou à casa de Justin depois que ele e Clara terminam de… bom, não faço questão nenhuma de perguntar a ele o que estavam fazendo. A questão principal é que, antes de vir, mandei a seguinte mensagem para ele:

Tenho um plano. Tá dentro?

E como o amigo leal que sempre foi, Justin topou logo de cara, sem fazer nenhuma pergunta. E assim, depois de uma rápida ida ao supermercado, estamos de volta à casa dele, prontos para dar início ao meu plano infalível de fazer o Fusão Mundial fechar as portas.

A maioria das coisas na cozinha de Justin nunca foi usada. Seus pais a reformaram havia cinco anos, pouco antes do término do casamento deles e de o pai de Justin se mudar para a Flórida. Agora a mãe dele evita cozinhar a todo custo e usa a pensão alimentícia para pedir comida quase todas as noites e preencher o restante das lacunas com pizza congelada.

O espaço é imenso, cheio de bancadas de granito, eletrodomésticos modernos e esperanças e sonhos inexplorados. Não sei o que os pais dele tinham em mente quando resolveram reformar tudo, mas de agora em diante ela vai ser nosso centro de treinamento, o local perfeito para testarmos receita após receita sem nos preocuparmos com a possibilidade de meus pais descobrirem meu plano.

Justin bufa quando largamos as sacolas de compras no chão. Ele mora a apenas alguns quarteirões do supermercado, mas a caminhada foi bem cansativa, pois trouxemos, tipo, metade do peso do nosso corpo no lombo. Espero que isso dê certo, porque se não der desperdicei meses de gorjetas roubadas por nada.

— E agora, Theo? — pergunta ele.

— Vamos botar tudo na geladeira, e depois podemos reavaliar.

Não tenho certeza do que vou fazer, mas ajudo meus pais na cozinha desde os meus sete anos. Cozinhar é uma coisa que faço no piloto automático.

— Precisamos de um novo cardápio — digo. — Alguma coisa moderna e popular para reconquistar os clientes. Só que meus pais não podem saber, vão ficar putos se descobrirem.

— Você quer algo mais *underground*? — pergunta Justin.

Dou de ombros, mas, sim, acho que é meio isso que estou dizendo. Não é como se desse para atrair novos clientes para a loja com bebidas de pôr do sol e *smoothies* cheios de frescura, pois meus pais jamais aceitariam qualquer alteraçãozinha nas nossas receitas de família.

Mas eu poderia convencê-los a me deixar fazer entregas, certo? Digamos que vamos simplesmente expandir nossa base de clientes levando a comida até eles. Desse jeito, eu poderia acrescentar umas combinações interessantes para atrair o pessoal, tipo um cardápio secreto de comida para viagem, e assim seduzir as pessoas com esses itens chamativos que meus pais se recusam a vender, e uma vez que elas estivessem lá para seguir a moda, poderíamos vender as coisas tradicionais também, e finalmente lembrá-las do por que nossa comida é a melhor. Mas, se eu conseguir descobrir um jeito de levar esses itens para a escola, vou poder direcionar meus colegas para longe do Fusão Mundial. E aí o tio Greg volta a ganhar dinheiro, e uma vez que todos se apaixonarem pelas nossas bebidas de novo, eles vão voltar correndo para nossa loja, mais rápido do que esses otários que ficam fazendo racha na estrada. Sou um gênio.

Justin está me encarando com um olhar de preocupação, o que talvez não seja muito surpreendente. Dá para praticamente enxergar a fumacinha saindo das minhas orelhas, de tanto que estou matutando, e eu não sou exatamente conhecido por fazer grandes reflexões.

Justin arqueia uma sobrancelha.

— Você acha mesmo que fazer as coisas pelas costas dos seus pais é o melhor?

Ignoro a provocação. Ainda não consegui parar para avaliar as possíveis repercussões, afinal de contas elas vão atrapalhar meu fluxo de trabalho criativo.

Sacando o celular do bolso, abro a página do Fusão Mundial no Instagram. Eles não têm muitas postagens, mas têm uma hashtag na bio. Verifico tudo que os clientes deles andaram postando nas últimas semanas. Acho que posso começar a descobrir os produtos populares e partir daí. Quero dizer, se as pessoas estão se dando ao trabalho de compartilhar essa merda no Instagram, é porque deve ser minimamente atraente.

Justin espia por cima do meu ombro enquanto rolo a tela. Então grita:

— Ei, espera, volta um pouco!

Levo um susto.

— Voltar pra onde?

Ele pega o celular da minha mão e rola pelas fotos, daí clica em uma das imagens. Uma garota sorrindo de um jeito abobalhado, de língua para fora e vesga. Mas imagino que não foi a careta que chamou a atenção de Justin.

— Que tal isso? — pergunta.

Ela está com uma bebida na mão — rosa-claro, translucida perto do topo, provavelmente onde o gelo está derretendo, e com bolinhas de *bubble tea* no fundo.

— Parece limonada — digo.

— Bingo! — diz Justin. — Limonada. *Pink lemonade*. Mas e se fizéssemos limonada azul? *Blue lemonade*. Ou limonada laranja? Ou cinza?

Não consigo imaginar nem meus colegas de turma mais malucos ávidos por experimentar limonada cinza, mas talvez esse seja um caminho. Cá estou eu tentando criar uma obra-prima, quando na verdade só preciso chamar a atenção das pessoas, não é mesmo? Nem os ingredientes são muito importantes, desde que no fim seja empolgante e eu consiga convencer um monte de branquelos loucos por fotos a comprar. Moleza.

— Muito bem — digo. — Vamos começar.

...

Segunda é o dia em que me vejo totalmente convencido de que morri e fui para o inferno. Para começo de conversa, é dia de aula, o que via de regra já é o inferno na terra, e para completar vamos ter prova na segunda aula — e na quinta aula recebo minha nota, só para descobrir que fui mal, o que não é lá muito incomum, dado meu histórico. O problema é que prometi a mim mesmo que tentaria ir melhor esse ano, e a verdade é que não estou cumprindo nada do que prometi. Sei que minhas chances de fazer faculdade fora dessa cidade diminuem a cada nota ruim, mas nesse momento estou sobrecarregado demais para fazer qualquer coisa que não seja ignorar o problema e torcer para que ele desapareça. Ah, e esconder as notas dos meus pais, só para garantir.

Depois da aula, vou ao treino de futebol e sou massacrado por Gabriel Moreno. Três vezes. Também não é novidade, mas é o suficiente para me deixar puto.

E quando nosso treino acaba, Joey Amos diz:

— Alguém quer ir ao Fusão Mundial?

Estou a literalmente um metro dele, e ele faz o convite casualmente, como se para mim isso não equivalesse ao som de unhas raspando na lousa.

Alguns dos caras topam ir com ele, e eu simplesmente fico parado, porque, afinal, o que eu poderia responder?

Finalmente, Justin entra na conversa:

— Eu fui lá ontem. Não é nada de mais.

Joey assente e diz:

— É, fui no fim de semana. A comida é qualquer coisa, mas eles têm *bubble tea* e aqueles doces latinos gostosos. É viciante.

Claramente ninguém, exceto Justin, percebe que estou tremendo de raiva. Quando Joey e a galera se viram para ir embora, Justin grita mais do que depressa *De qualquer modo, o bubble tea deles é ruim!*, porque aparentemente ele é a única pessoa leal do meu círculo.

— Isso é ridículo — resmungo. — Eles sabem que nem é bom, e vão mesmo assim! Só porque vendem aquelas merdas esquisitas?

Justin dá de ombros.

— Acho que o pessoal curte a diversidade?

O que é irônico, porque pesquisei e os donos de lá sem dúvida são brancos. Aparentemente a diversidade padrãozinho é o único tipo aceitável.

Na noite anterior, Justin e eu delineamos alguns bons passos do nosso planejamento para a loja, no entanto ainda não estão prontos para a execução. A princípio, montei uma lista de alguns dos itens mais vendidos da nossa cafeteria — o clássico *bubble tea* com leite, os pães de taro, a raspadinha de lichia —, para a partir daí tentar criar algumas receitas baseadas em nossos favoritos e assim garantir que qualquer novidade no cardápio seja compatível com o que já temos. Mas a verdade é que as únicas ideias que temos são limonadas de cores malucas e alguns sabores de chá mistos. Nesse ritmo, acho que não teremos nada pronto para vender até o final da semana, e isso significa mais sete dias vendo todos ao meu redor agindo como traidores.

Justin bota a mão no meu ombro e diz:

— Não se preocupe. O *hype* deles vai acabar em algum momento.

E então uma voz corta nossa conversa:

— Só que não é apenas *hype*.

Eu me viro para ver Gabriel Moreno parado a poucos metros de nós, os olhos arregalados enquanto nos encara. Estava bisbilhotando a gente? Não que minhas reclamações tivessem sido exatamente discretas, mas mesmo assim.

— Hã, desculpa — diz ele. — Desculpa ter trombado em você no jogo. Três vezes. E sinto muito pela sua loja.

— O que tem a loja? — pergunta Justin.

Gabriel apenas dá de ombros.

Meu Deus, que vontade de meter um soco na cara dele. Não só porque ele é chato pra caralho, mas também porque estou doido para nocautear alguém. E não gosto do jeito como ele me olha, como se conhecesse cada pensamento que passa pela minha cabeça e soubesse exatamente como fazer eu me sentir ainda pior por causa deles.

Ele suspira e diz:

— A loja dos meus pais não está mais indo tão bem desde que o tal Café Fusão abriu. Imagino que a de vocês também, não é?

E não sei de onde ele tirou coragem para fazer esse comentário, mas aí está uma coisa que fez meu sangue ferver.

Tipo, ele acha mesmo que vou simplesmente expor nossas fraquezas ao inimigo?

Gabriel faz uma pausa, olhando para os próprios pés por um segundo, e diz:

— Eu... não sei bem como podemos competir com eles, mas talvez se trabalharmos juntos...

E aí está. A explicação.

Reviro os olhos, dando meia-volta e pisando duro rumo ao vestiário. Não quero ter essa conversa com a porra do Gabriel Moreno. E não é nem por causa do meu orgulho.

Tá, não é *só* por causa do meu orgulho. O que ele pode fazer, afinal? Nossos pais são rivais, somos inimigos jurados, e o pirralho mal consegue se manter de pé. Ele é ainda mais sem-noção do que eu pensava se realmente acha que eu simplesmente lhe entregaria meu plano para que ele pudesse roubá-lo para usar na doceria dos pais. Se apenas uma loja tiver chance contra o Café Fusão, que seja a nossa. E uma vez que Justin e eu colocarmos meu plano em ação, nem mesmo Gabriel Moreno e os doces chinfrins dele vão ser capazes de impedir nosso crescimento.

Só preciso manter a cabeça fria até lá.

SEIS
GABI

Como era de se esperar, a semana avança com um belo impulso descendente. Tem o lance da loja, que ainda não sei como resolver, mesmo tendo passado todas as noites tentando elaborar algum plano. E não sei o que Theo está tramando, mas pela forma como ele e Justin vêm maquinando todos os dias no treino, ele obviamente tem alguma coisa em mente, e eu gostaria muito de poder dizer o mesmo de mim. Mas só de pensar em Theo e no que ele pode estar planejando, volto àquele momento no campo, quando ele me pegou bisbilhotando a conversa. Não era bem minha intenção. Eu só estava meio desorientado e então acabei ouvindo ele falar sobre a única coisa que estava dominando minha mente desde a semana passada.

Mas também percebi que não valia a pena justificar isso para Theo, afinal de contas ele já me odeia de graça. Sério, aquilo provavelmente foi só mais um pretexto para ele solidificar sua aversão por mim.

E enquanto isso, Meli começou a semana lembrando casualmente a todos de darem sugestões de músicas para a festa até quinta de manhã — aparentemente o tema País das

Maravilhas não é específico o suficiente, então agora todos nós temos de trabalhar em cima de microtemas. Ela cutuca o grupo no chat mais ou menos a cada duas horas, como se a gente não tivesse mais o que fazer. E ainda tem o lance com Vivi, que não queria ir embora depois da nossa parada no café na tarde de domingo e desde então está superansiosa para sairmos de novo. Acho que ela vê Meli toda ocupada e pensa que isso significa que eu tenho tempo livre infinito para passarmos juntos. E não é que eu não *queira* sair com ela, mas com tudo o que está acontecendo, só me restam dois neurônios sãos, então hoje não tenho como acompanhar o drama dela com as quatro irmãs.

De qualquer modo, antes da aula normal na quinta, vou para a sala de dança conversar com Lady, não só porque quero um conselho dela a respeito do meu próximo passo para "salvar a loja dos meus pais", mas também porque estou na expectativa de que dançar me relaxe um pouco. Dançar é de fato o tratamento mais eficaz contra a ansiedade, então mesmo que eu não consiga entrar totalmente no modo balé até sexta, alguns minutinhos no meu lugar feliz podem fazer diferença.

Mas quando chego lá encontro a porta trancada e todas as luzes apagadas. Mando uma mensagem breve para Lady perguntando onde ela está, mas não posso ficar esperando muito tempo, pois tenho de voltar para a aula, ou corro o risco de me atrasar.

E, sim, a caminhada de volta à sala de aula é uma merda. Até tenho um plano fermentando na minha mente, alguma coisa tipo um desconto especial de fim de semana para atrair mais clientes, mas sei lá. Parece meio tosco, e como só tenho até a festa para provar aos meus pais que vale a pena continuar com a loja, sinto que preciso de uma solução curta e grossa para atrair as pessoas. E sem poder contar com os conselhos de Lady, meio que sinto como se estivesse me afogando.

Enfim, é hora da aula, e hoje é dia de os professores darem seus avisos e de usarmos o primeiro tempo para planejamentos, uma das coisas que eu menos gosto de fazer. Tipo, é quando todo mundo se sente um zumbi (e fica com a aparência de um), e também é uma merda porque ninguém tem nada para fazer de verdade, o que para mim significa zero distração da tensão de estar sentado diretamente na frente de Theo.

Mas quando entro na sala encontro uma enxurrada de atividades, todos aplaudindo e agitando os braços e coisa e tal. É como se uma multidão inteira de alunos do ensino médio tivesse se juntado para aniquilar um demônio, só que em vez disso estão todos amontoados em torno da minha carteira vazia.

Bom, acho que está mais para uma coincidência. Pelo jeito eles estão cercando Theo.

— Com licença — resmungo enquanto tento abrir caminho até minha carteira, mas ninguém presta atenção em mim. Vou acotovelando as pessoas, e finalmente consigo agarrar o encosto da minha cadeira, usando-o para me forçar pelo restante do trajeto em meio ao enxame de corpos.

O que está havendo?

— Vou querer o chá com leite secreto! — grita a garota ao meu lado.

Então ouço a voz de Theo se destacando da multidão.

— Beleza, Lilly. Desculpa, rapazes. Esse é o último chá com leite.

A galera solta uma estranha exasperação coletiva.

Enfio a cabeça entre a profusão de ombros, avistando Theo recostado em sua cadeira, com um sorrisão na cara. Está com uma prancheta no colo, marcando coisas nela.

Ele olha para cima, e seu sorriso derrete instantaneamente quando pousa os olhos em mim. E, sim, eu já devia esperar alguma coisa do tipo, mas mesmo assim é como se eu recebesse um tapa na cara.

— Ainda tem pãezinhos? — pergunta um dos caras à direita de Theo.

Ele dá uma olhadinha no papel, o sorriso de vendedor ressurgindo no rosto.

— Com certeza. Vou te colocar na lista.

Estou doido para perguntar o que ele está fazendo, mas sei que, se cutucar, toda essa curiosidade vai se transformar em uma ferida aberta e cheia de pus. As coisas são assim com Theo Mori. Se você ousar chegar muito perto, alguém acaba machucado.

Ou talvez seja só eu.

— O que vocês estão fazendo? Para os seus lugares.

Eu me aprumo quando a sra. Kilburn, a professora que vai dar os avisos de hoje, entra na sala e chuta o calço que segura a porta. Ela faz jus ao seu nome, cuja pronúncia lembra as palavras *matar* e *queimar* em inglês. É uma das nossas professoras mais rigorosas — e, sendo bem sincero, muito má.

Depois de uns resmungos aqui, uns pés se arrastando acolá e uns rangidos de cadeira, todos estão de volta às respectivas carteiras.

Viro ligeiramente a cabeça e tenho um vislumbre de Theo, que está presunçosamente recostado na cadeira. Nossos olhares se encontram e ele aponta com o dedo para a frente, o sorriso maroto se transformando num olhar penetrante.

Quando toca o sinal anunciando o fim da aula, corro até a porta rapidamente para interpelá-lo. Ele me olha de testa franzida, mas não diz nada e me repele com um leve empurrão.

— Theo, espera! — chamo.

— Vai se foder.

— O que... O que você estava fazendo lá na sala?

— Que diferença faz?

— Tem alguma coisa a ver com o Fusão Mundial?

Ele para de andar, e uma carga pesada de arrependimento se instala no meu estômago. Pela minha visão periférica, tenho a impressão de que as pessoas no corredor estão nadando, e agora, quando me concentro em Theo, parecem borradas.

Ele se vira, os olhos semicerrados, e diz:

— Por que você quer saber?

— Eu... — Minha vontade é dizer a ele que reconheço as emoções que rasgam seu peito. Que tenho plena noção de quanto o tal café novo é irritante, do que ele está fazendo com os nossos pais. Quero convencê-lo de que podemos trabalhar juntos, ser aliados, talvez até amigos, uma vez que estabelecermos um terreno comum.

Mas só consigo encará-lo em silêncio, pois o rosto de Theo está me dizendo para me afastar o máximo que puder antes de ele explodir e me levar junto.

No entanto, tem uma voz lá no fundinho da minha cabeça dizendo que essa é minha grande chance, minha deixa, minha única oportunidade de me dar com essa que pode ser a única pessoa na escola inteira capaz de realmente me compreender.

— Eu... Você está vendendo coisas? — Ele me encara inexpressivamente, como se eu nem tivesse falado nada, e minhas palavras caem no meio do corredor como um peso morto. — Posso comprar algo — acrescento, para quebrar a tensão, mas as palavras ressoam ocas entre nós.

Então Theo dá um passo na minha direção e baixa a voz:

— Não conte a ninguém sobre isso, tá bom?

Mas não sei se entendi o que ele quis dizer. Nossa turma inteira parecia bem a par da situação. Ou será que ele se referiu à administração da escola? Ele acha o quê, que eu almoço com a diretora ou alguma coisa parecida?

— Não vou contar — digo. — Quer dizer, eu jamais faria isso. Não sou assim.

Ele balança a cabeça, dando um passo para trás. Aí franze os lábios e diz:

— Depois da escola, antes do treino de futebol, vou estar em frente ao refeitório. Caso você queira comprar alguma coisa.

Então dá meia-volta e desaparece no corredor antes que eu possa prometer estar lá.

...

Entre a segunda e a terceira aula, quase trombo em Lady no corredor. Ela me puxa de lado.

— Desculpa, tive uma entrevista hoje de manhã, então cheguei atrasada na escola — diz ela. — Está tudo bem?

— Outra entrevista?

— Dedinhos cruzados para que essa realmente dê certo — diz ela, embora esse seja basicamente o pior cenário para mim. — Mas enfim, como estão as coisas?

Não sei nem por onde começar, não só porque tem muita coisa acontecendo, mas também porque só tenho cinco minutos até a próxima aula.

— Eu... O que você faz quando precisa elaborar um plano, mas tudo está acontecendo muito rápido?

Ela levanta uma sobrancelha para mim, ciente de que pegou o bonde andando, então diz:

— Gabi, você tem dezesseis anos. Pare de se preocupar com todos esses planos grandiosos e simplesmente viva um pouco.

Mas ela não entende. Sim, sou adolescente, mas isso não significa que minha vida não seja importante. Não significa que minhas ações não tenham consequências. E definitivamente não significa que meus pais sejam os mais sábios o tempo todo. Eles podem não enxergar isso agora, mas sei que vão se arrepender caso se desfaçam da loja, e vou ser o único a lidar com o desenrolar disso tudo.

Os olhos de Lady assumem uma expressão mais branda enquanto ela me observa, como se pudesse enxergar o colapso que ocorre por trás das minhas órbitas.

— Muito bem, olha — recomeça ela —, entendo que o que está acontecendo é importante para você, mas você só precisa respirar e deixar as coisas seguirem o curso delas. Você deve ter um amigo com quem pode conversar, certo? Alguém para ajudar a enfrentar tudo isso?

Mas Meli está ocupada demais no momento, e Vivi e eu não somos tão íntimos assim. Não sei como falar com ela sobre esse tipo de coisa.

Então só me resta Lady, e a dança, e estou prestes a perdê-las também.

— Que tal conversarmos mais amanhã? Depois da nossa aula?

Só que não quero esperar até amanhã, mas, antes que eu possa dizer qualquer outra coisa, ela segue na direção oposta à minha. Boa parte do corredor já está se esvaziando, então corro para a terceira aula antes que eu tome uma advertência.

Ainda tenho tempo antes da festa. Ainda tenho tempo para elaborar um plano.

Então só espero que o encontro com Theo depois da aula me traga alguma inspiração.

SETE
THEO

Alunos não podem vender nada no ambiente escolar.
Essa é uma regra superbásica desde a era jurássica ou alguma
coisa assim, mas resolvi ignorá-la. A parte complicada é
encontrar um lugar para guardar a mercadoria, já que não
posso simplesmente aproveitar a sexta aula para assar uns
bolinhos. Felizmente, Justin é meu comparsa. Quer dizer,
mais ou menos.

A tia de Clara trabalha no refeitório, então peço o favor
de deixar tudo guardado lá até o fim das aulas. Nós simplesmente entramos com o material todo pelos fundos, antes
de todo mundo chegar. Depois do sinal da saída, encontro
Justin e Clara perto do armário de Justin, e aí seguimos para
o refeitório.

— Espero que isso não seja um plano a longo prazo —
diz Clara. — Minha tia vai me matar se tiver de continuar
escondendo coisas para nós.

"Nós" é uma escolha de palavra estranha aqui, espe-
cialmente porque Justin não parece tão comprometido
com Clara, mas não vou ser a pessoa que vai dizer isso a
ela. Digo apenas:

— Se isso der certo, vamos descobrir uma alternativa.

Clara abre a porta do refeitório e nós a seguimos para dentro, passando rapidamente pelo corredor principal em direção à salinha dos fundos onde todas as merendeiras trabalham. O espaço está praticamente vazio, já que o horário de almoço terminou horas atrás. Ela nos guia até a enorme geladeira industrial onde nosso suprimento nos aguarda.

Fui esperto em relação a isso — acordei cedo para selar os copos de chá com leite, assar os bolinhos e armazenar em isopores. Não deu para acrescentar as bolinhas de *bubble tea* às bebidas com antecedência, senão a essa hora elas já estariam encharcadas e melequentas, então isso é uma coisa que ainda tenho de resolver, mas de qualquer forma já vendi a maior parte do meu estoque naquele mesmo dia na sala de aula. A única coisa que fiz foi acrescentar a palavra *mistério* ao nome dos produtos e mencionar que ia vendê-los depois das aulas, e de repente todo mundo estava em cima de mim. Plano infalível.

Justin e Clara me ajudam a tirar os isopores da geladeira, e já tem uma pequena fila de pessoas esperando para pegar seu pedido. Beleza.

— Estou com os pedidos aqui — aviso, passando uma pilha deles para Justin. — Apenas certifique-se de que cada um receba o pedido certinho que eu marquei.

Justin suspira, mas pega a papelada mesmo assim e então começa a distribuir as bebidas. Decidi que deveria ficar a cargo dos pães, já que só eu sei o recheio de todos.

— Caramba, Theo — diz Clara. — Você é disputado aqui.

— Acho que a maioria das pessoas só veio por causa dos pães dele.

Olho para cima e vejo Gabriel Moreno a alguns metros de distância, ostentando um sorriso estranho. Levanto uma sobrancelha e, retorcendo o lábio, digo para ele:

— Isso deveria ser algum tipo de piada gay, ô idiota?

Ele arregala os olhos, e um rubor toma suas bochechas quando retruca:

— Eu... O quê? Não! Eu não... Só estava...

Mas só ignoro. Já lidei com homofóbicos fanáticos o suficiente para saber quando alguém está falando sério e, nitidamente, não é o caso de Gabriel Moreno. Ainda é meio chato que ele esteja aqui. Sei que fui eu quem disse para ele vir, mas a verdade é que só estava tentando me livrar dele.

— Compra logo alguma coisa e se manda daqui — falo bruscamente.

Ele para de gaguejar, me encarando inexpressivamente por um segundo, daí diz:

— Hã, o que sobrou?

Não muito, para ser sincero. Acho que ainda temos dois pãezinhos de carne suína e um pão de feijão-azuki. Todas as tranqueiras de cores extravagantes e sabores esquisitos foram reservadas cedo e até os produtos tradicionais acabaram quando todo mundo percebeu que os itens especiais estavam esgotados.

Mas não quero falar sobre meus pães com Gabriel Moreno. É cilada pura.

Pego os três pães da geladeira e os entrego a Clara, que me olha por um segundo antes de entregá-los a Gabriel.

Ele os examina por um momento antes de pegar um deles com hesitação e vasculhar o bolso em busca de dinheiro. Assim que Clara conclui a venda, Gabriel se vira para mim:

— Viu, Theo, podemos conversar um minuto?

Nem sei por que ele está pedindo isso, quando é tão óbvio que a resposta é não. Eu basicamente tenho feito o máximo para evitar esse cara desde o início dos tempos. Quer dizer, meus pais literalmente me ensinaram a manter distância dos Moreno antes mesmo de me ensinarem a embrulhar um bolinho.

Mas aí ele me lança aquele olhar e me desarma. Aquele olhar de cachorrinho, de criancinha-de-nariz-trêmulo-que-acabou-de-ter-seu-pirulito-roubado, o mesmo que ele sempre exibe no campo de futebol. Como se ele fosse tão patético que apenas sua existência por si só já fosse um poço de tristeza e desespero.

É bem possível que eu só esteja sendo dramático, mas quando olho para Clara, ela parece estar com pena dele, e isso só me deixa ainda mais irritado. Tá, eu também choro quando vejo esses vídeos tristes de cachorrinhos, mas Gabriel não é um cachorrinho abandonado. Ele é um garoto de classe média alta de Vermont cujos negócios dos pais superam o lucro da nossa loja ao longo de, tipo, dez meses por ano. Não é culpa minha que ele tenha a estabilidade emocional de um copo de isopor barato. No entanto, quando olho para ele, quase me sinto mal, do mesmo jeito que sempre me sinto em campo, como se de algum modo eu fosse responsável por sua falta de capacidade de controlar os pés, o equilíbrio ou a porcaria da bola.

E de repente estou tomado pela mesma impotência de quando vejo meus pais serem destroçados pelo tio Greg. E estou ciente de que ninguém vai agradecer minha ajuda e de que provavelmente vou continuar decepcionando a todos, mas um aperto nas minhas entranhas fica me dizendo que preciso fazer isso mesmo assim, a ponto de eu me transformar em uma bola descontrolada de culpa e raiva sem nem mesmo saber de onde elas vêm ou o que fazer para me livrar dessa sensação.

Bufando, digo:

— Só seja rápido.

Ele se afasta da multidão e eu o acompanho, mas juro que se ele tentar me levar para fora da escola ou alguma coisa assim vou fazer um escândalo. Ele segue para o outro lado do refeitório — longe o suficiente para que todos ainda estejam à vista, mas completamente fora do alcance da voz — e diz:

— Eu, hã... Desculpa pelo comentário de antes.

— Eu literalmente não dou a mínima — respondo. — Se é só isso, preciso voltar às minhas vendas.

— Espera!

Eu paro. Os olhos dele estão imensos, como se tivesse acabado de ser flagrado em alguma safadeza, e ele continua retorcendo as mãos como se não conseguisse mantê-las quietas. Eu deveria dizer para ele ir caçar o que fazer, mas simplesmente permaneço ali, a sobrancelha erguida, até que ele fala mais uma vez.

— Eu... Por que você está vendendo lanches perto do refeitório?

Dou de ombros.

— Dinheiro fácil.

— Para seus pais?

Reviro os olhos e faço menção de ir embora, mas ele agarra meu pulso. O aperto é firme, não esperava isso de um magricelo.

— Você está competindo com o Fusão Mundial, certo? — pergunta ele, a voz saindo ofegante. — Tentando compensar as perdas dos seus pais vendendo coisas na escola, só que isso não vai durar muito. Quer dizer, um, você pode ser expulso se a diretoria descobrir, e dois, não dá para fazer isso em grande escala. Tipo, não de verdade.

Arregalo os olhos.

— Você está me ameaçando?

— O quê? Não! — rebate ele, e parece totalmente chocado com minha acusação, como se esse pensamento sequer tivesse lhe ocorrido, mas sejamos realistas: lambedores de botas sempre vão lamber botas. Mesmo que já tenham se passado *anos* desde que ele me dedurou pela cola, acho muito difícil acreditar que ele vá deixar eu me safar por quebrar uma regra tão rígida, sendo que ele e seus amigos são um bando de puxa-sacos dos professores. — Eu... estou me oferecendo para ajudar você. Pedindo, eu acho. E espero que me ajude em troca. Por favor.

As últimas palavras são um sussurro.

Puxo meu braço, me desvencilhando dele.

— Por que eu iria querer sua ajuda?

Ele parece não ter uma resposta e, para ser sincero, já nem sei por que ele me arrastou até aqui. Fui eu quem criou o novo modelo de negócios, e sou eu quem vai fazê-lo funcionar. Não preciso e definitivamente não quero a ajuda de Gabriel Moreno.

Mas daí ele também fez esse pedido desesperado para que eu o ajude. O que ele acha que vai sair disso? Não sou um sábio ancião asiático que vai guiar sua família para além da miséria. Se ele quer tanto salvar o negócio dos pais, então talvez devesse montar ele mesmo um plano em vez de tentar roubar minha ideia.

Ele está me encarando, os olhos com aquele apelo fofinho e patético à la Gabriel Moreno, aí me viro para trás, para Clara e Justin. Não sei se ele vai tentar roubar minha ideia ou me denunciar à diretoria, mas vou ter de ser cauteloso daqui para frente.

OITO
GABI

As coisas com Theo não correram exatamente bem. A voz no fundo da minha cabeça diz que sou um bobo e um masoquista, e que se eu tivesse respeito por mim mesmo esqueceria que Theo existe e seguiria minha vida.

Mas daí a voz principal da minha cabeça diz que ele é um gênio. Ou, pelo menos, que tem umas ideias muito boas. A turma inteira está comendo na mão dele, e enquanto estou me trocando para o treino, todo mundo fala de Theo... do *bubble tea* dele.

Nossa, como eu queria ter metade da confiança dele, ou pelo menos alguma ideia inovadora. Só tenho até o dia da festa para convencer meus pais a não venderem a loja, mas a única coisa que consegui até agora foi irritar Theo. Isso é ficar mais para trás ainda, porque, conforme a discussão geral está começando a migrar do Café Fusão para a loja dos Mori, não vai valer de muita coisa se nossa loja não cair na boca do povo.

Dou um suspiro, lutando para me recompor enquanto amarro as chuteiras. Parece um desperdício me preparar para o treino de futebol quando ninguém deseja minha presença nele. Eu devia estar descobrindo um jeito de salvar nossa loja, e não tropeçando pela grama e fazendo cada vez mais inimigos. Sei lá, mesmo se os outros caras me tratassem do jeito que tratam Theo — ou que ao menos me tolerassem, já que eu jamais seria capaz de lidar com a atenção que dão a ele —, não consigo deixar de sentir que jogar futebol é tão contraintuitivo para mim que, toda vez que entro em campo, eu basicamente apago um pedaço meu.

Mas daí acho que é por isso que eu jogo.

O vestiário já está quase vazio quando me endireito e saio para o campo. Tento não focar muito na prática em si. Só entrar e sair. Nada sério.

Fazemos o aquecimento e treinamos algumas jogadas. Então formamos dois times para uma pelada, o que é sempre superdivertido, já que ninguém me quer no time. Theo e Joey são os capitães, e Theo fica com a expressão mais deprimida que já vi quando percebe que vai ficar com quem sobrou. Eu, no caso. Sou sempre o jogador que sobra.

Tento não levar para o lado pessoal, já que provavelmente eu também não me quereria no meu time, e volto a concentrar meus pensamentos na loja. Theo não vai me ajudar, mas e se eu acompanhasse as ideias dele?

Mas mesmo que eu consiga fazer algumas vendas na escola, será que isso vai fazer alguma diferença? Financeiramente, não é o suficiente para manter a loja, e meus pais já enfatizaram que precisamos ganhar o bastante para que meu pai não precise voltar a trabalhar no mercado imobiliário e também para pagar os estudos da minha mãe. E, para ser sincero, desse jeito vamos acabar outra vez no mesmo impasse com os Mori, e duvido também que o lucro esteja à altura da oferta que meus pais receberam, por mais que desse uma boa grana.

O time corre pelo campo enquanto caça a bola, mas nem sei onde ela está. Parece que todos estão mais tropeçando uns nos outros do que de fato executando alguma coisa, mas acho que nem posso falar nada já que mal estou prestando atenção na partida.

A raiva, a decepção e a frustração travam uma guerra dentro de mim a ponto de eu desejar um jeito de simplesmente agarrar meus problemas e expulsá-los da minha vida. Eu adoraria ser aquele tipo de pessoa capaz de lutar contra todos os obstáculos e sair vitoriosa em vez de se sentir sempre tão impotente em relação a tudo.

Então a bola vem rolando na grama até parar na minha frente, e um interruptor liga no meu cérebro.

Meto um chutão nela, um grito crescendo na minha garganta.

E então Theo aparece, passando a bola para Jeff, que está pronto para chutá-la no gol.

Só que não consigo conter minha aceleração.

Theo se vira e percebe minha presença, e faz uma careta quando dou uma entrada nele com um entusiasmo imprudente.

Ele solta um gemido baixo quando seu braço pousa debaixo do corpo em uma tentativa vã de evitar a queda.

Agora nossos corpos estão amontoados, as pernas entrelaçadas, meu rosto colado na dobra do braço dele. Estou meio que congelado pelo contato, mas também pela vergonha que terei de enfrentar no momento em que tentar ficar de pé.

— Sai de cima de mim! — berra ele.

Eu me afasto, tentando me distanciar dele antes mesmo de me erguer.

Ele bufa, o cabelo escuro caindo no rosto enquanto senta e esfrega o pulso direito com a mão esquerda.

— Que porra foi essa? — questiona.

Dou de ombros, forçando um sorrisinho para quebrar a tensão.

— Acho que me perdi.

— É, você definitivamente fez a gente perder — resmunga ele, mas não respondo. Nada que eu diga vai melhorar a situação.

O técnico se aproxima, a cara dele é de puro cansaço e irritação.

— Muito bem, levantando, vocês dois. Bola pra frente.

Levanto em um salto e observo enquanto Theo se firma para se erguer, e cai com a cara no chão quando o pulso cede.

Eu me agacho e estendo a mão para ele, que faz uma careta para mim. O técnico nos contorna e estende a mão para baixo, agarrando o pulso esquerdo de Theo e puxando-o para ficar de pé.

— Mori, por que você não vai para o banco um pouquinho? — sugere o técnico.

Theo parece mais disposto a meter o pulso imaculado em um triturador de lixo a ir para o banco, mas depois de um olhar de desprezo em minha direção, ele assente e se dirige às arquibancadas.

O técnico diz para continuarmos sem Theo, mas agora, além de ser tomado pelo sentimento de desânimo e de inutilidade, também me sinto culpado. Theo deveria estar em campo, não eu.

— Ei, veja como se faz, Gabriella — zomba Kris, chutando a bola em direção ao gol.

Mas ele erra. Por alguns bons metros. Todos resmungam.

— Ok, vamos encerrar por hoje — grita o técnico, finalmente aceitando o que o restante de nós já sabe: não faz sentido seguir o treino sem Theo. Todos nós insistimos em ditados como "a união faz a força" ou alguma outra bobagem, mas a verdade é que sempre ficamos no campo só esperando Theo tentar vencer o jogo para nós. E é por isso que provavelmente nunca vencemos.

Justin corre para as arquibancadas e se empoleira ao lado de Theo enquanto o restante dos caras retorna ao vestiário. O bom senso me diz para ir com eles, mas em vez disso resolvo ir às arquibancadas, percebendo quando Theo e Justin me acompanham com o olhar.

— Eu… sinto muito, Theo — digo. — Mais uma vez. Eu… Desculpa.

Ele parece prestes a me dar um soco na cara, mas seu pulso está bastante inchado. Tipo, o suficiente para fazer com que um soco na minha cara fosse muito mais doloroso para ele do que para mim.

— Vai se foder, Moreno — retruca ele.

Estremeço.

— Seu pulso está legal? Parece que foi feio.

Ele revira os olhos.

— Está tudo bem. Cai fora.

Justin finalmente volta a atenção para o pulso de Theo, aí arregala os olhos.

— Merda, cara, isso está… tipo, tá bem feio.

— Tá nada. Meus pais vão botar Neosporin ou qualquer coisa assim.

— Não acho uma boa. É melhor a gente levar você para o pronto-socorro.

— É só uma contusão!

— Acho que é bem pior que isso — observo, vacilando quando os dois olham para mim outra vez. — Eu… hã, olha, eu tenho carro. Posso levar você ao hospital.

Justin balança a cabeça.

— Não, é melhor a gente ir para o pronto-socorro onde minha mãe trabalha.

— Opa, opa, pera aí... — interrompe Theo. — Não concordei em ir a lugar nenhum com vocês.

Justin revira os olhos, pegando o pulso de Theo, que estremece, recuando, e aí Justin revira os olhos de novo.

— Anda, a gente vai lá, sim.

Theo balança a cabeça.

— Vocês não podem me obrigar.

Justin agarra o pulso bom de Theo, puxando-o das arquibancadas e meio que o arrastando em direção ao estacionamento.

— Onde seu carro está parado?

...

Meia hora depois, Justin e eu estamos na sala de espera do pronto-socorro. A mãe de Justin veio buscar Theo há alguns minutos, e agora estamos aqui, sentados nesse silêncio cada vez mais constrangedor enquanto ele fica mexendo no celular, e eu, olhando os avisos nas paredes. Sinto que deveria dizer alguma coisa, mas provavelmente Justin me odeia tanto quanto Theo, e nós dois sabemos que Theo só está aqui por minha causa.

E, tipo, eu sei que não é nada sério, mas, mesmo assim, me sinto culpado e não faço ideia de como posso compensar isso.

Leva vinte minutos para os pais de Theo chegarem. Não me lembro de tê-los visto pessoalmente antes, mas a mãe dele parece bem irritada, e o pai, morto de preocupação. Justin os puxa de lado para contar o que aconteceu — espero que não diga que a culpa foi minha, que os tranquilize dizendo que Theo não está morrendo ou coisa assim.

Dez minutos depois, a mãe de Justin volta com Theo. O pulso dele está imobilizado por uma munhequeira preta grossa, mas, tirando isso, ele parece praticamente ileso.

— Foi só uma torção no pulso — explica a mãe de Justin. — Deve cicatrizar em algumas semanas. Até lá, recomendo repouso.

Theo revira os olhos, mas assente mesmo assim.

— No pior momento possível — diz a sra. Mori. — Você ia começar a fazer as entregas hoje.

Theo dá de ombros.

— Ainda posso fazer.

— Como você vai carregar tudo com um braço só? — questiona a sra. Mori. — Você vai se machucar ou deixar cair tudo.

— Eu posso ajudar — intervenho, as palavras saindo à velocidade da luz e largando meu cérebro na poeira espacial.

A sra. Mori se vira para mim, uma sobrancelha erguida.

— Quem é você?

Theo dá um gemido.

— Só um amigo da escola.

Congelo, a palavra *amigo* me pega desprevenido. Não consigo sequer imaginar um mundo onde Theo e eu sejamos amigos. Ele provavelmente só disse isso para evitar que os pais descobrissem que estava confraternizando com o inimigo, mas fico tenso ao dizer:

— É, eu, hã, trouxe o Theo para cá. Porque tenho carro. Eu poderia ajudar nas entregas.

Theo balança a cabeça.

— Está tudo bem, Gabriel. Deixa comigo.

O sr. Mori ri.

— Theo, se o garoto está oferecendo ajuda, aceite. É por isso que seus professores reclamam da sua animosidade.

Theo enrubesce, e vira a cabeça para o outro lado, resmungando alguma coisa que não consigo entender.

O sr. Mori se volta para mim com um sorriso e diz:

— O Theo vai aceitar sua ajuda com prazer. Mas peço desculpas porque não vai ter remuneração.

Faço um gesto para que ele relaxe.

— Não tem problema. Sério, fico feliz por poder ajudar.

O sr. Mori me dá uma piscadela e diz:

— Aqui, meu número de telefone. Aí você nos conta se o Theo der trabalho, está bem?

De soslaio, percebo que Justin está balançando a cabeça, mas minha atenção se desvia quando o sr. Mori me entrega um cartão de visitas. Só vou ajudar Theo para compensar a lesão no pulso, e talvez, em algum momento, isso tudo me inspire a encontrar uma solução para ajudar a loja dos meus pais. Qual é a pior coisa que poderia acontecer?

NOVE
THEO

É sexta de manhã e penso em fingir que estou gripado para continuar na cama. Tipo, qualquer coisa para não encarar Gabriel Moreno de novo. É muito irritante que meus pais tenham concordado com essa coisa de a gente trabalhar junto. Não é lá tão anormal eles tomarem decisões por mim, mas cá estamos em um conceito totalmente novo de degradação. E nem minhas reclamações enquanto estávamos indo do hospital para casa, alegando que Gabriel é filho do rival deles, ajudou a tirar aquela ideia da cabeça deles, levando em consideração que eles são completamente incapazes de admitir que estão errados a respeito de qualquer coisa.

Quando chego à escola, Justin me pergunta como está meu pulso e eu o ignoro. Em algum momento ele vai perceber que agora faz parte da minha listinha de traidores. E espero que faça isso antes do toque do sinal de saída, assim ele vai ter tempo para pedir desculpas e mais tarde vou poder ir à casa dele para continuarmos trabalhando juntos nas novas receitas.

E já que Justin e eu tecnicamente marcamos de trabalhar em nosso empreendimento secreto depois da escola, isso me obrigou a passar a noite pensando no que fazer com Gabriel.

Isso porque as "entregas" seriam só meu disfarce para explicar aos meus pais o dinheiro "surpresa" que vem da venda de produtos na escola e os itens desaparecidos do nosso estoque, então não é que eu precise de ajuda para sair distribuindo *bubble tea* pela cidade. E, sendo muito sincero, mesmo *se* eu fosse fazer entregas de verdade, a ajuda dele seria dispensável. Principalmente quando há mais chances de ele enfiar o carro comigo dentro em um rio do que de fato ser útil. Então agora preciso achar um jeito de impedir que Gabriel me denuncie aos meus pais por mau comportamento e, ao mesmo tempo, mantê-lo fora do nosso caminho para que ele não quebre ou lesione mais nada. Para ser franco, só o fato de ter que lidar com esse cara já é um trampo em período integral.

Quando chego à sala de aula, Gabriel já está sentado lá, brincando com os polegares ou sei lá. Passo pela carteira dele sem olhá-lo, aí me acomodo no meu lugar e largo minha mochila no chão. Ele endireita as costas no segundo em que me sento, como se estivesse ansioso para falar comigo, e isso me irrita demais. Esse garoto não sabe captar sinais.

Ele vira a cabeça ligeiramente, como se estivesse tentando me olhar, e resisto à vontade de empurrá-lo. Só que ele está a uma mensagem de texto ou a uma ida à diretoria de a qualquer momento estragar toda a minha operação, por isso sou obrigado a manter o mínimo de civilidade para que ele não abra o bico.

— Gabriel — digo.

Ele se vira, os olhos arregalados.

— O Justin e eu vamos para a casa dele depois da escola, para trabalhar.

— Eu… — Ele faz uma pausa, olha para baixo por um segundo e continua: — Na verdade, hoje tenho compromisso depois da escola.

Reviro os olhos.

— Puxa vida, que pena. Cancela. Foi você que se ofereceu para ajudar, não foi?

Um rubor toma as bochechas dele, e ele simplesmente assente, abaixando a cabeça e se virando para a frente de novo. Só quando minha raiva diminui que percebo que fiz besteira. Eu podia simplesmente ter deixado que ele fosse para o tal compromisso, assim me livraria dele ao menos essa tarde.

Que ótimo. Ele me deixa tão puto que não consigo nem pensar direito.

— Então — diz ele, se virando para mim de novo —, onde é que eu encontro vocês depois da aula?

— Você — digo, uma ideia crescendo rapidamente na minha cabeça —, na verdade, vai ao mercado. Você tem carro, certo? Preciso que compre algumas coisas.

— Tá bem — responde ele. — Do que vocês precisam?

— Vou te mandar uma lista e o endereço do Justin.

Ele faz que sim com a cabeça.

Perfeito. Agora só preciso inventar uma lista detestavelmente complicada para mantê-lo ocupado por algumas horas enquanto Justin e eu fazemos as coisas.

...

Eu me esqueço completamente de que estou com raiva de Justin, até vê-lo novamente na quarta aula. Ele acena para mim, gesto que eu simplesmente ignoro enquanto sento no meu lugar. Não dá nem para fingir que estou anotando alguma coisa porque não posso usar a mão direita, então me vejo encurralado, só olhando para a frente, fingindo que realmente me importo com o que o sr. Monaghan está dizendo e que estou superinteressado nos garranchos dele na lousa.

Para a surpresa de ninguém, dez minutos depois estou apagado. Quando o sinal toca, me acordando num sobressalto, levo um segundo para me lembrar exatamente de onde estou e assim começar a me organizar.

E esse segundo é o suficiente para Justin aparecer à minha carteira, me olhando feio.

— Ei, otário, por que você está me ignorando?

Penso em pegar mais pesado ainda nesse lance de ignorá-lo e passar por ele como se eu nem tivesse notado sua presença, mas, para além do fato de que sou bem ruim nesse negócio de guardar rancor, prefiro dar um esporro nele.

Eu me viro com o olhar mais raivoso de que sou capaz.

— Você me traiu.

Ele levanta uma sobrancelha.

— Não contei nada para os seus pais...

— Não tô falando dos meus pais — rebato. Daí abaixo minha voz, para o caso de algum dos retardatários que estão deixando a aula conseguirem ouvir: — Tô falando do Gabriel. Não queria que ele me levasse para o pronto-socorro, e agora vou ter que trabalhar com ele, e é tudo culpa sua.

Ele revira os olhos.

— Caramba, Theo, pensei que seu pulso estivesse quebrado! Só estava tentando ajudar.

Talvez ele estivesse mesmo só tentando ser um bom amigo ou coisa assim, mas considerando quanto eu me ferrei nessa história, não consigo ignorar tudo o que aconteceu. Então simplesmente jogo minha mochila no ombro e sigo para o corredor. Ele me acompanha, a apenas um passo de distância. Continuo:

— Eu não precisava da sua ajuda, e agora você piorou tudo. É isso o que acontece quando você dá bola para o inimigo!

— Olha, desculpa por tudo — diz ele. — Mas, se quer saber, acho que você está exagerando.

— É claro que você vem pedir desculpa, já que odeia quando fico bravo com você.

— Não estou falando disso — diz Justin. — A coisa toda do Gabriel Moreno. Tipo, tá, eu entendo, ele é um pé no saco e os pais de vocês são rivais e tal, mas ele só queria ajudar. Ele não esfolou seu gato nem nada do tipo.

Viro subitamente para Justin, semicerrando os olhos.

— Sério mesmo que você não percebe que, toda vez que ele tenta ajudar com alguma coisa, só piora? Tipo agora, que vou ter que gastar meu tempo bancando a babá em vez de tentar resolver aquele que provavelmente é o meu maior problema do ano. Só para constar! — Mostro meu pulso torcido para frisar minhas palavras.

Justin dá um suspiro profundo e sincero, como se já estivesse para lá de enfastiado com as minhas merdas, mas tanto faz. Claro que é fácil para ele falar "O Gabriel não é tão ruim assim!", porque não é Justin quem vai ter de lidar diretamente com ele. Não é ele quem aguenta Gabriel na sala de aula há anos, e agora ainda tem essa porcaria de pulso torcido e uma pena capital infernal para somar àquele que já é o semestre mais horrível da minha vida.

...

Logo após a sexta aula, mando uma mensagem para Gabriel com a lista de compras mais absurda possível. Tipo, na esperança de que ele não tenha tempo de me confrontar com o assunto.

Em vez disso, ele me acha logo depois do fim das aulas, pouco antes de Justin e eu termos a oportunidade de escapulir.

— Você precisa mesmo daquelas coisas todas? — pergunta.

Dou de ombros.

— Preciso, algumas receitas são bem complicadas. Não é tanta coisa assim, né?

Ele parece um pouco tenso, mas finalmente balança a cabeça e diz:

— Não, eu dou conta. Encontro vocês na casa do Justin mais tarde?

Faço que sim com a cabeça.

— Me manda uma mensagem com o endereço.

Assinto novamente, esperando ele ir embora, para que eu possa me "esquecer" de lhe enviar o endereço. No entanto, ele meio que fica lá plantado até eu finalmente pegar meu celular.

Quando ele recebe a mensagem, dá uma olhadinha e comenta:

— Eita, é meio longe. Querem que eu deixe vocês lá antes de ir ao mercado?

E, sim, o endereço meio que é longe porque dei uma zoada. Imaginei que poderia ter um pouquinho de paz se Gabriel "se perdesse" e só aparecesse quando estivéssemos quase terminando.

Só que agora ele está me encarando com aqueles olhos gabrielísticos de corça, como se estivesse superpreocupado com o fato de Justin e eu precisarmos andar dez quilômetros até o endereço que mandei para ele.

E isso me deixa vagamente nauseado — aquele olhar desesperado e patético. Gabriel não é problema meu. Não devo nada a ele e, sim, talvez ele esteja tentando ser útil, mas quando é que isso já contou a meu favor?

Finalmente, dou um suspiro e digo:

— Não é tão longe assim.

Ele parece melancólico quando responde:

— Se você está dizendo…

— Espera — digo, estendendo a mão para ele. — Quis dizer que fica a pouco mais de um quilômetro daqui. Acho que mandei o endereço errado por engano.

Pego o celular, fingindo que estou lendo a mensagem para ver em qual parte errei, embora já saiba bem. Por fim, digo:

— Ah, sim, era para ser Campbell Boulevard.

— Ah — diz Gabriel, olhando para a mensagem como se não tivesse entendido direito como consegui errar dois nomes tão diferentes.

— Mas enfim, tchau! — Puxo Justin para que a gente consiga fugir antes que Gabriel tente nos chamar de volta.

— Uau — diz Justin. — Você tentou mesmo dar o endereço errado para ele.

Dou de ombros.

— Eu corrigi.

— Um gesto meio babaca, afinal você já o mandou em uma busca insensata, não acha?

Olha, na verdade nem acredito que corrigi o endereço. Foi bem desnecessário. É só que tem uma coisa de tão ridícula no rosto de Gabriel, que acabei derretendo, como se ele fosse um bebê que eu não posso socar, afinal de contas quem em sã consciência socaria um bebê? Ninguém.

A caminhada da escola até a casa de Justin não demora muito, e seguimos por todo o trajeto em silêncio. Não sei se Justin presume que eu ainda esteja bravo com ele, e por isso não se dá ao trabalho de puxar conversa, ou se ele simplesmente não tem nada de útil para dizer. Agora que Gabriel está temporariamente fora de cena, estou ocupado com meus próprios problemas de novo, coisa que, francamente, consegue ser ainda pior do que lidar com ele.

Preciso sair desse estado horroroso, e para isso preciso parar de perder tempo com Gabriel e começar a descobrir um jeito de encarar o tio Greg.

Largamos os sapatos na entrada antes de atravessar a sala até a cozinha. A mãe de Justin não está em casa e provavelmente só vai chegar mais tarde. Ela assumiu tantos turnos extras desde que o marido foi embora, que não tenho certeza se ela precisa desesperadamente do dinheiro ou se simplesmente odeia ficar na casa que eles montaram juntos. Talvez as duas coisas.

— Então, o que vamos fazer hoje? — pergunta Justin.

Jogo minha mochila no balcão, ignorando a careta dele. Justin provavelmente está incomodado, achando que acabei de espalhar os germes da mochila por todas as superfícies onde vamos cozinhar, tal qual uma tiazona asiática, mas de todo jeito a gente vai limpar tudo, então quem liga?

Vasculhando minhas coisas, pego os pedidos. O principal motivo que me levou a imprimi-los foi exatamente para poder acompanhar quanto de cada item estamos preparando, e para assegurar que não prometi ao pessoal alguma merda que não estivesse no nosso cardápio, mas a verdade é que eles também são documentos perfeitos para medirmos o que vendeu melhor.

— Todos os quitutes bizarros foram vendidos quase imediatamente — digo, olhando para o primeiro conjunto de pedidos. — Que porra explica isso?

Justin dá de ombros.

— Provavelmente porque são edição limitada.

Levanto uma sobrancelha.

— Tipo um par de tênis exclusivo ou aqueles bonequinhos de vinil esquisitos. O valor sempre dispara quando as pessoas sabem que só vão ter uma oportunidade de adquirir aquele item.

Ele provavelmente está certo. Na verdade, essa pode ser uma das maiores fraquezas da loja dos meus pais: nosso cardápio nunca muda. Talvez as pessoas estejam cansadas do que oferecemos, ou talvez saibam que os itens estarão disponíveis toda vez que forem lá.

Bom, até não estarem mais.

Anoto essa observação no canto de um pedido.

— Ok, então devemos fazer tudo edição limitada?

— Precisamos repetir alguns produtos, o suficiente para fazer render no boca a boca, mas acho que edições limitadas são uma boa ideia — diz ele. — Assim, as pessoas vão priorizar algumas aquisições. Não perca! Pode ser que você não tenha outra oportunidade!

— Como você sabe dessas coisas todas? — pergunto, já que Justin nunca teve um emprego, muito menos um negócio.

Ele dá de ombros.

— É o que eles basicamente fazem nos comerciais desde sempre. Você não assiste ao YouTube?

— Só Netflix.

— Experimenta assistir a alguns anúncios de vez em quando.

— Por que você acha que eu só assisto à Netflix?

Justin ri, mas não sei qual é a graça.

Volto a atenção para os pedidos. As bebidas fizeram mais sucesso do que os lanches, o que é meio estranho para mim, mas também me pergunto se é porque são mais reconhecíveis. Afinal, muita gente tem postado fotos com *bubble tea* no Instagram ultimamente. Acho que é bom levar isso em conta.

— Elas são melhores para fotos estéticas — diz Justin, espiando por cima do meu ombro.

Levo um susto, pois não percebi a aproximação dele.

— O que é melhor para fotos estéticas?

— As bebidas. Tipo, os pães são gostosos e tal, mas são todos parecidos por fora e, para ser sincero, as garotas ficam muito mais gatas com um canudo nos lábios do que com a boca cheia de comida.

Estou entendendo, exceto a parte das garotas. Quer dizer, sei que sou gay desde os meus dez anos, então nunca captei direito essas tendências das meninas que querem sair sexy nas selfies — o biquinho, as poses esquisitas de quem vai peidar, as coxas tão magras que não encostam uma na outra. Absurdo total.

Mas Justin está certo nesse lance dos copos. Eles são bonitos, coloridos e as pessoas estão sempre desenhando neles e colando adesivos numa vibe *kawaii*. Eles são reconhecíveis e fofos. Comercializáveis. É um bom ponto a se trabalhar.

— Beleza, então bebidas são a prioridade. Queremos que a maioria das coisas seja de edição limitada, e precisamos de embalagens fofas. O que mais?

Justin joga a cabeça para trás, rindo, e eu meramente arqueio uma sobrancelha, esperando que ele termine. Daí ele diz:

— Embalagens fofas. Sejamos realistas por um segundo, Theo. Nenhum de nós é conhecido por ser fofo. Estou mais para o atleta gato, e você não é esse tipo de gay.

Reviro os olhos.

— Dou conta de fazer uns copos bonitos. Qual é a dificuldade nisso?

Justin começa a rir novamente.

— Certo, tudo bem, vamos deixar esse papo da embalagem de lado por enquanto. Vamos nos ater às bebidas.

— Temos que acrescentar as bolinhas de *bubble tea* — diz Justin.

— Não dá. Elas vão ficar encharcadas.

— E aquelas pérolas de suco? Feitas de gelatina ou alguma coisa assim?

Faço que sim com a cabeça, anotando possíveis *complementos* no canto da página também. Na verdade, acho que o *bubble tea* pode mesmo dar certo. A gente só precisaria ver um jeito de acrescentar as bolinhas no copo antes de entregá-lo ao cliente. Então, talvez, um copo com tampa, mas sem lacre?

— Argh, estou morrendo de fome — diz Justin, abrindo a geladeira para revelar que, para a surpresa de ninguém, está vazia. — Porra. Vamos pedir comida.

— Não temos tempo. Temos trabalho a fazer.

Um sorriso malicioso surge no rosto dele, e fico tentado a lhe dar um tapão.

— O que foi?

— A gente podia pedir para o Gabriel buscar alguma coisa.

Resmungo.

— Não, obrigado. Além disso, ele ainda vai demorar algumas horas para voltar.

Mas Justin já está pegando meu celular, digitando a senha que uso para tudo desde o quarto ano, e procurando o contato de Gabriel.

Ele atende no terceiro toque, o som do trânsito e do ar-condicionado do carro ecoando ao fundo.

— Theo?

— É o Justin — diz ele, botando o celular em cima do balcão. — A gente está com fome. Rola de você buscar comida?

— Hã, posso ir, sim — responde Gabriel, sempre esquisitão. — O que vocês vão querer?

— Qualquer coisa tá bom. Passa na Taco Bell ou qualquer coisa parecida.

— Eca, não — digo. — Se a gente vai comprar comida, então que seja comida de verdade, não cocô de cachorro. Tem aquele restaurante de massas lá na praça.

Gabriel ri.

— Tá bom, pode ser. Preciso fazer mais uma parada, para buscar a concha, e pronto.

— Calma aí — interrompo, minha voz saindo esganiçada. — Você já terminou tudo? Tão cedo? Tem só uma hora que você começou!

— Terminei, fui em alguns varejistas onde meus pais fazem compras. Bem fácil. Tá impressionado?

Mais para furioso, mas não tem como admitir isso sem parecer um completo babaca.

Espera aí, isso significa que eu *sou* o babaca?

— Beleza. Valeu, Gabriel! — diz Justin, antes de desligar. — Não acredito que você odeia esse cara. Ele é tão prestativo.

As palavras de Justin são um soco nas minhas costelas. Tão *prestativo*. Talvez ele esteja sendo prestativo, talvez ele só esteja tentando me ajudar, talvez eu o tenha enviado em uma caça ao tesouro inútil só para afastá-lo, mas não é que eu não tivesse motivos para tal. Eu *tenho* motivos. Ele é o filho do inimigo. Ele é o aluno puxa-saco dos professores. Ele é péssimo no futebol e *torceu* o meu pulso.

Mas, quanto mais repito as razões na minha cabeça, pior elas soam. Sim, ele me irrita, mas será que eu passo o tempo todo odiando esse garoto só porque nossos pais trabalham no mesmo ramo e ele é ruim em esportes? Ou só estou depositando nele todas as minhas frustrações por causa da loja dos meus pais, do tio Greg e do nosso time de futebol horroroso? Será que eu ao menos o conheço o suficiente para odiá-lo?

— Ele é o Bob Esponja nessa situação, não é? E eu, o Lula Molusco?

Justin me encara como se eu tivesse acabado de recitar o haicai mais profundo do planeta.

— Ah, merda. Peraí, isso significa que eu sou o Patrick? Não, calma, o Lula Molusco, certo?

Reviro os olhos. Tá, definitivamente estou pensando demais. Novo plano: simplesmente não vou pensar nisso mais. Perfeito. Nunca mais vou pensar em Gabriel Moreno outra vez.

DEZ
GABI

De repente, recebo um *Ei, é o Justin!* de um número que não está nos meus contatos, e logo a seguir chegam os pedidos de Justin e Theo. Devo admitir: isso dói um pouco.

Talvez Justin estivesse cansado de enviar mensagens do celular de Theo e achou que seria mais fácil fazer isso do próprio celular.

Ou talvez Theo me odeie tanto, que só de pensar em Justin falando comigo já fique irritado.

Queria que Lady estivesse aqui para me dar alguns conselhos sobre interações sociais enquanto aprimoro meu *penché*. Foi dureza ter de mandar uma mensagem a ela dizendo que não conseguiria ir ao balé depois da escola hoje porque tinha "um compromisso profissional". E, do jeito que as coisas estão, não ensaiar está quase me fazendo explodir.

Quando saio da última loja, meu porta-malas já está lotado de tranqueiras que nem sei direito para que eles vão usar. Creio que posso ir me adiantando e já ir ligando para o restaurante a fim de pedir a comida, para facilitar na hora de buscar.

Mas minha mão congela segundos antes de discar. Algo que Theo disse, eu acho. Sobre eu ter terminado as compras cedo demais. Como se ele preferisse que eu passasse mais vinte minutos aguardando a comida em vez de ligar antes para adiantar as coisas.

Resisto à vontade de bater a cabeça no volante. Estou de saco cheio de pensar demais nas coisas. De saco cheio de hesitar antes de cada decisão — *e se aquela coisa que provavelmente nunca vai acontecer por acaso acontecer?*

Tipo, e se eu aparecer na casa de Justin cedo demais, e essa acabar sendo a gota d'água — a gota que fará Theo concluir que não aguenta mais olhar na minha cara? Não que ele esteja me tolerando bem agora. E se um atraso de meia hora for o suficiente para fazê-lo perceber que ele realmente deseja minha presença, e que talvez possamos ser amigos de verdade?

E se o lugar pegar fogo enquanto estou dentro do carro pensando em cenários hipotéticos ridículos, e Theo e Justin me odiarem porque não levei nada para eles comerem?

Finalmente resolvo telefonar para o restaurante com antecedência. Vou mandar uma mensagem para Theo dizendo que já estou voltando, e se ele parecer mais inclinado a se jogar nos braços da morte do que a me ver, então vou ficar esperando no carro por mais uns vinte minutos. Nada de mais.

Hã, a menos que a comida esfrie.

Não acredito que não pensei nisso.

A comida acaba ficando pronta bem quando chego ao restaurante, então a acomodo no banco do passageiro e vou direto para a casa de Justin.

Quando bato à porta, Justin atende e faz sinal para eu entrar.

— Tire os sapatos — diz ele, pegando o pacote de comida das minhas mãos.

— Hã, e as coisas no porta-malas?

— Ah — diz ele, comprimindo os lábios. — Hã, pode ficar de sapatos então, para trazer tudo para cá.

E assim, sem dizer mais nenhuma palavra, sai para o que imagino ser a cozinha. Então volto para o carro e faço três viagens para carregar toda a tralha que eles pediram. Uma vez que tudo está organizado na entrada, tiro os sapatos e faço mais três viagens para levar os itens à cozinha. Na primeira viagem, vejo Theo de pé na cozinha, equilibrando cuidadosamente uma colher medidora enquanto acrescenta coisas no liquidificador. Ele nem sequer olha para mim quando ponho as sacolas na imensa mesa de jantar de madeira, então saio sem dizer nada.

Quando as compras estão todas na cozinha, paro perto do balcão para recuperar o fôlego um tiquinho. Justin está sentado à mesa, a boca cheia de macarrão e molho escorrendo pelo queixo.

Theo liga o liquidificador, e o ruído rasga a cozinha ao mesmo tempo que berro:

— Theo!

Ele me olha como se tivesse ouvido, mas seu rosto está inexpressivo.

— O que faço com os itens de geladeira? — pergunto.

Theo apenas balança a cabeça e resmunga algo tipo "Não consigo te ouvir".

Falo um pouco mais alto, mas ele simplesmente balança a cabeça outra vez, e aí finalmente desliga o liquidificador.

— O que você disse?

— Eu disse… — Mas antes que eu pronuncie a próxima palavra, ele liga o liquidificador de novo, e o barulho abafa qualquer coisa que eu tentasse dizer.

Ele para e balança a cabeça.

— Desculpa. Você estava dizendo…?

— Eu estava perguntando... — E ele liga de novo.

Quando Theo aperta o botão pela terceira vez, o rugido do liquidificador dá lugar à gargalhada de Justin, que diz:

— Porra, Theo, que piada de tiozão do pavê!

Theo dá um sorriso sem graça, o mais próximo que já vi de um sorriso da parte dele, o que me pega completamente desprevenido, daí fala:

— Então... O que você queria?

— Eu...

— Agora ele não confia mais em você — diz Justin, uma explicação muito melhor para minha confusão mental do que o verdadeiro motivo.

O verdadeiro motivo da minha confusão mental é que o sorrisinho de Theo é...

Estranhamente sexy?

Mesmo sabendo que não é bem um sorriso, e que definitivamente não foi dirigido a mim.

E então o sorrisinho some, substituído pela carranca habitual.

— O que você quer, Gabriel?

— Pode me chamar de Gabi — corrijo.

O que não é lá muito estranho de se pedir, afinal de contas todos os meus amigos e parentes me chamam de Gabi, mas por que resolvi dizer isso exatamente agora?

Theo revira os olhos.

— Beleza.

— Espera! — interrompo. — Hã, os itens de geladeira. Que eu comprei. Hã, o que faço com eles?

Theo dá de ombros.

— Coloca na geladeira?

— Tem espaço?

Theo gargalha.

— Me diga você.

Então abro a geladeira e, sim, está praticamente vazia. O freezer tem umas coisas empilhadas, mas ainda assim tem bastante espaço. Começo a desembalar os leites e sucos para as bebidas, e depois as geleias e massas que, tecnicamente, podem ser colocadas no armário caso não haja espaço suficiente, e então o liquidificador é ligado outra vez.

Uma vez que o liquidificador se cala, Justin diz:

— Ei, Theo, você não vai comer?

Praticamente dá para ouvir Theo revirando os olhos.

— Depois que eu terminar aqui.

— Pelo amor de Deus, cara, para um pouquinho.

— Não estou a fim.

O liquidificador recomeça, e não consigo deixar de sentir um pouco de inveja do jeito descontraído como Theo e Justin conversam entre si. Nunca tive esse tipo de amizade com outro cara. Eles sempre me acham meio esquisito, e aí ou ficam me zoando ou se afastam.

Mas Theo é gay, e tem amigos homens. Ninguém vê nada de errado com ele.

Então talvez seja só eu.

Cruzo a cozinha para empilhar os canudos e copos no balcão.

— Ei, Gabi — chama Justin. — Você não vai comer?

— Eu...

— Você aí todo adulto cobrando que gente se alimente, e *eu* sou o tiozão? — rebate Theo, mas agora ele soa menos zangado e mais... brincalhão? Com certeza essa não é uma palavra que eu normalmente associaria a Theo Mori.

— Alguém precisa ser o adulto aqui para manter vocês, crianças, na linha — brinca Justin antes de encher a boca de macarrão.

Dou um sorriso, fechando o freezer e indo até a mesa.

— Vou comer. Comida é bem-vinda.

— Viu? Ouviu isso, Mori? Comida é bem-vinda! — grita Justin.

Theo simplesmente liga o liquidificador.

...

Lady me manda uma mensagem enquanto estou comendo, um breve

> Espero que esteja tudo bem!
> Não se estresse pensando demais.
> Te vejo semana que vem!

E não é que ela tenha dito uma coisa inédita, mas mesmo assim é bom de ler.

Fiel à sua palavra, Theo de fato concorda em parar para comer, mas só depois de colocar três copos plásticos na mesa.

— Então, sobre as entregas — começa ele. — Acho que você já descobriu que não estamos entregando nada.

Faço que sim com a cabeça.

— Mas eu poderia fazer umas entregas. Quero dizer, se vocês precisarem de mim.

— Estou com o celular da loja aqui — diz Theo, sacando um pequeno Android do bolso e o brandindo para mim —, para o caso de recebermos algum pedido de entrega, mas, como era de se esperar, ninguém ligou. Estamos usando as entregas como disfarce, para que meus pais não desconfiem de nada. Nosso plano *real oficial* é tirar o Café Fusão de cena superando as esquisitices deles.

Levanto uma sobrancelha.

— Não saquei.

— É tudo novidade — explica Justin. — As pessoas só vão lá porque as merdas deles são interessantes, então Theo quer dar uma apimentar no cardápio da loja da família dele a ponto de atrair as pessoas de volta e, assim, o Fusão Mundial morrer.

— É uma ideia legal — digo, o que, na verdade, é um belo de um eufemismo. É uma ideia muito mais inteligente do que qualquer uma que eu pudesse ter tido, e instantaneamente fico meio chateado por não ter tomado a iniciativa de ajudar a loja da minha própria família. — Meio diabólico, no entanto.

— Exatamente minha personalidade — diz Theo, com um sorriso. — Mas, então, estamos fazendo itens de edição limitada para vender na escola.

— Mas como isso ajuda a loja dos seus pais? — pergunto.

— Tipo, nesse meio-tempo?

Theo dá de ombros.

— Algumas vendinhas extras para ajudar a segurar as pontas, acho. Contanto que eu consiga convencer as pessoas de que temos mais a oferecer do que o inimigo, esse é o principal objetivo. Ah, e acho que você deveria ficar com uma parte também.

Congelo.

— Espera aí. Sério?

— Olha, você tem dedicado boa parte do seu tempo para ajudar. Não seria justo se não fosse pago por isso.

Eu estava com muito receio de perguntar sobre remuneração, afinal de contas *eu* me voluntariei a ajudar, e é meio inacreditável que *Theo* tenha oferecido isso espontaneamente. Mas apesar da onda de calor que estou sentindo pelo reconhecimento, também não consigo evitar me perguntar se receber uma parte dos lucros de Theo seria contraintuitivo.

Talvez eu esteja projetando porque sei o quanto a situação da loja dos meus pais é desesperadora, mas sinto que fazer essas vendas depois da escola não vai ser suficiente para arrecadar o dinheiro de que precisamos, principalmente se tivermos de dividir os lucros. Mesmo que o plano de Theo funcione, pode ser que leve anos para o Café Fusão falir. Se ele quiser mesmo aumentar as vendas, vai precisar trabalhar em uma escala mais ampla.

E talvez eu esteja sendo egoísta ao focar nas necessidades dos meus pais em vez das dele, em especial porque, tecnicamente, essa operação toda foi obra dele, mas com a festa da escola daqui a poucas semanas, parece que não vale a pena embromar.

— E se você fizesse as entregas de verdade, mas tipo... durante o horário das aulas? — sugiro.

Justin ri.

— Porra, o que eu não daria por uns pãezinhos na segunda aula!

Theo apenas balança a cabeça.

— Problemático demais. Tipo, a gente teria que interromper a aula, coisa que nenhum professor permitiria, e precisaríamos de uma pessoa vigiando a comida o tempo todo e preparando coisas novas. Não temos tempo para isso. — Ele passa um canudo para Justin, depois me entrega outro e diz: — Provem.

Cada bebida é um redemoinho de duas cores, mas não sei dizer quais são os ingredientes delas. Justin enfia o canudo no copo mais próximo e suga ruidosamente.

— Hã, qual devo experimentar? — pergunto.

Theo dá de ombros, pegando sua tigelinha de macarrão.

— Todas.

— Mas o Justin está bebendo a verde.

— Então espere ele terminar, aí vocês trocam — diz Theo.

As palavras são simples, mas alguma coisa nelas faz meus músculos retesarem, um calafrio percorre minha espinha.

— Você quer que a gente beba do mesmo copo? — questiono.

E é como se meu pai estivesse no canto da cozinha nos observando, porque só consigo pensar no que ele diria caso tivesse a mínima ideia do que estou fazendo.

Compartilhando bebidas com um garoto? Você é o quê, a namoradinha dele?

Theo ergue uma sobrancelha.

Afasto a imagem do meu pai do pensamento, procurando palavras para tirar o olhar de escrutínio do rosto de Theo, mas minha mente está uma zona, e as palavras parecem intransponíveis.

— Eu só... quero dizer, eu não sou gay — afirmo.

E o silêncio recai no ambiente, a tensão subindo pela minha garganta como se quisesse me matar sufocado, porém ainda estou vivo, então talvez *nem mesmo esse sentimento* queira estar associado a mim agora. Covarde.

Justin encara a mesa, como se não tolerasse olhar para outro lugar.

Mas o mais doloroso é Theo. Ele não parece bravo. Na verdade, parece meio que resignado, como se já esperasse algum comentário desumanizante da minha parte.

Quero dizer a ele que falei um absurdo. Que não era minha intenção dizer aquilo. Que eu *sou* gay. Eu sou gay! E que foi por isso que falei aquilo! Eu só... sou estranho, e não queria sair do armário, então agora estou agindo como um palhaço! É só isso!

Mas não consigo falar. Que inferno, estou paralisado com o medo de que, se eu disser alguma coisa, ele perceba instantaneamente que sou gay. E aí serei tirado do armário à força. E então toda a escola vai saber, e aí meus pais vão saber, e vou perder tudo.

Mas aquele olhar de Theo é digno de ser refutado? Não sei, sinceramente.

Theo finalmente quebra o silêncio:

— Ah, certo, desculpe. Esqueci que homens heterossexuais não podem dividir a mesma bebida. — Ele arranca o canudo da minha mão e acrescenta: — Não gostaria que você pegasse uma doença de mim ou qualquer coisa do tipo.

Estremeço, mas não consigo pensar em nada para dizer quando Theo se afasta e cruza até o outro lado da cozinha. Olho para Justin, mas não sei o que estou procurando. Agora a atenção dele está toda no celular, como se eu não existisse.

E, sinceramente, eu meio que gostaria de não existir neste momento. Isso provavelmente tornaria a vida de todos muito mais fácil.

...

Quando chego em casa, meus pais estão na sala assistindo a um jogo de futebol. Bom, *meu pai* está assistindo ao jogo de futebol. Minha mãe está sentada no sofá recortando cupons e dando umas olhadelas só quando meu pai começa a xingar a TV.

— Gabi — diz ela, quando fecho a porta atrás de mim. — Vem ficar um pouco com a gente.

Faço que sim com a cabeça, largando minha mochila perto da porta e caminhando até o sofá. Minha mãe retira alguns pedaços de papel do lado dela e dá um tapinha na almofada para eu me sentar. Meu pai está na poltrona reclinável, mas com os cotovelos apoiados nos joelhos, uma perna balançando sem parar enquanto acompanha avidamente a partida.

— Você perdeu metade do jogo — comenta minha mãe, passando a mão no meu cabelo.

Eu nunca vou dizer a eles, mas isso é uma espécie de alívio. Odeio assistir a futebol com meus pais — pois é um lembrete constante de que isso é uma coisa que eles querem de mim, mas não uma que eu seja capaz de dar a eles.

— Eu estava ajudando o Theo Mori, lembra?

— Ah, sim, lembro — diz ela. — Não entendo por que você quer ajudar aquele garoto. Aquela família já nos causa problemas suficientes. Outro dia, eles estavam lá fora tentando roubar nossos clientes. Esses Mori são uns desclassificados.

— Mas ele se machucou por minha causa, *mami* — digo, recostando no sofá. Conto tudo aos meus pais. Bom, a maior parte. É muito difícil guardar segredos deles, ainda que meu maior segredo também seja aquele que jamais poderei revelar a eles.

— Tá bem, mas você sempre diz que ele é mau com você no futebol, não é?

— Deixa isso pra lá — diz meu pai. — Homens não têm que ser gentis e sensíveis como vocês, mulheres. Ele só precisa ter respeito, não é, Gabi?

Concordo com a cabeça, mas fico um pouco enojado.

— Nós respeitamos um ao outro — reforço, embora eu saiba que isso não seja totalmente verdade, mas não dá para explicar a situação para meus pais. — E ele joga muito bem. Eu... bom, ele vai ter que ficar sem treinar até o pulso cicatrizar, então pensei que poderia pelo menos ajudar.

Meu pai acena como se dissesse *Viu só?! Falei que estava tudo bem!*, e minha mãe apenas revira os olhos. Eles sempre foram assim, pelo que me lembro. Meu pai é adepto a dizer apenas o mínimo necessário. Falar demais? Ser muito gentil?

Demonstrar muita emoção? Isso é coisa de menina. Homens não fazem isso.

E isso é só parte do motivo pelo qual não sei me comunicar direito. Se meu pai fizesse ideia de quanto penso antes de formular cada fala, ele acharia minha postura feminina demais. Que inferno, tudo em mim só serviria para evidenciar quanto sou gay. Ele só não desconfia porque jamais iria querer associar isso ao próprio filho.

E agora estou pensando em Theo de novo. Naquele negócio que falei.

Ser gay não é uma doença infecciosa. Não é uma coisa a se temer. No entanto, só de pensar em dizer a palavra, sinto um soco no estômago.

Pigarreio e digo:

— Estou muito cansado e tenho lição de casa, então vou para o quarto.

Minha mãe olha para mim por um instante, então sorri e dá um tapinha no meu ombro. Eu me levanto, entro no meu quarto e imediatamente coloco uma música. O espaço não é grande o suficiente para eu me perder dançando como faria com Lady, mas tento mesmo assim, fazendo uma versão menos rebuscada da coreografia que estamos ensaiando.

Mas o espaço pequeno não me deixa desanuviar a mente, e quando me aproximo do fim inacabado da coreografia, topo com o mesmo pensamento, girando na minha cabeça sem parar.

Como posso me sentir confortável na minha pele quando sou a coisa que meus pais mais odeiam?

ONZE
THEO

Sábado de manhã, acordo me sentindo estranhamente vazio. Quer dizer, por um lado, eu deveria estar feliz porque é sábado, e enquanto eu conseguir manter distância de Gabi, estarei praticamente livre dele.

Mas, por outro lado, ainda não consigo esquecer o que ele me disse.

É esquisito, acho, porque nunca fui com a cara dele, então isso só prova que minha opinião estava certa, e isso é basicamente o maior "eu avisei" do mundo para Justin, mas ainda assim me sinto mal. Em parte por causa do que ele falou, e também porque eu estava tentando de verdade lhe dar uma chance. Quase como um lembrete de que não posso confiar em ninguém — as pessoas provavelmente só estão esperando uma oportunidade para soltar sua intolerância da jaula.

Saio da cama e vou até a loja dos meus pais. É muito raro eu tomar o café da manhã na cozinha. Por que se dar a esse trabalho quando posso simplesmente pegar alguma coisa na loja no andar de baixo?

Mas, dessa vez, me arrependo instantaneamente. Assim que chego ao térreo, meus pais me fuzilam com os olhos.

— Acordou tarde — diz minha mãe.

Dou de ombros e digo:

— Oi?

— Você e aquele garoto deveriam estar fazendo entregas — observa ela.

Ah, verdade. Isso faz sentido, já que hoje não é dia de aula.

— Eu, hã, falei para ele tirar o dia de folga — invento. — Tipo, para respeitar a legislação do trabalho infantil.

Minha mãe olha para mim por tempo demais.

— Essas leis não valem aqui. Você não faz trabalho remunerado.

— Ok, mas ele ainda precisa de um dia de folga.

— Theo, você não o afugentou, não é? — pergunta meu pai.

Balanço a cabeça, mas me pergunto se alguma coisa na minha linguagem corporal está me denunciando. No entanto, eu meio que odeio a conotação na frase dele. Não teve um tom de pergunta, mas de uma espécie de culpa resignada. Não rolou nenhum O *que aconteceu?* Nenhum *Vamos ouvir o lado do Theo nessa história*. E já sei que qualquer coisa que eu disser não vai fazer diferença. Sou Theo, o filho problemático. Theo, o aluno que sempre passa raspando, que joga no time de futebol fracassado, que nunca vai dar um neto aos pais porque tinha que nascer gay. Claro que sou como um repelente para todos. A única dúvida é *quando* vou afugentar alguém.

E como se o mundo estivesse a fim de zoar mais ainda meu humor de merda, tornando tudo ainda mais merda, o tio Greg chega de repente, com um sorriso.

— Vejo que vocês venderam mais esse mês.

Fico tentado a ir embora mas tem um lado autodestrutivo meu que não suporta a ideia de sair sem ouvir o que meus pais têm a dizer. Contorno o balcão e pego um *meron-pan* para tomar meu café da manhã, tentando me fazer invisível no canto enquanto corto os pedacinhos.

— É, trabalhamos bastante — diz minha mãe, mas seus olhos já parecem extenuados. — O Theo começou a fazer entregas para atrair mais clientes.

O tio Greg me encara, mas está longe de ser um olhar amigável. Isso conta como uma vitória? Nesse momento, não sei dizer.

— Bom trabalho — diz ele —, mas os números ainda são baixos. O que vocês vão fazer agora?

O rosto da minha mãe está neutro, e, meu Deus, como é que vou responder a isso? Ele não percebe que estamos nos matando de trabalhar só para ele calar a boca? E ele não está à beira da falência! Ainda estamos pagando tudo certinho a ele!

— Greg — começa meu pai —, estamos vendendo mais agora, e como as pessoas estão fazendo mais pedidos para viagem…

O tio Greg balança a cabeça, comprimindo o lábio.

— Não seja ridículo. Vocês ainda não estão rendendo o suficiente! Quanto tempo acham que vou esperar? Vocês já trabalham aqui há mais de dez anos e ainda não ganham uma quantia decente.

Ele começa a caminhar lentamente pela loja, examinando tudo com os olhos, desde as mesas de plástico até o relógio de gato da sorte pendurado na parede dos fundos. Então se vira, com um sorrisinho no rosto.

— Esse lugar daria um ótimo spa, não acham?

Minha mãe suspira, cruzando os braços.

— Não tem nem espaço para…

— Ah, a gente arruma espaço.

Congelo, o pão exposto na minha boca enquanto o tio Greg se aproxima da minha mãe e lhe mostra o celular, rolando foto após foto. De onde estou, não dá para ver direito o que ele está mostrando, mas minha mãe enrijece as costas enquanto ele vai passando as imagens.

— Tá vendo? — diz o tio Greg. — Todos os planos estão se encaixando. Só preciso que o banco conclua o empréstimo.

— Então vá em frente.

As palavras saem da minha boca antes que eu consiga impedir, todos os olhos se virando em minha direção como se de repente tivessem percebido minha presença.

— O quê? — questiona o tio Greg, os dentes cerrados.

— Falei para você ir em frente — repito, e parece que minha boca tem vida própria; entre o lance com Gabi ontem e o alvoroço matinal do meu tio hoje, parece que todo o meu autocontrole foi para o espaço. — Quer fazer um empréstimo? Reformar a loja? Boa sorte. Todos nós sabemos que você não sabe fazer nada sozinho, caso contrário não precisaria dos meus pais, para começo de conversa.

— Theo! — grita minha mãe, mas não dou a mínima. Não consigo me importar nem um pouquinho. Meus nervos estão em brasa, e ela tem sorte porque não me levantei para meter uma porrada na cara do tio Greg.

— É melhor você aprender a ter um pouco de respeito, garoto — ralha o tio Greg antes de se virar para minha mãe e cuspir as seguintes palavras na cara dela: — É essa a educação que você dá para os seus filhos?

Minha mãe abaixa a cabeça, balançando-a de um lado para o outro lentamente.

— Claro que não. Thomas...

Mas essa é a gota d'água para mim. Não vou ficar aqui ouvindo minha mãe falar sobre como Thomas é o filho de ouro, sendo que ele nem está *aqui* para defendê-los enquanto eu aguento toda essa merda.

— Foda-se o Thomas! — berro, me virando e pisando duro em direção ao corredor.

— Theo! — chama meu pai, se colocando no meu caminho. — Qual é o seu problema?

— Vocês não conseguem nem dar conta do próprio filho e eu devo confiar minha loja a vocês?

Meu pai tenta me segurar, mas empurro a mão dele. Aí saio rapidamente, olhando para baixo. Não estou nem aí para o castigo que vão me dar. Não estou nem aí se me deixarem de castigo por um ano ou me deserdarem ou me jogarem no olho da rua para eu me virar sozinho.

Mas nem ferrando vou permitir que eles me vejam chorando.

...

Não sei em que momento o tio Greg foi embora, mas quando finalmente desço, algumas horas depois, não há sinal dele na loja. Digo aos meus pais que tenho trabalho da escola para fazer, e eles não me questionam nem fazem qualquer comentário quando saio sem minha mochila. Pode ser que digam alguma coisa quando eu chegar em casa, mas esse é um problema para o Theo do futuro.

Mando uma mensagem para Justin e digo para ele mandar Gabi se foder. Na verdade, digo *Fala pra ele que não preciso dele esse fim de semana*, e Justin responde com um *Claro! Sem problemas! E me desculpe. Eu devia ter ouvido você.* Eu simplesmente não respondo. Quando terminamos ontem, Justin era um poço de culpa, então sei quanto ele lamenta de verdade, e deixei claro que ele não tem culpa nenhuma por Gabi ter se revelado um grande homofóbico. Além disso, insistir nesse assunto só vai fazê-lo mais presente, o que torna difícil para mim superar. Só quero enterrá-lo o mais fundo possível e nunca mais pensar nele.

Não lembro quando foi a última vez que fiquei perambulando pela cidade como se não tivesse nenhum lugar melhor para estar. Meus fins de semana geralmente são bem ocupados por causa da loja, da escola ou dos meus amigos, mas agora parece que tudo está meio vazio e que não sou necessário em lugar nenhum.

Isso meio que me lembra de como as coisas eram antes de eu me assumir — antes de me sentir seguro e de compreender meu lugar no mundo. Lá atrás, quando eu ainda sentia como se estivesse apenas flutuando no espaço vazio, esperando respostas que dariam sentido a tudo.

Mas agora estou de volta ao vazio, e não faço ideia do que estou procurando.

Desabo em um banco de madeira, pegando meu celular e meio que o encarando sem propósito por um segundo. Meu primeiro pensamento é o de que talvez eu devesse ligar para Thomas, ver o que ele está fazendo, perguntar se quer sair um pouco. Mas já faz tempo desde a última vez que me senti confortável em ligar para ele assim, do nada. Mesmo antes de começar a faculdade, ele amadureceu muito mais rápido do que eu, acho, e de repente chegamos a um ponto em que somente conversar se tornou um festival de repreensões a respeito de todas as coisas que eu vinha fazendo de errado na vida.

Abro o Instagram, navegando à toa para me distrair. Nada lá parece particularmente interessante, mas faz eu me sentir ocupado, embora eu não esteja fazendo nada de mais.

Uma foto de Thomas com seus novos colegas de quarto aparece na minha *timeline*, aí fecho o aplicativo. Não quero pensar em como a vida dele tem melhorado desde que parou de vagabundear, em como ele está à altura de todas as esperanças e todos os sonhos dos nossos pais, enquanto eu continuo aqui, sendo o pária da família.

Quando me levanto do banco e volto para a cafeteria, meu peito dói mais do que meu pulso.

Como sempre, meus pais estão atrás do balcão, mas o rosto da minha mãe tem uma expressão séria enquanto ela está ali no cantinho ao telefone, falando rápido, porém baixo demais para eu ouvir. Os dois levantam a cabeça quando entro, me lançando olhares desconfortáveis antes de se virarem e fingirem estar trabalhando em alguma coisa.

Finalmente, meu pai ergue os olhos apenas o suficiente para dizer:

— Theo, você está de castigo. Vai para o seu quarto.

E, claro, isso já era bem previsível.

Mas tanto faz. Não dou a mínima.

Vou direto para o meu quarto. Fecho a porta e pego meu notebook para continuar pesquisando as faculdades de fora do estado. Minhas notas não são boas o suficiente para eu entrar na maioria delas, mas a essa altura do campeonato não estou nem aí. Se for preciso, encontro uma faculdade comunitária aleatória no meio do nada e alugo o porão de um casal de velhinhos.

Só sei que aqui não dá mais para ficar.

DOZE
GABI

Sábado de manhã, Justin me mandou uma mensagem para avisar que devo ficar longe de Theo e, bom, dele também, na verdade. Porque os dois me odeiam, e não dá para culpá-los por isso.

Então, no domingo de manhã resolvo consertar as coisas, mesmo que só de pensar no assunto eu sinta a barriga doer tanto, que acabo passando a primeira meia hora da manhã me estrebuchando no vaso sanitário.

De qualquer forma, tomo o café da manhã rapidinho e digo aos meus pais que vou ajudar os Mori de novo, mesmo sabendo que tem uma boa chance de Theo me enxotar. É como Lady sempre diz quando hesito antes de fazer um movimento complexo — se eu pensar, acabo pensando demais. Sabendo disso, vou improvisar e esperar que de alguma forma as coisas conspirem a meu favor, caso contrário vou acabar dizendo algo inapropriado outra vez e as coisas só vão ficar piores.

A loja dos Mori ainda está fechada, ainda são nove da manhã, mas os pais de Theo já estão trabalhando quando bato à porta. Acho que a mãe de Theo me reconhece, pois dá um sorriso antes de destrancar a porta e me deixar entrar.

— Que bom ver você — diz ela, mas noto que não diz meu nome, como se de fato não o soubesse. — Você e o Theo vão fazer entregas de novo hoje?

Faço que sim com a cabeça.

— Isso… Na verdade, eu só queria falar com ele sobre o nosso cronograma, e as coisas que ele vai querer que eu faça e tal.

Ela sorri com doçura.

— O Theo está lá em cima. Ele acorda tarde e não é sociável de manhã.

Isso se encaixa perfeitamente com a imagem que tenho de Theo, mas não esperava que a mãe dele fosse desmoralizá-lo desse jeito, ainda mais porque ela mal me conhece.

— Vou chamá-lo — diz o sr. Mori. — Fique aqui. Pode pegar um pouco de chá.

Balanço a cabeça.

— Não sou muito de beber chá, mas obrigado.

O sr. Mori sorri para mim e depois segue por um corredorzinho. Eu nem sabia que os Mori moravam no andar de cima. É uma loja bem pequena, extremamente circular e construída em um antigo prédio de tijolos, só que, visto do lado de fora, o prédio em si parece ter três andares, então faz sentido que o espaço seja usado para outra coisa.

A sra. Mori me leva até uma cadeira antes de se postar atrás do balcão.

— Você gosta de creme inglês? Ou de feijão-azuki?

Na verdade, não sei o que é feijão-azuki, então fico só assentindo enquanto ela me pergunta o que quero comer. Daí traz alguns pãezinhos e, apesar de eu ter dito que não bebia chá, traz também algumas jarras diferentes.

— Esse aqui é *oolong*, esse é jasmim e esse, *matcha*.

— Hã, obrigado — respondo.

Ela empurra os pães na minha direção e diz:

— Aqui. Coma. Leve alguns para seus pais.

Concordo com a cabeça porque não sei mais o que falar.

Ouço passos vindo pelo longo corredor, e conversas abafadas. Na verdade, parece mais uma discussão. Ouço a voz de Theo quando ele diz:

— Não quero falar com ele.

E então um sussurro quando seu pai diz:

— Theo, você tem que ser legal com as pessoas, principalmente com as que querem ajudar. Você nos envergonha quando é grosseiro com todo mundo.

E então os dois chegam e toda a animosidade se vai, como se eles tivessem acabado de entrar ao vivo num programa de televisão.

— Gabi, o Theo está feliz por você estar aqui e pronto para conversar.

— Não precisa exagerar, pai.

— Psiu — diz o sr. Mori, antes de meio que empurrar Theo para falar comigo. E, para ser bem franco, me sinto meio mal por tirar vantagem do fato de os pais de Theo estarem do meu lado, mas sei que não tem outro jeito de convencê-lo a falar comigo, então acho que vou aproveitar a oportunidade.

— Eu… Podemos ir lá fora? — pergunto.

Fico na expectativa de que Theo se oponha, e de que por causa disso seus pais o perturbem até finalmente fazê-lo ceder, mas ele apenas suspira profundamente antes de assentir e ir na frente até a rua.

Ainda é domingo bem cedo, então não tem muitas pessoas circulando. Do outro lado da cidade, tem uma feirinha de agricultores locais, e muitos vão à igreja, mas nessa região aqui, as pessoas dormem até tarde.

— Que que é? — pergunta Theo.

Eu me viro para fitá-lo, e vejo que está olhando com os olhos semicerrados para mim. Espero a porta se fechar antes de dizer:

— Sobre aquele outro dia...

— Olha, Gabi — interrompe ele —, não quero falar com você. Só concordei com essa merda para calar a boca dos meus pais, então, por favor, apenas finja que estamos tendo uma conversa amigável e depois vá embora.

Depois de tudo o que aconteceu, talvez eu devesse fazer isso mesmo, mas não consigo lidar com o olhar dele. Que inferno, não consigo lidar nem com o olhar que ele me lançou outro dia, com o jeito como ficou nítido que minhas palavras o corroeram por dentro. Sei que ele finge ser imune a tudo, mas bastou dois segundinhos naquele dia para deixar bem claro que ele não é.

O que significa que preciso resolver as coisas.

— Me desculpa — digo.

— Você acha mesmo que vai conseguir dizer alguma coisa capaz de compensar aquilo?

E não, não acho. Na verdade, não desenvolvi muito o meu pedido de desculpas para não ficar pensando demais, mas agora estou encurralado. O que eu poderia dizer para deixar nítido que na verdade não odeio Theo, ou gays?

E então as palavras simplesmente saem da minha boca:

— Eu sou gay.

E, uau, isso é... bom, essa é a primeira vez que digo isso em voz alta assim, mas de alguma forma não parece tão sujo ou aterrorizante quanto pensei que seria. Na verdade, parece meio... libertador? Como se tivesse tirado um peso enorme do meu peito.

Mesmo quando me assumi para Meli, não consegui falar com essa facilidade. Fiquei tropeçando nas palavras, como sempre, e aí sobrou para ela juntar as peças. Só que alguma coisa em Theo simplesmente me persuadiu a falar sem rodeios, talvez por ele ser a primeira pessoa capaz de realmente entender minha situação.

— Que tentativa patética de me fazer não ficar com raiva.

— Eu... O quê? Não! Estou falando sério. Eu sou gay. Eu... só disse aquilo porque estava preocupado que você descobrisse, e não queria sair do armário, mas aí acabei magoando você e...

Ele não diz nada a princípio, mas seus olhos mudam, como se estivesse realmente prestando atenção, como se de fato, pela primeira vez, me entendesse.

E aí sinto uma corrente elétrica, como se de súbito os polos da Terra tivessem se realinhado para nos aproximar. Como se de repente o ar estivesse claríssimo e, pela primeira vez, alguém me enxergasse por quem eu sou.

Então ele diz:

— Eu não desconfiava que você fosse gay, sabe. Isso foi completamente desnecessário.

Concordo com a cabeça, mas não consigo sequer renegar o alívio borbulhando no meu peito.

— Passei tanto tempo com medo de as pessoas descobrirem, que às vezes eu simplesmente... entro em pânico, mesmo quando não deveria.

Ele balança a cabeça.

— Então, se não quer que as pessoas saibam, por que está me contando?

Porque confio em você. E percebo que é verdade, mesmo que eu não diga isso em voz alta. Theo sempre foi frio comigo, mas alguma coisa nos olhos dele me diz que ele não me trairia. Ele vai guardar meu segredo.

Continuo:

— Deu para ver que aquilo que falei magoou você e... bom, não era minha intenção. E não queria que você pensasse que eu era homofóbico.

Ele olha para a loja, percebendo alguma coisa ali, mas quando me viro para tentar ver o que é, ele agarra meu braço e me puxa, dizendo:

— Quer dar uma volta?

Faço que sim. Não consigo imaginar um jeito melhor de passar meu domingo.

...

Theo caminha como se estivéssemos em uma missão, mas não estamos indo a nenhum lugar específico. Ele vira na esquina onde fica a loja e, depois de dois quarteirões, o rio está à nossa frente, as águas turbulentas colidindo contra as pedras que se revelam junto à margem. O ribombar apaga o silêncio entre nós, e sou levado de volta à cozinha de Justin, Theo abafando minhas palavras com o liquidificador.

Ele parece diferente agora, mais retraído enquanto caminha, nada daquele humor pretensioso estampado na cara.

Quando ele finalmente se volta para mim, seus olhos estão pesados.

— Então seus pais são homofóbicos?

É um jeito meio estranho de começar uma conversa, mas simplesmente concordo com a cabeça.

— Sinto muito, é uma merda.

— Seus pais te apoiaram quando você se assumiu? — pergunto, mas soa mais como uma acusação do que uma pergunta. Por que minha voz não ressoa do jeito certo ao menos uma vez em vez de constantemente me pintar como um idiota?

Mas Theo não parece incomodado. Ele apenas dá de ombros, chutando uma pedrinha no caminho. Ela cai num ralo, o som dela aterrissando se perde sob o rugido do rio.

— Eles são tranquilos — diz ele, o que quase soa pior do que se ele tivesse dito que o expulsaram de casa. — Eles tentam, sabe? Dou crédito por isso.

Bom, não tem o que discutir em relação a isso, já que meus pais não conseguem nem ouvir a palavra *gay* sem dar um chilique.

— Eu gosto dos seus pais. Eles são legais.

Ele arqueia uma sobrancelha.

— Quer trocar?

Eu sorrio, mas balanço a cabeça.

— Não. Quero dizer, eu amo meus pais, mesmo que…

— Mesmo que eles não te amem — completa ele.

Mas não soa como uma acusação nem uma pergunta. Soa como resignação e familiaridade, como se de algum modo, apesar de fazermos parte de mundos totalmente diferentes, ele entendesse exatamente o que quero dizer.

— Meus pais me amam — corrijo, minha voz finalmente compactuando comigo.

E Theo assente, mas seus olhos parecem meio distantes.

— Condicionalmente, certo? Tipo, enquanto você continuar fazendo o que eles querem, eles te amam.

E não sei se isso é verdade. Não sei o que meus pais vão dizer quando eu finalmente sair do armário. *Se* eu um dia sair do armário. Não sei se o amor deles por mim se baseia na minha pretensa heterossexualidade, mas às vezes acho que sim.

Dá para ver os pensamentos flutuando atrás dos olhos de Theo. Ele não está se referindo aos meus pais. Está se referindo aos dele.

Recomeço:

— Você se sente assim às vezes?

Ele dá de ombros, mas de um jeito menos irreverente do que o normal, mais afoito, como se soubesse que palavras não bastam para expressar seus sentimentos. Ele olha para o chão e diz:

— Meus pais já superaram o fato de eu ser gay, mas acho que é porque antes disso eu já era uma grande decepção.

Dou uma risada, mas o olhar dele ainda está sério. Estamos falando do mesmo Theo popular, atlético e inteligente?

— Acho que seus pais têm orgulho de você — digo. Ele se vira para mim com uma expressão incrédula. — Estou falando sério. Quero dizer, meus pais matariam para ter um filho bom de bola.

Ele revira os olhos.

— Os meus não ligam para esportes. Eles querem um filho com uma bolsa de estudos integral e namorando uma cientista brilhante. Assim como meu irmão Thomas, eu acho.

— Bom — começo —, se eles já têm o Thomas, aparentemente não precisam de um repeteco. Parece mais que eles precisam de um Theo.

Theo se vira e me oferece um sorriso idiota que jamais pensei que veria em seu rosto. Então diz:

— Você fala como se estivesse em um filme da Disney. Como não percebi que você era gay?

Não sei bem se foi um deboche ou alguma coisa assim, mas, sinceramente, foi um dos elogios mais gentis que já recebi.

— Vamos voltar — diz Theo, só que eu não quero ir embora ainda. Parece que, pela primeira vez, tenho alguém com quem posso conversar sobre… tudo, e a ideia de perder isso me atinge como um soco no peito.

— Eu... Você tem algum compromisso?

— Estou de castigo, então provavelmente não deveria ficar na rua por muito tempo — explica Theo, entre dentes.

— De castigo? Sério?

— Minha família é complicada.

— E mesmo assim eles deixam você falar comigo?

— Meus pais nunca fariam uma cena perto das visitas — diz ele. — Não tem transgressão maior para eles do que fazer cena.

Sua voz soa meio melancólica, mas não me intrometo. Parece invasivo demais.

E Theo olha para mim como se estivesse encarando cortinas diáfanas.

— Está tudo bem, Gabi — diz ele. — Vamos ter a semana inteira para perturbarmos um ao outro.

Dou uma risadinha, mas acho que parte de mim teme que, no segundo em que Theo retornar ao hábitat dele, vou me tornar completamente desimportante para ele.

Então ele diz:

— Isso me lembra... Vou ter que avisar ao Justin que você não é um idiota homofóbico.

E uma faísca de medo me atinge.

— Eu... hã... Não fala para ele que sou gay. Por favor. Não quero que mais ninguém saiba.

Theo me encara um segundo antes de assentir.

— Tudo bem, não se preocupe. Não vou tirar você do armário.

O alívio me abandona em um suspiro, uma lufada de ar um pouco cálida demais para o ar frio de Vermont. O verão é fugaz, e isso significa que a festa da nossa escola está quase chegando. E estou ficando sem tempo para salvar a loja dos meus pais.

Mas Theo me lança esse olhar que é igualmente reconfortante e desconcertante, e talvez esse seja seu jeito de dizer que meu segredo está a salvo, e a voz no fundinho da minha cabeça finalmente começa a se calar, e sinto que tudo vai dar certo.

TREZE
THEO

Quando volto da minha caminhada com Gabi, meus pais não me reprimem pelo sumiço, o que é legal. Minha mãe parece muito bem-humorada ali atrás do balcão, com o telefone ao ouvido, e apesar de ter ralhado comigo mais cedo por causa de todas as encrencas e brigas que arrumo, meu pai sorri para mim quando entro.

Considerando que estou literalmente de castigo desde ontem pelo jeito como respondi ao tio Greg, todo esse comportamento é uma surpresa, mas acho que não posso reclamar.

— O que está rolando? — pergunto, embora não tenha certeza se quero mesmo saber.

— O Thomas ligou — diz meu pai, colocando a mão no meu ombro. — Sua mãe está conversando com ele agora.

E não consigo explicar direito a sensação, mas reconheço a bile subindo pela minha garganta. É por *isso* que eles estão tão animadinhos? Porque meu irmão, que desistiu deles e raramente telefona, resolveu dar um alô?

Faz um mês que Thomas não aparece, já que está sempre tão "ocupado" com a "faculdade" e o "estágio", mas aposto que ele está gastando todo seu tempo ficando chapado e transando com garotas brancas, e obviamente não quer ser pego. Esse cenário com certeza é mais condizente com a minha ideia de vida universitária.

E essa expectativa dos meus pais em torno de uma ligação é inacreditável, como se ele fosse uma celebridade a quem devemos nossa gratidão só por dar notícias. Ele é um filho e um irmão de merda, e não consigo nem expressar quanto estou farto de ver meus pais tratando-o como um salvador da pátria de merda. Só o fato de eles ficarem empolgados com uma ligação dele já diz tudo.

Minha mãe se vira para mim e fala:

— Theo, venha dar um oi para o Thomas.

Eu simplesmente reviro os olhos, dando meia-volta.

— Não estou me sentindo bem. Só diga a ele que mandei um oi.

E é meio estranho, porque muito tempo atrás eu jamais precisaria passar pelos meus pais para poder dizer um oi ao meu próprio irmão. Mesmo que já não fôssemos mais tão íntimos quando ele foi embora, o nível de abandono que tenho sofrido da parte dele tem sido muito pior do que eu esperava, mas tanto faz, não dou a mínima.

E a última coisa que vou fazer é fingir que fico contente por falar com ele. Thomas não dá a mínima para a gente, então eu também não vou dar a mínima para ele.

A caminho do corredor, paro brevemente, na expectativa de que meus pais me chamem e me deem um sermão por não querer falar com meu irmão. Mas os dois estão tão absortos na ligação que acho que nem perceberam o que falei. Só mais um lembrete de que, não importa o que eu faça, sempre serei o filho que ninguém queria ou precisava.

...

Na segunda, chego na quarta aula do dia e pego Justin rabiscando furiosamente seu caderno. Normalmente a gente sempre se fala de manhã cedinho, mas acabei dormindo além da conta e cheguei acho que uns seis segundos antes de o sinal de entrada tocar.

Ele não olha para cima, até que me inclino sobre sua carteira e dou um socão no tampo, assustando-o.

— Ocupado? — pergunto.

Justin geme.

— É que estou cheio de trabalho para fazer. — Então me olha como se tivesse acabado de perceber que sou eu e diz: — Ah, droga, cara, sinto muito pelo lance com o Gabi. Aquilo foi uma merda.

— Está tudo bem — digo. — O Gabi e eu resolvemos tudo. Estamos numa boa.

Justin franze a cara de um jeito estranho, e eu me pergunto se talvez devesse tê-lo preparado para o impacto.

— Então agora você tá amiguinho de um homofóbico?

— Ele não é homofóbico — digo. — Foi só um grande mal-entendido.

Justin revira os olhos.

— Tipo, tanto faz, a vida é sua, mas nunca pensei que veria Theo Mori *defendendo* Gabriel Moreno.

E, é, não tenho o que argumentar nesse caso. Também jamais imaginei que estaria defendendo Gabi. E assim, ele ainda é chato, chorão e patético, e ruim de bola à beça, mas o fato de ele ter se assumido para mim fez dele... hã, sei lá... uma pessoa real? E isso faz de mim um babaca?

Acho que ter ficado sabendo que ele tem problemas de verdade e que não fica só choramingando por causa de bobagens o tempo todo me deu a sensação de que eu deveria ser um pouco mais legal com ele. Acho que talvez eu estivesse canalizando toda a minha raiva de outras coisas naquele garoto que me irritava um pouco, e que talvez nem me irrite mais tanto assim. E provavelmente era isso que Justin vinha querendo dizer o tempo todo, e eu sou mesmo o Lula Molusco da situação.

Deus do céu, eu seria diversão garantida para o pessoal do Reddit.

— Cara, você tá bem? — pergunta Justin, acenando na frente do meu rosto.

Eu só concordo com a cabeça. Babaquice não é uma doença fatal, então acho que vou ficar bem.

— Já que tá tudo certo, cai fora daqui. Tenho trabalho a fazer — diz Justin.

Então apenas reviro os olhos e vou para minha carteira.

. . .

O treino de futebol costumava ser a melhor parte do meu dia na escola. Claro, contanto que eu conseguisse manter distância de Gabi e evitar que ele me lesionasse com as jogadas de merda dele. Mas, quando todo mundo vai para o campo, permaneço no banco porque agora sou uma espécie de peso morto ou sei lá.

O pior é que não tenho mais para onde ir. Depois do treino, vamos para a casa de Justin para preparar nosso estoque das "entregas" de amanhã, então cá estou eu, me refestelando sob a luz indesejada do sol e revisitando todos os cardápios que já revisamos uma centena de vezes.

Olho para o campo enquanto os caras fazem algumas jogadas. O time é muito pior quando visto de fora. Lá está Gabi, correndo pela grama como um trator com os dois pneus furados. Mas, mesmo que ele seja o jogador mais desengonçado, definitivamente não é o único com dois pés esquerdos.

Na verdade, a maioria do time parece um rebanho em debandada, como se ninguém soubesse direito para onde está indo, mas precisasse continuar correndo para seguir o fluxo. Eu me sinto meio mal por ter descontado toda a minha raiva em Gabi, sendo que a única pessoa em campo que não está cometendo um crime contra a humanidade é Justin: ele só está ali sentado junto ao gol olhando o celular, já que não precisa nutrir a menor preocupação de a bola chegar ao seu lado do campo. Provavelmente está certo.

Acho que isso confirma que eu realmente estava direcionando todo o meu ódio para Gabi só por causa da situação de merda entre nossos pais, e essa constatação traz junto uma pontada no peito que quase me faz desabar. É culpa, mas do tipo "mostraram que eu estava errado e não posso mais negar", uma coisa mais ou menos parecida com uma facada contundente entre as costelas. Como odeio o quanto essas coisas me afetam, e preciso de todas as minhas forças para redirecionar meu foco dessa sensação ruim no meu âmago para o que está acontecendo no campo.

O técnico apita e chama a atenção de todos. Parece que quer que repitam a última jogada, mas estou começando a me perguntar qual é o propósito disso tudo.

Acho que todos no time têm pontos fortes. Assim, escondidos em algum lugar. Mas também temos uma política de "ninguém solta a mão de ninguém", então não é que eles foram escolhidos porque são bons de verdade. Eles são só… bom, eles só queriam jogar.

E talvez alguns treinos individuais possam ajudá-los a aprender o básico — como chutar uma bola, correr sem tropeçar, encontrar o grande globo branco no centro de um mar de grama —, mas o técnico não tem tempo para isso, e não sei se mais alguém teria.

Falta menos de um mês para nossa grande festa e não tem jeito de vencermos o jogo, mesmo que enfrentemos literalmente o pior time da liga para aumentar nossas probabilidades. E assim, considerando tudo, eu não deveria estar frustrado, mas acho que parte de mim tinha esperança de que fôssemos vencer ao menos um jogo esta temporada. De que meus pais veriam algum valor no esporte caso tivesse um sucesso genuíno por trás dele, e não apenas essa situação em que preciso me esquivar dos meus próprios companheiros de time e em que fico levando faturas do pronto-socorro para casa.

Mas, daí, talvez seja tudo culpa minha, já que por causa da lesão não posso treinar e, mesmo quando estou na melhor forma, ainda não sou o suficiente para nos fazer vencer.

O time retorna às arquibancadas para um intervalo, e Justin se senta ao meu lado, mas parece nem estar suando.

— Tem certeza de que não dá para jogar com o pulso torcido? — pergunta ele.

Dou de ombros. Eu jogaria se o técnico não tivesse proibido terminantemente. Do jeito que está, acho que voltarei à ativa apenas uma semana antes do jogo, e com certeza nosso técnico está apostando nisso, já que sou nossa única — ainda que pequena — esperança de vencermos.

Gabi se aproxima de nós, mas para a alguns metros, como se não soubesse o que dizer. Ele é muito esquisitão. Não sei se acha que vou surtar com ele, ou se não tem certeza do que quer, mas só de vê-lo já sinto um novo pico de culpa no peito quando me lembro de como tenho sido babaca com ele. Tento afastar o incômodo, acenando para ele se aproximar.

Ele sorri, vem até nós e diz:

— Sinto muito por você não poder treinar.

— Pode ser que o sortudo aqui seja eu — digo. — Vocês são muito ruins de bola.

Gabi ri, mas Justin apenas faz uma careta de desdém.

Na verdade, Justin está com o corpo completamente rígido desde que Gabi apareceu, como se nossa conversa mais cedo não tivesse sido o suficiente para lavar a mácula das palavras de Gabi.

— Então — recomeço, na expectativa de cortar a tensão —, eu basicamente já defini nossos planos para amanhã. Só falta fazermos tudo.

O técnico apita e diz:

— Muito bem, o intervalo acabou, de volta ao trabalho.

Gabi estremece, como se não conseguisse imaginar nada pior do que voltar àquele campo e, sério, isso não devia me surpreender. Ele definitivamente joga como se não quisesse estar lá, mas agora me pergunto se é por isso que joga tão mal. Como se o futebol fosse uma barba e ele fosse obrigado a apará-la todos os dias, sendo que o correto seria simplesmente raspar tudo e ser livre.

A pressão no meu peito começa a diminuir à medida que as peças vão se encaixando, e percebo que talvez seja isso. O time volta ao campo e percebo como todos se debatem atrás da bola, e me pergunto se Gabi poderia ser um jogador decente. Ou, pelo menos, decente em comparação ao restante do time (e, portanto, ainda muito ruim), mas um pouquinho melhor. Se as fraquezas dele como jogador realmente forem mais mentais do que físicas, isso significa que ele pode evoluir e que, na verdade, talvez isso nem demore tanto assim.

Talvez, quando se trata de jogar futebol, isso seja equivalente às tentativas dele de falar com as pessoas — ele fica tão absorto com os detalhes, que se perde no todo para criar uma figura convincente.

Vamos ter de mudar isso.

CATORZE
GABI

Depois do treino, junto minhas coisas e pego o celular, vendo algumas mensagens não lidas: uma de Meli, perguntando se posso me encontrar com ela para falar da festa, e uma de Vivi, querendo saber o que estou fazendo. Para Meli mando um *Desculpe, preciso trabalhar. Pode ser amanhã?*, e deixo a de Vivi como não lida por enquanto. Não parece tão urgente assim.

Tomamos uma ducha e seguimos para o estacionamento.

— Você vem mesmo de carro para a escola todo dia? — pergunta Theo.

Assinto.

— Não deveria?

— Pode ser bom para você fazer um pouco de exercício.

Eu já devia esperar esse elogio às minhas habilidades inexistentes no futebol, mas pelo menos Theo soa alegre e brincalhão em vez de me dar um esporro.

Abro o porta-malas e jogamos nossas coisas lá dentro antes de entrar no carro. Justin reivindica o banco do carona, o que me decepciona só um tiquinho, e então partimos, dirigindo pouco mais de um quilômetro até a casa de Justin.

Paramos na garagem e Justin salta, indo até a traseira do carro e batendo no porta-malas até eu destravá-lo por dentro.

— Ah, Gabi — diz Theo, e eu congelo, minha mão a meio caminho da porta. Encontro o olhar dele no retrovisor e recebo um sorriso que me paralisa, meu coração martelando. — Me lembra de te dar sua parte mais tarde.

— Minha parte? — repito.

Ele revira os olhos.

— Já conversamos sobre isso, não conversamos?

Ele abre a porta e sai, mas eu simplesmente permaneço sentado ali, congelado, porque meio que achei que nosso acordo tivesse acabado depois que eu o insultei cinco segundos após a oferta de remuneração.

— Eu... só não quero te explorar — digo.

Ele se vira para me olhar, uma sobrancelha levantada, mas não diz nada.

A verdade é que já me senti meio culpado por ter aceitado uma parte dos lucros naquele dia na cozinha de Justin porque, afinal de contas, essa operação toda é obra de Theo, e não quero sabotar os pais dele cortando seus ganhos. Mas também não posso fingir que a festa não está prestes a acontecer, e eu ainda não encontrei uma solução boa.

Por fim, digo:

— Sei que você concordou em me pagar porque estou ajudando, mas sinto que deveria contribuir mais. E se a gente incluísse alguns produtos dos meus pais também? Assim não roubo o lucro de vocês?

Ele faz uma pausa, encostado na porta do carro.

— Tipo uma sociedade?

E aí fico esperando ele dizer que não suporta a ideia de fazer uma parceria oficial comigo, que botar a comida da minha família no mesmo cardápio da família dele vai contra seus princípios religiosos e que com certeza vou foder tudo. Mas, por fim, ele simplesmente sorri e diz:

— Se estiver tudo bem para você.

Aí se vira, batendo a porta e indo até o porta-malas.

Mas continuo congelado, pois meu cérebro está lutando para processar a beleza do sorriso dele, e para descobrir o que vou precisar fazer para vê-lo outra vez.

...

Theo é o rei da cozinha, e bastam cinco minutos de palhaçadas de Justin para ele cortar a brincadeira. Ele coloca Justin para fazer o *bubble tea*, o que não me parecia uma tarefa particularmente árdua até Justin começar a bufar diante de uma panela fervente e de tempos em tempos berrar: "As bolinhas ficaram moles demais de novo!".

Eu estava um pouco preocupado com a possibilidade de não ter nada de muito útil para fazer, mas Theo sabe comandar muito bem, ditando o que precisa ser feito a cada etapa e permitindo que eu seja seus braços, afinal de contas ele só tem um braço bom nesse momento.

— Quando vamos abrir nossa própria loja? — brinca Justin antes de Theo mandá-lo voltar à missão de supervisionar o *bubble tea*.

E então, antes que eu perceba, minha mente viaja para uma pequena confeitaria do desenho *Miraculous: as aventuras de Ladybug*, com nós três dançando pela cozinha em trajes de camareira francesa. Saltito graciosamente do balcão, e Theo me guia num rodopio e então...

Hã, não, definitivamente não estou devaneando em números musicais nem em dar beijos em Theo. Seria bem bizarro se eu fizesse isso.

— Gabi! — chama Theo. — Alô-ou?

— Hã, desculpa — digo. — Você precisava do quê?

Theo revira os olhos.

— Eu disse que seu celular não para de tocar.

— Ah — respondo, pegando meu celular na bancada. Ele está certo, é claro. Vivi mandou três mensagens, todas são vídeos a que não tenho tempo de assistir agora, e Meli, três também:

> Sério, você tá faltando a todas as reuniões. Isso é ridículo. É melhor você aparecer na próxima.

> Amanhã você tá livre, certo? Pode ser amanhã?

> Ah, espera, você tem treino de futebol, não é? Então amanhã, às seis? Responde, vadia!!

Respondo confirmando que estarei presente, então silencio o celular e o coloco de volta na bancada.

— Fico me perguntando se você não tem razão — diz Theo, baixinho, enquanto mistura alguns ingredientes em uma tigela grande.

— Se tenho razão sobre o quê? — pergunto.

— A escala. Talvez a gente precise pensar grande. — Ele olha para cima, mas seus olhos parecem meio distantes enquanto fita algum ponto além de mim. — Estou tentando resolver isso, mas é difícil converter na prática.

Tem melancolia em sua voz, e eu odeio que ela se faça presente. Mais do que isso, odeio saber que fui eu quem a colocou lá. Tinha que ser, eu tinha que ir lá e estraçalhar os sonhos dele ao sugerir que sua ideia não era boa o suficiente.

— Relaxa, cara — diz Justin, e de repente me lembro de que Theo e eu não estamos sozinhos na cozinha. — Acabamos de ter essa ideia e estamos só começando. Vai melhorar com o tempo.

E Theo assente, mas não parece muito convencido. Pouco a pouco estou percebendo que a cabeça dele é abarrotada de coisas às quais não tenho acesso real, mas, Deus do céu, como eu queria abrir a porta da mente dele, mesmo que apenas uma frestinha.

Penso em dizer a eles que meu prazo está bem apertado, mas odeio a ideia de deixar Theo ainda mais angustiado. Bom, acho que talvez ele nem se importe muito, já que não é como se ele tivesse qualquer participação nos negócios dos meus pais; porém, sabendo que ele já está enfrentando coisas demais, prefiro lidar com isso sozinho.

Ou pelo menos elaborar um plano viável para melhorar nossa operação antes de acrescentar mais uma encrenca à lista.

— Ah — digo, fazendo Theo se desviar da tristeza para prestar atenção em mim. — Hã, minha amiga quer resolver uns lances da festa amanhã, então não vou poder ajudar. Espero que não tenha problema para vocês.

— Tá, não tem problema — diz Theo, o que dói muito. Não digo que esperava rios de lágrimas da parte dele, mas apenas uma leve reprimenda pela minha escapadela. Não consigo imaginar uma coisa capaz de me magoar mais do que ele dizendo que não precisa de mim.

Quero falar mais alguma coisa, no entanto não consigo. Então simplesmente continuo a pegar tudo o que Theo me pede, ao mesmo tempo que fico na expectativa de que meu silêncio o deixe desconfortável, como se estivesse faltando alguma coisa, nem que seja só um pouquinho.

. . .

Terça de manhã, Lady me para quando estou a caminho da sala de aula.

— Não fica bravo comigo — começa ela.

— Por quê?

— Consegui o emprego.

— Ah.

Ninguém está prestando atenção na gente, estão todos correndo para chegar às salas de aula antes do primeiro sinal, mas a sensação é a de que o mundo está se assomando ao meu redor com um pouco mais de intensidade do que deveria. Como se todos estivessem na expectativa de ver minha reação a essa catástrofe inevitável que, ingenuamente, jamais pensei que fosse acontecer.

— Por um tempo vai ser só meio período, então ainda vou estar aqui de vez em quando, e outra pessoa vai cuidar das aulas que eu não puder dar até contratarem alguém…

— Mas depois vai ser período integral, certo? — questiono. — E aí a gente não vai poder ensaiar mais.

Lady me olha com tristeza por um instante antes de finalmente balançar a cabeça.

— Desculpa, mas não significa que você precisa desistir da dança. Você é ótimo e, quanto mais treinar, melhor vai ficar.

Assinto, mas nós dois sabemos que não importa. Que sem Lady, não tenho como continuar sem que meus pais descubram tudo, e isso significa que não há lugar para o balé no meu futuro.

— Agora vá para sua aula — diz ela. — A gente ainda vai se ver na sexta, né? Uma última farra?

Assinto de novo, mas sem a menor convicção.

O restante do dia praticamente se desfaz em um estupor, até que saio do treino de futebol e sigo para encontrar Meli.

A sala de biologia avançada da sra. Berkley também faz as vezes de QG do comitê da festa. Os esportes não são tão populares assim na nossa escola, mas a temporada de futebol é bem importante, já que a administração tem se empenhado para melhorar a imagem do nosso departamento esportivo perante a comunidade. Já no que diz respeito ao espírito escolar, a galera não deposita muita energia nos jogos, considerando que a gente nunca vence nada, mas o desfile, o baile e todas as outras festividades são muito importantes. Então, basicamente, nossa festa de final de ano é tipo um deus, o que quer dizer que ao longo de todo o mês que vem a sra. Berkley vai abandonar sua sala de aula no último sinal para que a gente possa fazer o que precisa ser feito.

Meli está com uma papelada espalhada sobre a mesa e as bancadas do laboratório, e eu estremeço um pouco, pensando no tamanho do desperdício de modo geral.

— Deus do céu, Gabi, por que você demorou tanto? — questiona ela.

Daí me passa um cronograma atualizado da festa, mas me limito a dobrá-lo e enfiá-lo em um dos bolsos da mochila. Com certeza ela vai montar um outro cronograma daqui a alguns dias, e mais outro alguns dias depois. E enquanto meio que quero contar a ela sobre Lady e o lance do balé, e ao mesmo tempo estou com essa sensação de vazio no peito, Meli está em uma missão, o que significa que ela não tem tempo para ser minha amiga agora.

— Só duas pessoas entregaram suas ideias para o carro alegórico — diz ela.

— Pensei que você estivesse projetando o carro alegórico menor.

— Eu estava, mas o senhor Finnigan falou que eu estava cuidando sozinha de coisas demais e que precisava dar espaço para as contribuições do restante da turma. Mas adivinha só? Eles já estão fodendo o meu lado.

Não me dou ao trabalho de responder, pois sei que ela não quer uma resposta. Sempre achei esquisito como Meli consegue ser tão passional em relação a coisas com as quais nem sequer se importa. Assim que a festa terminar, ela vai agir como se tudo tivesse sido uma belíssima perda de tempo… mas nesse exato momento isso é tudo para ela.

E então penso em Theo, mas logo o afasto da cabeça. Eu não deveria estar tão envolvido com ele, mas meio que estou. Sei que não vale a pena. E provavelmente só estou fixado nele porque ele é gay, e agora sabe que eu sou gay, e sem Meli e o balé, ele é basicamente o único aspecto da minha vida que não exala tristeza ou desesperança. Não tem nada a ver com a voz dele ou com aquele sorriso, ou com o jeitinho gato que ele tem quando demonstra determinação.

Eu não estou a fim de Theo Mori.

Porque esse seria o maior erro do mundo, porque já sei que ele nunca vai me enxergar desse jeito, isso se ele sequer me tolerar.

— Gabi! — berra Meli, e me sobressalto. — Porra! Isso aqui é sério! Dá pra prestar atenção um segundo?

— Desculpa — murmuro, embora eu provavelmente devesse me defender, já que nem queria fazer parte do comitê, para começo de conversa, e só estou aqui porque não quero ser um amigo horrível.

— Vou providenciar para que a gente saia mais cedo das aulas. Todo o comitê. Vou avisar aos professores que talvez eu precise de mais umas pessoas, dependendo do que ocorrer, e vou pedir a Jeff para verificar os horários das aulas de todos para que eu não precise sair caçando vocês.

Levanto uma sobrancelha.

— Isso é um pouco exagerado, não acha?

— Não! A gente tem menos de três semanas para arrumar tudo, e mal começamos a decoração da Rainha de Copas. Não dá pra continuar espremendo o trabalho entre os passatempos de todo mundo.

Reviro os olhos. É claro que ela iria se referir ao futebol e ao emprego da galera como "passatempo", e ao mesmo tempo agir como se o baile fosse o fim do mundo. Eu *odeio* quando Meli fica assim, e *odeio* ficar travado em coisas sem sentido. Tipo, é o penúltimo ano de escola — o ano em que nossas notas começam a ser muito relevantes para o currículo, e quando temos de nos estressar já pensando em faculdades e tudo o mais —, e Meli só quer saber do baile.

Mas acho que tem uma vantagem em poder sair da aula sempre que eu quiser, certo? Quando mencionei um serviço de entregas na escola, Theo citou essa questão como um dos nossos maiores problemas. Isso e toda essa coisa de estar "violando as regras da escola", mas, contanto que não sejamos pegos, ficaremos bem.

E sério, quem vai denunciar Theo Mori quando ele é nossa única chance de vencer alguma coisa no campeonato de futebol?

Meli já está tagarelando de novo, então eu meio que ignoro meus pensamentos um tiquinho. Só preciso montar a logística para garantir que tudo flua direito.

E preciso ganhar a confiança de Theo. Acho que esse é o verdadeiro desafio.

. . .

Quando chega a sexta, estou ansioso para organizar meus planos de negócios confeiteiros, mas ainda tem uma imensa falha que preciso corrigir: nossa base de operações.

Vou para a última aula de dança com Lady, na esperança de que uma última passagem da coreografia me ajude a trazer a clareza de que necessito. Ainda não finalizamos a dança que estávamos montando, e acho que nunca vamos finalizar. Ou talvez Lady vai concluí-la sem mim. De qualquer modo, isso é meio melancólico, como se uma parte de mim fosse ser relegada ao abandono assim que eu sair da sala de dança pela última vez.

Então, quando Lady diz que nosso tempo acabou, pergunto a ela se podemos continuar só por mais dez minutinhos. Aí estico para vinte e, finalmente, estou tão exausto que poderia praticamente desmaiar, mas ela apenas balança a cabeça para mim e diz:

— Temos que limpar a sala.

E assim fazemos, mesmo que cada um dos músculos do meu corpo protestem enquanto afastamos e lustramos as barras.

Fico triste ao constatar que nunca mais vou voltar aqui para dançar. As barras ficarão ociosas, acumulando poeira até que um novo professor decida colocá-las em ação outra vez. E, mesmo assim, quem vai fazer uso deste espaço como Lady? Quem vai incutir o amor pela dança na próxima leva de alunos (que a princípio optaram por essa eletiva só para matar o tempo e ganhar uma nota alta sem esforço)?

E então um pensamento irrompe na minha cabeça tão velozmente que mal tenho tempo de compreendê-lo.

— Lady? — chamo.

Ela olha para cima, uma garrafa d'água na mão e uma sobrancelha arqueada.

— O quê?

— Alguém vai usar essa sala enquanto você estiver fora? — pergunto. — Tipo, sei que você disse que uma outra pessoa vai assumir suas aulas, mas normalmente você é a única que utiliza essa sala, certo?

Ela dá de ombros.

— É, acho que disseram que vão fazer as aulas na quadra de esportes até conseguirem outro professor de dança. Por quê?

— Eu... estava aqui me perguntando se eu poderia tomar o espaço emprestado. Para um projeto — completo.

— Um projeto?

Sei que mereço o olhar incrédulo dela, mas simplesmente digo:

— Hã, uns lances do baile.

Ela olha para mim mais uma vez, como se estivesse tentando me entender, aí dá um suspiro. E não sei a que conclusão ela chegou, mas Lady finalmente fala:

— Contanto que você consiga se organizar de acordo com a minha agenda, tudo bem para mim. Vou precisar da sala sempre no último período, e às terças e quintas depois do horário das aulas, então é só sair antes que tudo bem.

— Valeu!

Ela me dá um sorriso meio tristonho, e me sinto meio mal. Ela provavelmente só está concordando com isso porque se sente culpada por me deixar desamparado, mas, se esse for o fator crucial para salvar a loja da minha família, então eu aceito.

Sei que não posso consertar tudo, mas, se for preciso perder um sonho para salvar outro, essa é uma troca que estou disposto a fazer.

QUINZE
THEO

A semana avança em uma confusão de noites em claro e clientes para lá de ansiosos. Todo mundo parece estar amando as novidades do nosso cardápio, mas devo admitir que estou exausto só de tentar acompanhar a coisa toda. Só me resta esperar que seja o suficiente para conseguir manter a loja aberta e que, por algum passe de mágica, tropecemos em um jeito menos desgastante de fazer as coisas, pois já estou a uma xícara de chá com leite de me jogar no lago Champlain.

Mas enfim é sábado de manhã e estou prestes a sair quando o tio Greg aparece para dar um novo sermão nos meus pais. Nós não estamos exatamente nos falando, visto o que aconteceu recentemente, mas só de ver a cara dele já fico louco de ódio, e sei que é melhor eu cair fora antes que faça alguma coisa de que me arrependa.

Mando uma mensagem para Justin, mas ele apenas responde com:

> Desculpa, ocupado.
> Te mando mensagem mais tarde!

Então, acabo mandando uma mensagem para Gabi.

Tá ocupado?

Ele responde quase imediatamente.

Nada tão importante. E aí?

Saio para a calçada, as pessoas ao redor voando em seus carros e bicicletas, e nem consigo encontrar palavras para dar sentido aos meus pensamentos.

Dou um suspiro, metendo o celular no bolso. O que estou fazendo? Gabi e eu não somos amigos. Nem mesmo gostamos muito um do outro. Somos só duas peças de um jogo que foram se aproximando cada vez mais uma da outra, até nos esquecermos completamente de nossa posição original.

Então quão patético sou por meio que estar com essa vontade de tê-lo aqui, agora, comigo? Por sentir que aquele jeitinho bobo dele de fato pode ser o suficiente para drenar um pouco da minha tristeza?

Pego o celular de novo e digito:

Você tá em casa?

Fico olhando a tela um minuto inteiro, daí dou um suspiro e clico em "enviar".

E então a resposta chega quase em seguida.

Tô na loja, por quê?
Quer dar uma volta comigo?
Só um segundo!

Sento no meio-fio e, alguns minutos depois, Gabi vira a esquina, exibindo um sorriso besta enquanto corre até mim acenando.

— Theo!

Reviro os olhos.

— Eu estou vendo você, seu bobo. Não precisa acenar desse jeito.

Ele faz uma pausa, a boca entreaberta, e diz:

— Hã, foi mal.

Eu me levanto e bato a sujeira da roupa. Quando o vejo, sinto o peito um pouco mais leve, mas é claro que jamais confessaria isso para ele.

— Tudo certo? — pergunta Gabi.

Dou de ombros.

— Só queria dar uma fugidinha. Vamos dar uma volta?

Ele assente, mas só se mexe depois que começo a andar. Ele caminha no mesmo ritmo que eu, lado a lado, mas não quebra o silêncio, como se temesse que qualquer palavra pudesse destruir o muro de trégua entre nós.

E, sinceramente, eu nem tenho nada para dizer. Até poderia desabafar e contar sobre o meu tio, mas a verdade é que agora que Gabi está aqui, não quero nem pensar nesse assunto. O que eu quero é esculpir esse espaço imaginário onde o mundo real não pode me alcançar. Pelo menos por um tempo.

— O dia está bonito — diz Gabi finalmente.

— É sério que você vai vir com esse papinho furado sobre o tempo?

— Eu… bom, para ser sincero, não sei do que você gosta de falar, já que normalmente só fica gritando comigo.

Dou uma risada, mas ele continua muito sério. Ele não está completamente errado, óbvio, porque algumas semanas atrás eu teria me oferecido para lavar os banheiros do vestiário em troca de não ter de passar uma hora com Gabriel Moreno, mas agora sei lá. Acho que já ultrapassamos esse ponto. Quero dizer, pelo menos em alguns aspectos. Ele se assumiu para mim. Sendo assim, imagino que ele não me ache um babaca completo, certo?

Mas acho que não posso culpá-lo se achar.

— Podemos falar sobre qualquer coisa — digo. — Eu meio que só quero uma distração.

Ele me encara, inexpressivo, por um momento antes de dizer:

— Você sabia que axolotes são capazes de regenerar os membros?

Eu pisco uma vez.

— Axo o quê?

— Axolotes. São anfíbios.

Que ousado da parte dele presumir que sei o que anfíbios são. Ele ri, saca o celular e abre o Google Imagens.

Ah. Então as tais *axolitas* são essas coisinhas cor-de-rosa com guelras plissadas e sorrisos perenes? São meio bizarras, mas de uma forma cativante (acho).

— Enfim, eles conseguem regenerar seus membros. Tipo as lagartixas, que podem regenerar a cauda, só que… de um jeito muito mais legal.

— Por que você está me contando isso? — quero saber.

Ele dá de ombros.

— Você disse que queria uma distração.

— É, eu disse, mas não pensei que você fosse falar do fato mais estranho que conhece.

Ele suspira.

— Esse não é o fato mais estranho que conheço, mas fico divagando.

Dou risada, e ele me olha como se eu tivesse acabado de regenerar um membro, mas pelo amor de Deus! Que bobagem! Falei para ele que queria uma distração dos meus problemas cotidianos e ele meteu essa de soltar uns fatos aleatórios sobre *axamandros*, como se eu tivesse pedido esse tipo de informação.

E ele disse tudo com aquele olhar de filhotinho, com aquele beicinho ridículo e aqueles imensos olhos castanhos.

Bom, acho que foi uma distração bem decente, já que perdi totalmente o fio da meada; só sei que é inacreditável o jeito como ele pensa. Tipo, como é que as engrenagens da mente dele giram até chegar nessas coisas aleatórias? Pressinto que vou precisar investir em um diário de bordo chamado "Pensamentos aleatórios do Gabi", ou algo assim.

— Bom... — recomeça ele, baixando a voz. — Não sei o que está rolando na sua vida, mas, se você quiser conversar, sou todo ouvidos.

Meu primeiro instinto é dizer que, se eu quisesse conversar, estaria falando com Justin, mas daí ele estava ocupado demais para responder, e seria meio esquisito constatar que só tenho uma pessoa com quem conversar, certo? Não é que eu não tenha outros amigos — é só que eles são mais colegas, com quem você fala da lição de casa ou do treino de futebol, mas nunca nada de importante.

E é esquisito, porque nem sei direito se Gabi é um amigo mesmo, mas sinto que posso conversar com ele de forma mais profunda do que com qualquer outro cara do nosso time.

Então talvez sejamos amigos? Ou outra coisa? E o que isso diz a meu respeito, já que não consigo distinguir a diferença?

Dou um gemido, passando a mão no rosto.

— Você realmente se sente melhor depois de reclamar?

Ele faz uma pausa, os olhos disparando para o chão.

— Você não?

Balanço a cabeça.

— Não. Eu só fico com mais raiva.

— Talvez você só esteja alimentando as chamas em vez de apagá-las.

Eu rio, o ar sibilando pelos meus pulmões em lufadas fraquinhas.

— Deus do céu, mas que porra significa isso?

Ele dá de ombros.

— É que, às vezes, quando você desabafa, as pessoas instigam em vez de apaziguar, sabe? Ficam dizendo como fulano é um merda, e aí, antes que você se dê conta, o quebra-pau começa e todo mundo está puto. Mas às vezes você desabafa e a pessoa simplesmente diz que seus sentimentos são válidos, e aí você começa a pensar em um jeito de seguir em frente.

Sei lá, talvez isso até faça sentido, mas, para mim, também soa meio vazio. Não é isso que se espera dos amigos? Que eles digam que você está certo ao mesmo tempo que metem o pau na pessoa que lhe prejudicou? O objetivo não é fazer você se sentir melhor?

— Vamos tentar — sugere ele.

— Eu... Ok, tá bom. O que eu faço?

Ele sorri.

— Diga o que está incomodando você.

Eu olho para todas as pessoas aceleradas ao nosso redor e parece inútil. Não é nem desânimo, mas uma sensação de que tudo isso é irrelevante, como se eu fosse uma criança chorando porque ralei o joelho enquanto o restante do mundo tem que lidar com um tsunami. Todo mundo tem problemas. A diferença é que eu estaria aqui agindo como se fosse o fim do mundo só porque meu tio é um babaca.

Mas aí olho para Gabi, que está sorrindo para mim como se tivesse todo o tempo do mundo para simplesmente sentar e ouvir o que tenho a dizer.

E isso desperta alguma coisa nova em mim.

— Meu tio trata meus pais feito lixo. Ele odeia o fato de meu pai ser japonês, e de minha mãe ter tido a coragem de se casar com ele, e odeia o fato de meu irmão e eu existirmos. Ele é dono da nossa cafeteria e está usando o poder que tem sobre meus pais para torturá-los, e eu simplesmente não aguento mais. É por isso que estava tentando salvar a loja... Para ganhar dinheiro e tirar meu tio do nosso pé. E sei lá, acho que não quero ficar em Vermont para sempre, sabe? Quero estudar fora, mas não posso fazer isso porque estou preso aqui cuidando dos meus pais.

— Vai fazer diferença? — pergunta Gabi.

— O quê?

— Ganhar mais dinheiro? Seus pais vão conseguir se livrar do seu tio se ganharem mais dinheiro?

E é uma pergunta ridícula, porque esse é o argumento que o tio Greg joga na cara deles todo mês, mas a expressão de Gabi parece sugerir que ele sabe de algo que não sei.

— Como assim?

— Olha, parece que seu tio vai ferrar seus pais de qualquer jeito, com a loja indo bem ou não.

— Talvez — digo. — Tipo, é, acho que sim, mas o que mais posso fazer?

— Talvez nada? — sugere ele, e simplesmente fico encarando-o. Gabi ri, olhando para baixo. — Quer dizer, talvez não seja seu papel resolver as coisas dos seus pais ou do seu tio. Talvez você esteja aceitando todo esse peso porque na verdade está com medo de ir embora e se punindo por querer isso.

— Você é o que agora, meu terapeuta?

Gabi ri de novo, mas agora um rubor colore suas bochechas.

— Não estou te julgando.

— Eu sei — respondo, e ele olha para cima, os olhos arregalados. — Continue…

Ele sorri.

— Eu entendo por que você se sente assim, e acho que é um sentimento perfeitamente válido, e tudo isso que está fazendo é admirável. Eu só… vejo como isso está te afetando, Theo, e acho que você merece uma trégua. Você não pode se responsabilizar sozinho pelos seus pais.

— Talvez não, mas ainda preciso tentar.

Ele assente, cruzando os braços.

— A loja dos meus pais também não está indo muito bem. Com uma nova oferta na mesa, eles acham que não vale mais a pena investir tempo nela. E, sob o ponto de vista financeiro, até entendo. O problema é que a loja significa muito para mim e… bom, não quero perdê-la, então entendo o que você sente. É uma sensação de estar sendo esmagado, certo? E ao mesmo tempo de ser partido em dois.

Faço que sim, embora eu provavelmente teria descrito de outra maneira. O tom de Gabi meio que diz tudo, solene e um pouco vacilante, como se ele estivesse inseguro. Sei bem como é isso.

— Eu… não sei como consertar as coisas — diz Gabi —, mas acho que tenho uma ideia para ganhar um pouco mais de dinheiro. Se você confiar em mim…

Assinto novamente. Tipo, o que mais posso fazer? Eu jamais teria ligado para ele se achasse que tinha outra opção.

Mas devo admitir, ele estava certo sobre uma coisa: com certeza não estou bravo mais. Pelo menos não como eu normalmente estaria depois de expor todos os meus problemas. Eu me sinto acolhido, como se finalmente alguém me compreendesse.

— Gabi — começo.

Ele me dá um sorriso.

— Oi.

— Valeu por me ouvir. E... acho que... se eu puder fazer algo para te ajudar com a loja dos seus pais... você me avisa?

Tento sorrir com naturalidade, mas tenho certeza de que sai um sorriso hesitante e estranho, que deve doer de olhar.

E Gabi enrijece como se a hediondez do meu sorriso o tivesse abalado até o último fio de cabelo.

Mas depois de um instante, ele pisca e retribui o sorriso, e há alguma coisa de aberta e sincera na curva de seus lábios. Como uma promessa de que seja lá o que venha a partir de agora — não importa o quão confuso ou imprevisível ou potencialmente doloroso —, estamos nessa juntos. E não posso dizer que foi isso o que vim procurar quando saí da loja essa manhã, mas, de alguma forma, parece que Gabriel Moreno encontrou um jeito de me dar exatamente o que eu precisava.

. . .

Segunda de manhã, acordo com uma mensagem de Justin me dizendo para juntar as tralhas. A caminho da escola, paro na casa dele para pegar mantimentos, e ele me conta que Clara e ele "não terminaram" porque "não estavam namorando", mas estão basicamente naquele ponto em que passam uma semana inteira sem se falar. Em outros tempos, eu não daria a mínima, mas isso significa que agora vamos ter de limitar nosso estoque para que caiba no isopor que Justin fica arrastando para lá e para cá, e planejar um jeito de guardá-lo no vestiário até o fim do dia.

Não temos muito tempo para pegar as coisas, e estou um pouco incomodado por gastarmos tanto tempo estocando itens que nem vamos poder trazer, mas me certifico de colocar mais chás de leite misto e bolos de cores vivas, já que essas coisas fazem mais sucesso com os clientes, afinal de contas.

Quando Justin e eu retornamos para a entrada do refeitório a fim de entregar o pedido de todos, me dou conta da ironia da situação: no sábado, Gabi e eu conversamos sobre planos maiores, só para dois dias depois nos depararmos com uma reviravolta e descobrirmos que estamos basicamente retrocedendo no tamanho do negócio. As pessoas ainda fazem pedidos, mas acho que a empolgação está começando a arrefecer, pois o dia termina e ainda temos algumas sobras, o que se mostra mais um golpe contra os incentivos de Gabi.

Por falar nisso, Gabi não está aqui, o que torna tudo mais estranho. Tipo, mesmo que ele tenha decidido se distanciar um pouco, coisa que ele nunca faz, ele deveria ao menos ter ficado na escola para o treino de futebol.

— Talvez ele tenha encontrado alguma coisa melhor para fazer — diz Justin.

Justin ainda não superou o comentário homofóbico, o que na verdade é meio lisonjeiro, já que está comprando uma guerra que é minha, mas também muito chato porque afinal de contas Gabi não é homofóbico, e estou encurralado no meio dos dois. E, claro, Justin está ainda mais ranzinza porque Clara vai ficar uns dias fora de cena. Ele sempre fica um chato quando passa um tempo sem transar.

Justin arrasta o isopor até o vestiário, já que nesse momento não posso carregar peso.

— A porra do Gabriel não pôde vir nem para ajudar a carregar essa porcaria — resmunga ele, e devo admitir que concordo. Onde diabos ele está?

— Ei, galera!

Olho para cima e vejo Gabi correndo em nossa direção, só que ele não está vindo da quadra de esportes. Na verdade, sequer está usando o uniforme do treino, então não faço ideia do que aconteceu.

Justin apenas revira os olhos e continua a arrastar o isopor enquanto Gabi finalmente nos alcança e tenta recuperar o fôlego.

— Por onde você andou? — pergunto.

Gabi sorri, passando o braço em volta dos meus ombros. Não sei bem onde ele conseguiu essa confiança toda, mas não é tão desconfortável quanto pensei que seria.

— Encontrei uma solução para os nossos problemas.

Levanto uma sobrancelha.

Ele enfia a mão no bolso e saca um maço de dinheiro. Tipo, notas mesmo, um bolo delas, presas num elástico.

— Que porra é essa? — questiono.

Gabi sorri, colocando a grana na minha mão.

— Fiz um teste com entregas nas salas de aula e deu muito certo!

Justin para de arrastar o isopor, os olhos arregalados e a boca aberta. Acho que pareço um pouco menos surpreso, mas estou três vezes mais chocado do que ele.

— Como assim? — É a única coisa que consigo falar.

— Eu tenho um contatinho. É meio complexo, mas amanhã explico. Agora tenho que ir. Tenho que resolver umas coisas da festa!

— Mas e o futebol? — pergunto.

— Amanhã! — grita ele, já correndo de ré em direção ao bloco de salas de aula.

— Você não vai pelo menos me ajudar a carregar essa coisa? — berra Justin.

Mas Gabi já está longe, desaparecendo na multidão de alunos que se dispersam.

— Acho que não — digo, resignado.

Justin apenas bufa e começa a resmungar incessantemente enquanto agarra a alça do isopor outra vez e volta a arrastá-lo.

DEZESSEIS
GABI

Passo a noite da segunda organizando tudo.

Os crachás que Meli finalmente entregou ao comitê da festa na sexta são perfeitos para fugirmos das aulas. E aí depois de aproveitar o fim de semana para montar nossa loja on-line, usei a segunda para testar nosso novo sistema de entregas, abrindo apenas para pedidos limitados, de modo que eu consiga gerenciar tudo sozinho. E com Lady cedendo a sala de dança, agora vamos ter uma base de operações para deixar tudo armazenado e empacotado até que os pedidos cheguem, e com os passes livres do comitê vamos poder tirar as pessoas da sala de aula para entregar as encomendas delas.

Voilà! Estamos na ativa, firmes e fortes.

Terça de manhã, peço a Theo e Justin para me encontrarem na escola um pouco mais cedo para termos um tempinho para repassar nosso plano. Quando encontro os dois perto do prédio principal da escola, Justin já está com cara de esgotado, e Theo, mexendo no celular.

— Bom dia! — digo.

Theo olha para mim e sorri, mas Justin só semicerra os olhos.

— É melhor ter um bom motivo para arrastar a gente para cá.

Dou um sorriso, enfiando a mão na mochila para pegar os crachás recém-feitos. Tive o cuidado de deixá-los na parte de cima do bolso maior para que fosse mais fácil pegá-los.

Equilibrando um em cada palma, eu os estendo para os dois, que ficam me encarando, inexpressivos.

Por fim, Theo diz:

— Você não vai obrigar a gente a entrar no comitê da festa, vai?

Balanço a cabeça.

— Não, de jeito nenhum. Esses crachás são a nossa chave para sair da aula para que possamos fazer as entregas.

Theo ergue uma sobrancelha.

— Tipo *durante* a aula?

Faço que sim com a cabeça.

— Foi o que fiz ontem, e teve um monte de interessados. É ótimo assim porque as pessoas podem fazer seu pedido no momento em que estiverem com mais fome e com menos controle de seus impulsos. Eu até criei um site para que todo mundo possa encomendar o que já temos em estoque. A gente recebe uma notificação e faz a entrega direto na turma do cliente, basta dizer ao professor que precisamos conversar rapidinho com ele para resolver alguma coisa do baile. Também criei um bate-papo, para que a gente possa discutir quem vai pegar cada pedido e...

— Opa, calma aí — interrompe Justin, os braços cruzados.

— Quando foi que a gente decidiu que ia fazer as entregas durante a aula? Pensei que o Theo tivesse dito que isso ia dar confusão. Sem falar que vai contra as regras da escola.

— É, isso é verdade — digo, baixando a voz —, mas o Theo e eu estávamos conversando no fim de semana e...

— Ah, então agora vocês estão fazendo planos sem mim? Theo revira os olhos.

— Não, não estamos fazendo planos sem você, pois não combinamos nada. O Gabi acabou de dizer que teve uma ideia.

— Tive, e uma ideia que funcionou — insisto. — Você queria expandir nosso alcance, e eu expandi.

— Nosso? — questiona Justin.

— O Theo e eu concordamos em transformar o negócio numa sociedade.

Justin olha para Theo e semicerra os olhos como se estivesse sendo informado de tudo agora, mas não fala nada. Em vez disso, se volta para mim e diz:

— Você não pode estar falando sério. Se formos pegos, podemos ser expulsos.

E eu sei que Justin jamais vai me apoiar, já que ele basicamente me odeia desde aquele dia na cozinha, mas me viro para Theo, na esperança de que talvez ele esteja tão empolgado quanto eu.

— Você me parece o tipo de pessoa disposta a correr riscos.

Theo me encara por um momento, aí dá de ombros.

— Talvez, mas você certamente não.

Algumas semanas atrás, ele estaria perfeitamente correto a respeito disso, mas em algum lugar entre o início da amizade com Theo e a perda do meu sonho no balé percebi que não podia me dar ao luxo de passar o tempo todo com medo.

— Olha, se vocês não quiserem fazer as entregas, eu deixo pra lá, mas as pessoas estão muito empolgadas, e acho que agora vai ser ainda melhor do que antes. O pessoal não tem uma alternativa aos nossos lanches.

Theo parece um pouco hesitante, mas também tem uma espécie de determinação em seus olhos, como se minhas palavras de fato tivessem causado algum efeito. Já Justin é outra história. Ele parece mais propenso a me dar um soco na cara do que a analisar o que estou dizendo.

Mas não importa. Justin pode me odiar quanto quiser. Só preciso de Theo ao meu lado.

Por fim, Theo concorda com a cabeça e diz:

— Certo, vamos tentar. Não quero perder a oportunidade, principalmente depois de você ter se empenhado tanto.

Sorrio enquanto Theo pega seu passe livre, e aí Justin resmunga e enfim pega o dele.

— Então — começa Theo —, como vai ser?

Abro o site no meu celular.

— As pessoas fazem o pedido aqui, ó. Vou cadastrar o celular de vocês também, assim vão receber uma notificação quando um pedido for feito. Depois é só mandar uma mensagem para o grupo dizendo que vai pegar o pedido, e então usar o passe para sair da aula. A maioria dos professores vai aprovar. Depois, você precisa pegar o pedido na sala de dança, ir até a sala de aula onde está o cliente e pedir para falar com ele. Basta dizer que é assunto da festa. E aí vocês se falam no corredor e você entrega o pedido.

Theo assente, mas Justin está com uma cara de quem adoraria estar em qualquer outro lugar, menos ali. Tanto faz. Não vou permitir que ele estrague minha onda.

O primeiro sinal para entrarmos na sala toca assim que enfio meu celular de volta no bolso.

— Já registrei no site todos os produtos que temos em estoque, então ele vai parar de aceitar pedidos quando um deles esgotar.

— Ótimo — comenta Theo. Pouco antes de eu seguir para a aula, ele agarra meu pulso e diz: — E, Gabi? Obrigado. Por tudo isso. Eu… sou muito grato.

Não consigo me lembrar da última vez que sorri tão largo quanto agora, e quando chego na primeira aula, minhas bochechas ainda estão queimando por causa do retesamento dos músculos. Mas não estou preocupado com isso. É uma dorzinha gostosa.

. . .

Quando chega o horário de almoço, já recebemos quinze pedidos. Justin parecia um tanto ávido para cumpri-los, então acho que ele não detesta o plano tanto quanto fingiu detestar. Enfim, pego meu almoço e vou direto para a sala de dança. Liguei um frigobar dos meus pais num canto e juntei algumas carteiras perto da parede para preparar os pedidos.

Theo aparece alguns minutos depois de mim, arregalando os olhos quando vê a arrumação.

— Uau, você fez tudo isso?

Dou de ombros, tentando continuar indiferente, mas já sinto o calor subindo pelas minhas bochechas.

— Quero que a gente se dê bem, sabe? Só temos que nos certificar de esconder tudo antes da última aula.

Theo assente.

— É meio engraçado pensar em quanto isso está ajudando a loja dos meus pais, mas eles provavelmente morreriam se descobrissem que estamos vendendo nossas coisas juntos.

— Porque nossa família é rival uma da outra?

— Mais porque eles não gostam de mudanças.

— Por isso que você está tão desesperado para ir embora?

Algumas emoções diferentes percorrem o rosto de Theo: choque, desgosto, uma espécie de aceitação resignada.

— Não sei — diz ele. — Só sei que se eu ficar aqui, minha vida sempre vai ser do jeito que eles querem que seja. Só quero saber quem eu sou, sem toda a intromissão deles.

— Acho que faço uma boa ideia de quem você é — digo.
Ele levanta uma sobrancelha.

— Claro. Theo, o babaca. Theo, o aluno mediano.

Balanço a cabeça, minha voz saindo num rompante.

— Não! Nada disso.

Ele simplesmente me encara, e eu me viro para trás, olhando a barra de balé na parede oposta. É mais fácil deitar os olhos na barra de metal onde esmorecem todos os meus sonhos do que olhar para Theo, porque Theo é de verdade, está presente, está acontecendo.

E, de certa forma, ele é um sonho tão inatingível quanto o balé — sei que nunca vai se concretizar, no entanto continuo dançando com essas ideias na cabeça, deixando meu coração se perder em um potencial que praticamente inexiste.

— Você é inteligente, Theo. Tipo, muito, muito inteligente. Esperto. — Meu Deus, estou falando igual a um personagem de programa infantil. Fecho os olhos, afastando a imagem do rosto dele da cabeça, tentando fingir que estou em outro lugar, diante de um poço dos desejos, confessando meus pensamentos a um local a que ele jamais terá acesso. — Você é brilhante, e não daquele jeito bonzão-nos-estudos. Mas de um jeito de verdade, de alguém que poderia dominar o mundo um dia se quisesse. E você é atlético e apaixonado, mas, mais importante, um líder. As pessoas não te seguem porque têm medo de você. Elas te seguem porque você tem esse fervor irresistível, e basta um vislumbre dele para entender o tamanho do poder que ele emana.

Congelo quando um calor circunda meu pulso. Aí percebo os dedos de Theo na minha pele, e de repente seus olhos estão encontrando os meus, só que estão diferentes. Estão gentis. Vulneráveis.

Então ele sorri e diz:

— Belo discurso. Pena que é tudo besteira.

— Não é...

Mas ele me interrompe, pousando um dedo nos meus lábios. E agora estamos a centímetros um do outro, nossos rostos bem próximos, como se a qualquer momento um de nós pudesse cobrir o espaço que nos separa, que separa nossos lábios, fazendo o mundo inteiro virar de cabeça para baixo.

Então alguém abre a porta, e nos separamos como se um furacão tivesse soprado entre nós. Justin entra, exibindo uma carranca quando diz:

— Foda-se a matemática. Foda-se, que o diabo carregue essa merda.

— Pelo visto você conseguiu recuperar sua nota — diz Theo, recobrando a postura quase instantaneamente.

E assim a bolha em que estávamos estoura, e o espaço fica inundado de barulho, estresse e realidade. Mas aquilo não foi só um devaneio. Eu realmente quase beijei Theo Mori. E mesmo quando o mundo se impõe às pressas e voltamos ao trabalho, minha mente continua presa naquele instante, imaginando o que teria acontecido se eu tivesse dado mais um passinho e me jogado.

DEZESSETE
THEO

Quando chega a hora do treino, minhas pernas já estão cansadas de tanto fazer entregas. Recebemos um monte de pedidos pouco antes da última aula, tantos que basicamente só voltei para a sala minutos antes de o sinal tocar, e tive que deixar a limpeza a cargo de Justin. É muito maluca a facilidade com que todos os professores nos deixam sair no meio da aula agora que temos o passe livre do comitê. É como se fôssemos da realeza, totalmente intocáveis e imparáveis.

E tem uma coisa nessa história que me faz pensar no que Gabi disse na sala de dança. Não sei se fui contagiado pelo sucesso do nosso negócio ou se porque ele foi a primeira pessoa a me elogiar tanto, mas não consigo parar de pensar nisso.

E ainda tem o lance que não aconteceu enquanto a gente estava lá. Ou será que estou inventando a coisa toda? Porque, por um instante, pareceu nitidamente que ele ia me... Não, deve ser coisa da minha cabeça.

Nem sei como ia me sentir a respeito se não estivesse inventando isso.

Vou para a quadra de esportes e visto meu uniforme. O jogo de fim de ano já está chegando, e ainda estou chateado por não poder treinar, mas acho que minha maneira de sentir culpa mudou. Não estou chateado com Gabi, não mesmo. Estou chateado comigo — com a porra do meu pulso que está levando semanas, e não dias, para cicatrizar, com minha própria inutilidade e com o fato de eu não ser bom o suficiente para fazer o time vencer.

— Ei — diz Gabi, saindo de uma baia do vestiário atrás de mim. Ele sempre se troca nas baias, e eu nunca tinha prestado atenção nisso até então. Eu me pergunto se ele faz isso porque acha que precisa ficar no armário.

— Não sabia que você ia estar por aqui hoje. Não teve nada da festa para resolver? — pergunto.

Gabi estremece.

— Verdade seja dita, prefiro estar aqui do que lidar com as coisas da festa, mas prometi para uma amiga que ajudaria.

Meu ego fica um pouco inflado com isso. Eu sei o quanto Gabi odeia futebol, então se ele realmente está gostando de treinar, deve ser por minha causa.

Ou talvez ele só esteja dizendo que odeia organizar a festa. Acho que estou tirando conclusões precipitadas.

— Bom — recomeça ele —, acho que estou balanceando melhor as coisas, o que é bom, já que também temos que nos preocupar com nossas vendas.

— E está melhorando no papo também — digo.

Ele inclina a cabeça como um cachorrinho confuso.

— É que agora você consegue formular frases.

Ele cora.

— Ah, certo, sim. Acho que você está um pouco menos intimidante agora que a gente se conhece.

Espera aí, como assim?

— Hora de mais um treino horroroso — diz ele, com um sorriso. — Vou te passar o login do site, caso você queira ver os dados.

Meu cérebro não está nem acompanhando o que ele fala, mas simplesmente concordo com a cabeça enquanto abro a porta e saímos para o campo.

— Você está melhorando, sabia? No jogo.

Gabi revira os olhos.

— Não precisa ficar tentando fazer eu me sentir melhor.

Mas não estou brincando. É como se minha ausência no campo fizesse com que Gabi não tivesse mais um alvo, e desse modo ele consegue se concentrar em manter os pés no chão. Definitivamente uma evolução.

— Se quiser mais ajuda para o grande jogo, posso criar um treino — digo. Brinquei um pouco com essa ideia na cabeça antes de me sentir confortável para verbalizá-la. Vai ser um compromisso e tanto tentar melhorar as habilidades de Gabi no futebol, mas sinto uma enorme pontada de culpa por não estar fazendo o possível para ajudá-lo.

Ele se vira para mim, uma sobrancelha erguida.

— Você quer mesmo passar mais tempo comigo?

Dou de ombros.

— Temos passado a maior parte do tempo juntos, no fim das contas. Além disso, sinto falta de me envolver mais.

Ele sorri, e é meio fofo, o que me faz voltar a atenção para onde o time está começando a se reunir em campo. Os uniformes estão todos manchados de grama, então que bom que vai chegar uma nova remessa na semana que vem.

— Eu adoraria — diz Gabi, e eu viro o rosto de volta para ele, um sorriso repuxando meus lábios.

— Ótimo. — Enfio a mão na mochila e pego um cronograma de treinamento que rascunhei para ele no meu tempo livre. Não é muito *hardcore*, já que estamos em cima da hora para o jogo, mas acho que vai ajudá-lo a melhorar ao menos um tiquinho.

Entrego a ele, que o pega com cautela, seus olhos se arregalando enquanto examina o papel.

— Eu... Você já planejou tudo?

— Acabei me empolgando enquanto pensava nisso ontem à noite. Não é grande coisa, mas imaginei que, se trabalharmos em alguns pontos fracos, pode ser que você fique preparado a tempo.

Ele assente com entusiasmo.

— Obrigado, Theo!

Eu simplesmente dou de ombros outra vez.

— Ah, deixa eu te mostrar o login do nosso site.

Ele pega o celular na mochila, navegando na página da web que, imagino, se conecta à nossa loja on-line. Eu me esforço para prestar atenção enquanto ele explica tudo.

Finalmente, Gabi me dispensa para que possa se juntar ao time, e eu sigo para as arquibancadas. Todo mundo faz uma fila para se aquecer, e eu sento meio torto no metal frio, olhando meu celular como se eu realmente me importasse com o que está na tela.

Digo a mim mesmo que a distração é o grande jogo — estou tenso por não poder treinar e preocupado com a possibilidade de não estar preparado quando finalmente entrar em campo. Tudo está uma baita confusão.

Mas sei que não é bem o jogo que está fazendo meu coração acelerar, e não tenho certeza de como agir em relação a isso.

...

Depois do treino, Gabi é chamado a uma reunião de última hora para resolver coisas da festa, e enquanto isso vou à casa de Justin para cuidar dos produtos da loja. Ele está ocupado demais estudando para uma prova para termos um bom rendimento. Chego em casa pouco depois das oito e passo na loja na expectativa de encontrá-la deserta, já que o movimento após as sete secou completamente. Mas, em vez disso, encontro minha mãe atrás do balcão fazendo limpeza e Thomas sentado à mesa perto da janela. Ele acena quando entro, mas me limito a revirar os olhos.

Minha mãe começa a contar alguma coisa, mas não consigo acompanhar muito bem porque ela está falando em mandarim. Mas é lógico que Thomas, o filho de ouro, consegue acompanhá-la perfeitamente, dando até a resposta perfeita, e aí os dois começam a rir.

— Como foi na escola, Theo? — pergunta minha mãe, o que é estranho, porque ela quase nunca pergunta isso.

Dou de ombros.

— Foi bom.

— A mãe disse que agora você está fazendo entregas para a loja — comenta Thomas. — Isso é bem legal.

Dou de ombros mais uma vez.

— É.

— Foi tudo ideia do Theo — começa minha mãe. — Ele chegou em casa um dia e disse que sabia como fazer a loja ganhar mais dinheiro, então ele foi lá e fez! E a melhor parte é que podemos fechar mais cedo porque ninguém vem depois das cinco, então desse jeito estamos economizando também.

Eu... Espera aí. Ela está me elogiando? Acho que ela nunca tinha feito isso.

— Maneiro! — diz Thomas. — Eu sabia que em algum momento você ia botar esse seu supercérebro para trabalhar.

Ah, aí está. O tapa com luva de pelica. Essa geralmente é a especialidade da minha mãe, mas pelo visto Thomas herdou e vestiu essa luva — fico surpreso que tenha servido nele, já que minha mãe tem pouco mais de um metro e cinquenta de altura.

É meio estranho ficar parado aqui na loja, a tensão preenchendo o ambiente. Bom, para *mim* pelo menos é. Imagino que Thomas, o filho de ouro, ignore alegremente a ideia de que alguém seria capaz de odiá-lo de fato.

— Eu, hã, vou fazer a lição de casa e depois vou para a cama — aviso.

— Não vai querer jantar? — pergunta minha mãe.

— Eu me viro lá na cozinha.

Minha mãe e Thomas voltam ao que quer que estavam falando, nenhum dos dois parece sequer notar quando subo as escadas, mas acho que esse sempre foi meu papel na família. Eles só percebem minha presença quando necessário, vez ou outra dirigem meia dúzia de palavras a mim, mas no fim do dia não sou alguém importante. Sou só um dublê de corpo quando não tem mais ninguém para preencher aquele papel.

. . .

— Acho que agora dá para botar o *bubble tea* no cardápio — diz Gabi. — Quero dizer, se você achar que isso vai ajudar a aumentar as vendas.

Quarta à tarde, estamos na cozinha de Justin, e é nossa primeira oportunidade de nos juntarmos e realmente analisarmos nosso cardápio com calma, já que estivemos todos muito ocupados na terça depois do treino.

E, uau, as pessoas começaram a ficar putas da vida. Um monte de gente me parou durante a aula para perguntar quando o site voltaria ao ar, a ponto de o burburinho começar a chamar a atenção dos professores, e aí, para poder dispersar toda aquela agitação, tive de prometer novidades para quinta.

Acho que é legal sermos tão populares, e definitivamente estamos começando a ganhar mais dinheiro, o que é bom para meus pais, mas a pressão está aumentando, e a sensação é que agora minha vida tem mais gente para eu poder decepcionar.

Mas, enfim, nesse momento estamos correndo para descobrir como agradar os alunos e também cumprir a promessa que fiz a todos em meio à minha afobação matinal. Justin está com a cara enfiada no celular, mas Gabi está me olhando, de prontidão, enquanto toma nota dos nossos próximos passos.

— Dá para fazer, mas as bolinhas precisam ficar separadas — digo.

Ele assente.

— É, acho que vai dar certo, já que agora temos uma base de operações. Na verdade, meus pais têm um fogareiro portátil que quase nunca usam. Vou pegar, e aí a gente vai poder fazer o *bubble tea* na escola.

Essa ideia nunca tinha me ocorrido, mas, mais uma vez, aqui está Gabi com suas ideias maneiras e a sagacidade para fazê-las acontecer. Por mais orgulhoso que eu estivesse em relação às minhas ideias, devo admitir que jamais teríamos chegado a um lugar interessante sem Gabi. Isso fere um pouco meu ego, mas o dinheiro extra compensa.

— Também fiquei pensando em acrescentar café com leite ao cardápio — diz Gabi. — O *café con leche* é um dos mais vendidos na loja dos meus pais, e acho que vai ser um ótimo incentivo de manhã, principalmente se tirarmos do cardápio ao meio-dia.

— Inteligente — digo. — Dá para fazer isso no site?

Ele dá de ombros.

— Na hora do almoço eu marco lá como esgotado.

— Ok, beleza. Apenas se certifique de separá-lo dos chás, para não tentarem acrescentar outros complementos.

— Elas podem fazer isso?

— Fazer o quê?

— Acrescentar complementos?

— Acho que sim, no caso do café com leite gelado, mas ainda assim seria muito estranho.

— Mas é esse o objetivo, não é? — argumenta Gabi. — Fazer alguma coisa diferente e impossível de achar em outro lugar. Precisamos de outros... ativos.

Justin ergue o olhar do telefone, bem a tempo de me ver de cabeça baixa, todo sem graça, enquanto Gabi cora furiosamente.

— O que está rolando aqui?

— Hã, nada, a gente só está falando sobre misturar bebidas — respondo, para salvar Gabi da acareação constrangedora. Bom, e do possível constrangimento de expor sua sexualidade, já que ele tem uma tendência a meter os pés pelas mãos.

Gabi assente, os olhos arregalados.

— Tá, tá bom, eu só pensei que eles não conseguiriam fazer essas misturas em outro lugar... Tipo, *café con leche*, mas com bolinhas de *bubble tea* ou geleia de lichia...

— Café com lichia? — digo, com uma risada, e então ambos arregalamos os olhos.

É como se nossos cérebros estivessem sincronizados quando dizemos em uníssono:

— Isso é genial!

E por um momento, é como se o tempo tivesse parado enquanto nos encaramos, juntos nessa bolha de humor e sabendo que é brega para cacete, e que deveríamos sair dela logo, mas que nenhum de nós quer. E é quando a ficha cai, e percebo quanto as coisas mudaram entre nós em tão pouco tempo, quanto me sinto mais leve aqui com ele nessa cozinha do que com qualquer outra pessoa.

E tudo por causa dessa piadinha perfeita entre mim e a última pessoa com quem imaginei que partilharia uma piada interna.

Bom, e tem Justin, que apenas revira os olhos e diz:

— Tá bom, então vocês não precisam mesmo de mim aqui, certo?

Levanto uma sobrancelha.

— Você tem algum compromisso?

— Tenho umas coisas para cuidar. Mas vocês podem ficar se quiserem.

— Não, tudo bem — diz Gabi. — Podemos ir para a minha casa. Meus pais não vão se importar.

Fico na expectativa de que Justin diga que ficaremos melhor aqui nessa cozinha grande e aberta só para nós, mas ele simplesmente dá de ombros e sai, a cara colada no celular de novo, o que soa um pouco frio, considerando nossa situação. Antes de sair, Gabi e eu rapidamente pegamos nossas coisas e os ingredientes de que podemos precisar.

Colocamos tudo no carro de Gabi em silêncio. Eu me sinto meio mal por Justin ter nos expulsado e agora termos de carregar tudo até a casa de Gabi. Assim, sei que não é culpa minha, já que não tenho como controlar Justin, mas ainda estou meio chateado, como se fosse culpa minha.

Sento no banco do carona e me viro para Gabi enquanto ele coloca uma música no celular.

— Desculpa, o Justin anda sendo bem grosso ultimamente — comento.

Gabi ri, encaixando o celular no suporte no painel antes de dar ré.

— Acho que é minha culpa, depois daquela merda que falei. Acho que manchei pra sempre a imagem que ele tem de mim.

— Não tem a ver com você — explico. — Ele sempre fica superputo toda vez que termina com a Clara, mesmo que esses términos sejam recorrentes.

— Clara?

— É — continuo. — Ela estava ajudando a gente com os pedidos, quando ainda estava com o Justin. Eles vão e vêm desde o primeiro ano do ensino médio.

Gabi fica olhando fixamente o asfalto por um tempo, o que parece um exagero, já que basicamente não tem nenhum outro veículo por perto. Por fim, ele diz:

— Você sabe por que eles se separaram?

— Não faço ideia. É provável que por alguma besteira. Geralmente é o Justin quem termina. Por quê?

Ele dá de ombros, mas ainda parece meio concentrado. Então diz:

— Estava me perguntando se a gente poderia fazer alguma coisa para ajudar os dois a reatarem.

Dou uma gargalhada, mexendo no cinto de segurança.

— Sem querer ofender, mas não estou interessado em interferir na vida amorosa do meu melhor amigo.

— Não é bem uma interferência — diz ele —, só um empurrãozinho. Quero dizer, ele é nosso amigo. Se ele está arrasado por isso, a gente tem que ajudar, certo?

Mas isso é uma coisa que provavelmente irritaria Justin. Ele não é do tipo que curte intromissões de terceiros, principalmente quando o assunto envolve Clara, por quem afirma não sentir um amor de verdade.

— Só deixe para lá — digo. — Já temos coisas suficientes com que nos preocupar.

Gabi assente, mas alguma coisa em seu rosto me diz que ele não desistiu da ideia, como se estivesse formulando um plano secreto enquanto conversamos.

DEZOITO
GABI

Quando chegamos à minha casa, só o meu pai está lá. É tarde, por isso a loja está fechada, e minha mãe já foi para o curso, mas ainda é cedo o suficiente para o meu pai não ter começado a fazer o jantar, e quando Theo e eu entramos, ele me lança um olhar estranho, com a sobrancelha erguida.

— Pensei que você fosse trabalhar hoje à noite, Gabi — diz ele.

— E vamos — digo. — Tudo bem se usarmos a cozinha? Só precisamos preparar algumas bebidas para os pais do Theo.

Meu pai suspira.

— Você vai fazer isso e deixar elas na geladeira durante a noite? — pergunta ele, então balança a cabeça. — Os Mori não sabem mesmo administrar um negócio, hein?

Olho para Theo, mas ele não parece afetado. Dou uma risadinha sem jeito na tentativa de abrandar a tensão e repito:

— Podemos usar a cozinha?

Meu pai dá de ombros e nos dispensa com um gesto.

— Tudo bem, tudo bem.

Guio Theo até a cozinha para que possamos escapulir antes de arrumar confusão. Descarregamos nossas coisas e começamos a trabalhar, mas a atmosfera está silenciosa, e meu cérebro percorre mil cenários nos quais Theo me odeia, já que meu pai não fez a menor cerimônia na hora de insultar os pais dele.

Mas finalmente Theo diz:

— Vamos tentar terminar mais cedo para tentarmos treinar um tiquinho de futebol amanhã, antes da escola.

Minha mão congela junto à torneira quando me viro para encará-lo.

— Você não está bravo? — pergunto.

— Bravo por quê?

Mas aí me dou conta de que, se eu explicar, só vou fazê-lo perceber que deveria ter estado bravo o tempo todo.

— Hã, nada — digo.

Trabalhamos em silêncio total, e fico desesperado para quebrá-lo, mas tenho medo de arriscar. Normalmente, na cozinha de Justin tudo flui mais facilmente, mas o fato de estarmos aqui na minha casa faz meu corpo ficar em alerta máximo outra vez. E se eu disser a coisa errada ou conduzir a conversa para o rumo errado, e meu pai ouvir, e de repente resolver me interrogar sobre minha sexualidade? Ou pior, e se ele disser que estou proibido de andar com Theo?

— Ok — diz Theo, enquanto contabiliza nossa produção —, acho que estamos quase terminando. Podemos deixar os complementos fora do cardápio da manhã, aí acrescentamos na hora do almoço.

— A gente não precisa treinar futebol amanhã — digo.

— Quer dizer, se você preferir cuidar dos complementos das receitas.

Theo sorri.

— Gabi, você não vai fugir do treino, tá? É para o bem da nossa escola.

Aquilo embrulha meu estômago e percebo que fico um pouco ofegante.

Meu pai entra na cozinha e dá uma olhadinha ao redor antes de se virar para mim e dizer:

— Gabi, vocês já estão acabando? Quero preparar o jantar antes de a sua mãe chegar.

— Está quase pronto — aviso.

Meu pai assente.

— *Bueno*, não passe muito tempo com o inimigo.

Theo ainda parece indiferente quando começamos a limpar a cozinha, mas alguma coisa no comentário do meu pai me irrita e deixo escapar:

— O Theo está me ensinando a jogar futebol. Ou a como jogar *bem*, acho. Porque eu até sei jogar, só que sou péssimo.

Meu pai arregala os olhos, e fico com vontade de perguntar o que está se passando pela cabeça dele, até que ele indaga:

— Sério?

E a palavra em si não diz muito, mas seu tom me pega completamente desprevenido. Não me lembro da última vez que meu pai soou tão... esperançoso? Aliviado?

Aí ele logo se volta para Theo, dando um sorriso:

— Você é bom de bola, Theo?

Theo dá de ombros e, para quem não o conhece, parece superindiferente, mas consigo perceber a tensão em seus ombros quando se torna o foco da conversa.

— É, eu jogo bem.

— Ele é o melhor jogador do time — completo. — De longe.

Theo ri.

— Não que isso signifique muita coisa.

— Ele se ofereceu para me treinar — continuo. — Montou todo um plano de treinamento.

Sei que estou enfeitando demais, mas, se tem um jeito de conquistar meu pai, é vendendo uma história que envolva esportes. Se meu pai começar a achar que Theo vai me afastar de uma vida dançando balé e assistindo a filmes melosos, ele vai adorá-lo rapidinho.

Finalmente, meu pai diz:

— Obrigado por isso, Theo. O Gabi precisa de toda ajuda possível.

— Ah, não é nada, senhor Moreno — diz Theo.

Meu pai sorri.

— Pode me chamar de Pedro. O que acha de ficar para o jantar?

— Eu... — Theo me olha como se buscasse minha aprovação, então assinto depressa. — Claro, eu adoraria.

— Daí você pode me contar tudo desse seu plano para o Gabi — diz meu pai. — Você sabe, ele tem a compleição certa para o futebol, sempre digo isso a ele. Ele só precisa ter disciplina e não perder tempo com bobagens. Essa coisa de planejar a festa da escola? Não é bom se envolver com essas coisas femininas, não é mesmo?

Theo assente, mas parece incrivelmente desconfortável, e me sinto meio mal por colocá-lo nos holofotes, mas essa foi a aceitação mais rápida que consegui do meu pai em relação a qualquer um dos meus amigos, então estou meio aliviado.

Mas também pode ser porque Theo é o primeiro parceiro que eu trouxe em casa. Parceiro de *parça*. Não no sentido de namorado, porque meu pai certamente me mataria se fosse.

— Gabi?

Estremeço quando meu pai me arranca dos meus pensamentos.

— Oi — respondo.

— Vá fazer o arroz, está bem?

— Eu...

— Eu posso fazer o arroz — oferece Theo. — Quero dizer, sempre faço arroz lá em casa. Não é trabalho nenhum.

Meu pai sorri, e tenho de admitir que isso dói um pouco.

— Olha só como ele é prestativo, Gabi. Você é bem educado, hein, Theo?

Theo dá de ombros.

— Eu só ajudo meus pais às vezes.

Meu pai ri.

— Atleta *e* cozinheiro. Você é mesmo o pacote completo!

Esmago a onda de ciúme que borbulha no meu peito. Afinal, não era isso o que eu queria? Theo está se dando bem com meu pai, então não preciso me preocupar com alertas para manter distância dele ou com sabotagens à nossa operação. Isso é bom.

Eu só gostaria que não fosse *tão* bom.

Ou, pelo menos, que Theo não fosse tão bom.

Porque a última coisa que preciso é de um cara lembrando meus pais de todas as qualidades que eles amariam ver em um filho antes de terem um peso morto feito eu.

...

Quinta de manhã, entro em campo uma hora antes do início das aulas, pronto para treinar.

Minha expectativa é encontrar Theo já com o uniforme de futebol ou, no mínimo, a roupa de educação física, mas ele está com a roupa normal da escola.

— Meio arrumado demais para o treino de futebol, não acha? — comento.

Ele levanta uma sobrancelha.

— Bom, não sou eu quem vai treinar, então isso não faz diferença nenhuma.

Ele alinha algumas bolas de futebol na grama, em frente ao gol vazio. Minha mochila com os livros está guardada nas arquibancadas.

— Então?

Ele sorri, me levando até sua configuração de campo.

— Você só precisa chutar.

Inclino a cabeça.

— Só isso?

— *Só isso?* Como se você fosse um baita jogador.

Fico vermelho, tentando esquecer o jantar da noite passada. Tudo seguiu praticamente tranquilo, mas os elogios contínuos do meu pai a Theo — que subsequentemente me botavam para baixo — continuaram até bem depois de a minha mãe chegar em casa, e até mesmo depois que Theo foi embora e eu fiquei ajudando a limpar a cozinha. Tudo bem que eu não deveria dar muita atenção a isso, levando em conta que somos uma família caribenha e que botar o outro para baixo é basicamente nossa forma preferida de demonstrar amor, mas acho que dói ainda mais porque sei que parte dessa brincadeira é genuína. Meus pais podem brincar quanto quiserem a respeito de quão ruim sou no futebol, mas sabendo que isso está diretamente ligado ao desejo deles de que eu fosse diferente é como se estivessem cavucando uma ferida.

— Você consegue ser bem veloz quando não cai, então por enquanto só quero trabalhar a sua mira. Nesse momento, nem precisa se preocupar em fazer gol. Só quero que você chute as bolas.

Olho para Theo e concordo com a cabeça. Agora não é hora de me debruçar sobre minhas inseguranças. Ele está se dedicando inteiramente a me treinar, sendo assim preciso fazer o meu melhor.

Theo se posiciona atrás de mim, põe a mão esquerda no meu ombro e me afasta lentamente da primeira bola, mas só de ficarmos assim, pertinho, começo a dar branco.

— Beleza — diz ele. — Começa aqui. Dá uma corridinha e mira.

Ele se afasta de mim — tipo, para bem longe, como se não quisesse ser atingido — e dá um sorriso. Tá. É hora do show.

Encaro a bola ali na grama. Acho que vai ser fácil.

Respirando fundo, dou uma investida, chutando com força suficiente para levar a bola direto para o gol.

Só que meu pé passa por cima dela e, quando volta, rela nela e eu caio. Minhas costas batem na grama, e o som da risada de Theo me envolve ao mesmo tempo que minhas bochechas ficam vermelhas.

Então vejo Theo se assomando junto a mim, e estendendo o braço bom para me ajudar a ficar de pé. Pego a mão dele, murmurando um pedido de desculpas enquanto ele me ajuda.

— Era bem isso que eu esperava mesmo, mas com um pouco de talento extra.

Dou um suspiro.

— Tá, beleza, meu controle de bola é uma merda. — Congelo, virando meu rosto para encontrar os olhos dele. Theo parece não ter achado nada estranho no que eu disse, mas mesmo assim minhas bochechas estão coradas, e meu lábio treme um pouco quando dou um passo para longe dele.

— Tenta de novo — sugere —, e dessa vez não foca tanto na força. Só foca no ponto onde seu pé deve pousar.

E isso até faz sentido, mas a verdade é que só consigo focar em Theo, na proximidade dele, na maneira como sua mão tocou meu ombro agora há pouco.

Dou uma sacudida no corpo, nas mãos, nas pernas, na cabeça, esperando assim tirar Theo do pensamento. E então me preparo de novo, dessa vez pronto para mirar, para realmente impressioná-lo.

Mas quando avanço, me lembro do som da risada de Theo, e de repente me vejo escorregando, minhas costas colidindo contra a grama novamente.

— Merda, você tá bem? — pergunta ele, e então se inclina sobre mim, franzindo o rosto.

Faço que sim.

— Até que não é tão ruim assim aqui embaixo.

Ele sorri, mas em vez de me ajudar a levantar simplesmente senta ao meu lado na grama.

— Tem certeza de que quer continuar com isso?

Não, não tenho. Eu odeio futebol. Eu odeio esportes, exceto a dança, claro, e odeio acordar tão cedo para fazer coisas que odeio.

Mas também odeio decepcionar as pessoas — meus pais, o técnico, Theo. E duvido que algum dia vou ser bom de bola, mas e se eu nunca nem tentar? Não vou estar esfregando um grande foda-se na cara deles?

— Desculpa — digo. — Sei que sou uma causa perdida.

Ele dá de ombros.

— Tipo, você é ruim, com certeza, mas não diria que é uma causa perdida. Acho que você não está de coração nisso.

O que faz sentido, já que não estou mesmo.

— O que está se passando na sua cabeça? — pergunta Theo.

Dou uma gargalhada.

— Tudo. Nossas vendas, a festa… — Mas não vou acrescentar o nome dele à lista porque seria esquisito demais. Não quero pensar nele dessa maneira, mesmo que seja exatamente assim que venho pensando nele desde que começamos a fazer coisas juntos.

Não estou apaixonado por Theo Mori.

Definitivamente não.

— Você só está fazendo isso pelos seus pais — diz ele. O tom não é de pergunta. Acho que sou óbvio nesse nível.

— É horrível eles não apoiarem seu jeito de ser.

Balanço a cabeça.

— Eles não são pais ruins, são só... — Mas não sei bem quais palavras estou procurando. Ignorantes? Confusos? É estranho inventar desculpas para eles. Eles deveriam ser as pessoas que sabem o que estão fazendo, pessoas maduras o suficiente para me aceitar, mesmo que eu não seja o que eles esperavam. Eu não deveria ser o responsável por educá-los.

Quando eu era criança, meus pais eram tudo — meus heróis, meus modelos. Mas agora eles simplesmente são meus carcereiros.

Ou talvez sejam as três coisas, e é isso que torna tudo tão mais complicado.

— Não estou julgando — recomeça Theo. — Não quero que você pense que odeio seus pais ou alguma coisa assim, porque isso não é verdade. Eu mal os conheço. É só que vejo o jeito como você se sente por causa deles e... bom, acho que, se eles vissem quanto estão magoando você, agiriam de outra forma. Ou pelo menos deveriam agir, sei lá. Isso não é jeito de tratar as pessoas que se ama.

— Eu quero ser bailarino — confesso, e Theo se vira para mim de repente, as sobrancelhas arqueadas. Não sei por que voltei a vomitar porcarias aleatórias, mas é bom dizer isso com orgulho, e não como se fosse algum segredo sujo que escondo debaixo da cama. — Comecei a fazer aulas de balé, mas não posso contar para os meus pais. Eles acham que dança é coisa de menina.

Theo ri.

— Você não pode limitar um esporte inteiro a um gênero e depois insistir que todo mundo ali é heterossexual.

Isso me arranca uma risada.

— Não tinha pensado por esse ângulo.

— Claro que não — diz Theo, ficando de pé. — Você passa tanto tempo tentando esconder que é gay, que nunca pensa nas partes boas.

Ele não diz isso com animosidade, mas ainda faz eu me sentir um pouco culpado, afinal de contas ele está certo. Jamais cogitei que ser gay pudesse ser uma vantagem. Sempre foi um invólucro de vergonha.

— Partes boas?

Ele dá de ombros.

— É, tipo ser capaz de eliminar amigos de merda logo de cara. Ou não ter de se preocupar com seus pais exigindo netos. Ou poder usar roupas coloridas sem ligar se vão te ver como hétero ou não. Ou usar maquiagem na boa.

E parece divertido, mas eu não daria conta disso. Sinto calafrios só de pensar nessas coisas.

Theo se vira para mim e pega minha mão.

— Você passa tanto tempo se preocupando com o que as outras pessoas querem que você seja, que nunca tem tempo para ser você mesmo. É claro que eu me importo com o que as pessoas pensam, mas não vou permitir que isso me defina. Eu sou um desastre, e me orgulho disso.

— Você não é um desastre — digo, com a voz suave. — Você é maravilhoso.

Ele pousa a mão esquerda no meu rosto, a ponta dos dedos fazendo cócegas suaves na minha bochecha, e quando ele roça minha pele, a sensação que tenho é a de que ela está pegando fogo. Seu rosto se aproxima do meu, o espaço entre nós diminuindo cada vez mais.

Estou prestes a encerrar a distância quando de súbito ele recua, os olhos arregalados, a mão instantaneamente soltando a minha.

— Eu... Desculpa, eu não deveria...

E então meu coração capota no peito, um fio de dor cortando meus músculos.

— Eu... Não... Está tudo bem — digo.

Mas não está tudo bem. Sinto como se tivesse acabado de chegar à beira de um penhasco, só para descobrir que eu era o único preparado para pular.

Verifico meu celular, e levo um susto quando vejo a hora.

— Eu... tenho que ir. Hã, tomar banho — digo.

Theo assente, mas não diz mais nada enquanto recolho minhas coisas e corro em direção ao vestiário.

DEZENOVE
THEO

Gabi sai correndo como se a vida dele dependesse disso, e fico um pouco chateado, mas acho que também não posso culpá-lo.

Não sei bem como explicar, mas ultimamente o clima tem andado meio estranho entre nós. Acho que começou com o jantar com os pais dele, quando ele estava agindo todo esquisito. No começo, pensei que fosse só aquela situação meio constrangedora de quando você é apresentado aos pais de alguém pela primeira vez, mas acho que, quanto mais animado o pai dele ficava falando de futebol, mais constrangido eu me sentia. Bom, o excesso de elogios foi um pouco estranho também, considerando que mal o conheço.

Mas enquanto sigo para a sala de aula, fico me perguntando se talvez tenha mais a ver com o que aconteceu na sala de dança outro dia. E com o que acabou de acontecer no campo. O primeiro episódio foi mais fácil de ignorar porque eu interpretei mal a situação, mas o segundo me pareceu bastante contundente.

Em algum lugar entre as fornadas de pão e a cafeína, acho que desenvolvi sentimentos por Gabriel Moreno.

Que merda.

Quando chego à sala de aula, Gabi não está lá, e digo a mim mesmo que isso não é nada de mais, que ele provavelmente só está tomando uma ducha no vestiário. Então digo a mim que não me importo, afinal de contas não tenho nenhum sentimento por ele, então não faz diferença, e parte de mim quase acredita nisso.

Ah, quem estou tentando enganar? Não, nenhuma parte de mim acredita nisso.

De qualquer forma, tento me concentrar nas minhas anotações de história para a prova que teremos mais tarde, mas não consigo, o que não é surpresa alguma, já que não tem nada menos empolgante do que anotações de história. Mas também odeio o quanto estou dolorosamente ciente de cada segundo sem a presença de Gabi.

Então, finalmente, assim que o sinal toca, ele chega correndo e se acomoda na carteira, tentando recuperar o fôlego.

— Que diabos? Onde você estava? — pergunto.

Ele me olha meio tímido, então apenas dá de ombros e diz:

— Nenhum lugar importante. Assuntos da festa.

Arqueio uma sobrancelha em resposta, mas ele não explica mais nada, então simplesmente volto para minhas anotações, como se eu estivesse mesmo a fim de lê-las. Mas, se tudo isso foi somente um plano para me evitar, a última coisa que vou fazer é mostrar que fiquei incomodado.

. . .

Meu cérebro inútil não consegue se concentrar em merda nenhuma, e é *tudo* culpa dele.

Não é nem que estou pensando em Gabi ou alguma coisa assim. Eu simplesmente não consigo me concentrar em mais nada, porque, toda vez que tento, outra coisa aparece no caminho. Tipo, ah, que horas são? Nove e cinco? Bom, Gabi está cinco minutos atrasado hoje, então... Cale-se, porcaria de cérebro!

Enfim, na segunda aula desisto de toda a coisa da "escola", e simplesmente me sento no fundo da sala e fico vendo o Instagram com o áudio do celular desligado. Depois de esgotar totalmente meu próprio *feed*, começo a olhar as postagens sugeridas aleatoriamente, e de repente uma notificação da minha mãe aparece na parte superior da tela.

> Esteja em casa às sete da noite. Precisamos conversar.

A frase "precisamos conversar" não é um sinal de tranquilidade em literalmente universo nenhum, mas me limito a apagar a notificação, já que sei que minha mãe vai ficar fula da vida se vir que estou mandando mensagem no meio da aula. Chegar em casa um pouco mais cedo não é o fim do mundo, então vou deixar para pensar nisso mais tarde. Tenho certeza de que não vou me esquecer desse assunto.

— Com licença.

O som da voz de Melissa me arranca da rolagem de tela despropositada e quase deixo o celular cair. Então percebo que ela está na frente da sala falando com o sr. Page, não comigo.

— Tudo bem se eu falar com o Mark por um segundo? — pergunta ela, sacando o pequeno passe livre do comitê e exibindo-o como se fosse uma policial ou alguma coisa assim. — Assuntos da festa.

O sr. Page parece um pouco irritado, mas simplesmente suspira e assente, daí Mark se levanta e sai da sala com Meli para lidar com sei lá o quê.

Só percebo que estava prendendo a respiração quando exalo assim que ela vai embora. Não que ela vá me delatar, ou que faça alguma ideia do que Gabi e eu estamos aprontando, mas no segundo em que Meli adentrou na sala, um lado meu definitivamente pensou que com certeza seríamos pegos.

A maior parte do comitê da festa já sabe sobre as nossas entregas. Abordei o assunto com Jeff um dia durante o treino, e ele disse que todos estão na boa, já que significa que podem pedir o que quiserem. E mesmo o pessoal que não se interessa em pedir lanches não é dedo-duro, então tanto faz. É isso.

Mas Melissa é outra história. Eu nem precisaria vê-la brandindo o distintivo como se fosse uma agente da lei ou um bedel cheio de poderes para saber que ela provavelmente é nossa maior preocupação nessa história toda. Ela sempre foi puxa-saco dos professores — literalmente do tipo que denuncia as pessoas por abusarem do passe livre —, então, se ela nos pegar, estamos mortos.

Gabi me contou que ela passa a maior parte do tempo resolvendo assuntos da festa, mas mesmo com todos os privilégios extras, duvido muito que ela se ausente das aulas. Olho o celular e mando uma mensagem para ele perguntando se sabe qual é o cronograma das aulas dela.

Definitivamente esse não é um plano infalível para evitá-la, mas, se a gente conseguir evitar entrar nas turmas de Meli para fazer entregas, isso pode manter a nossa barra limpa por um tempo. E depois que a festa passar não vai mais fazer diferença.

Ah, droga.

Me esqueci completamente da festa.

Porque, mesmo que esses passes tenham sido o truque perfeito para aumentar nossas vendas durante as aulas, assim que a festa acabar não vamos ter um pretexto para sair de sala.

E aí o que diabos a gente vai fazer?

VINTE
GABI

Sei que falei para Theo que não ia me meter na vida amorosa de Justin — e a voz no fundo da minha cabeça continua a me dizer que não deveria —, mas sinto que já o deixei tão chateado, que devo pelo menos tentar uma vez. Além disso, enquanto ele estiver de mau humor, nossa Operação Café fica em perigo, e com a festa cada vez mais próxima, não posso me dar ao luxo de arriscar nosso negócio.

Então, depois que Theo foi embora ontem à noite, prossegui com meus planos e fui à caça de Clara. Não foi particularmente difícil encontrá-la e, por causa do sobrenome dela, a sala onde ela fica para os primeiros avisos do dia é bem próxima da minha, o que facilitou bastante para o meu lado passar lá cedinho e descobrir onde seria a quinta aula dela.

O maior problema é que o número de pedidos que temos recebido é tão absurdo, que na terceira aula já fico preocupado de não termos estoque suficiente para eu conseguir levar alguma coisa a Clara na hora da quinta aula. Acabo então fazendo um pedido falso de cheesecake de *matcha* só para garantir uma unidade até a hora do almoço.

O truque de toda conquista está numa boa apresentação. Ou, pelo menos, é isso que eu gostaria que alguém fizesse se estivesse tentando me conquistar. Então vou até a sala da organização da festa e pego uma fita para fazer um lindo laço na embalagem do cheesecake, aí digito um recadinho fofo, imprimo e amarro nela. É meramente um pedido de desculpas, com uma pitada de palavras fofas e românticas que eu gostaria que Theo tivesse escrito para mim... enfim, umas firulas aí.

O problema é que estou tão envolvido na preparação da surpresa para Clara que perco a oportunidade de encontrar Theo durante o almoço. Não sei, talvez eu seja ingênuo por achar que a gente pudesse conversar sobre o que rolou no campo, e que de repente tudo se encaixaria e cairíamos um no braço do outro, mas também odeio saber que deixamos as coisas do jeito que deixamos. Tipo, o que devo fazer agora? Quando ele me mandou mensagem mais cedo, pensei que talvez estivesse tão preocupado com tudo isso quanto eu, mas uma vez que enviei o horário das aulas de Meli ficou por isso mesmo. Acho que eu sou o patético dessa história.

Compareço à quinta aula só para responder à chamada, então peço dispensa para "cuidar dos assuntos da festa". Eu devia agradecer a Meli efusivamente pelos passes, já que parecem uma varinha mágica.

Felizmente, Clara me informou direitinho sobre seu cronograma, e depois de um breve "Posso falar com a Clara sobre a festa?", ela saiu da sala sem maiores problemas.

— Você trouxe alguma coisa para mim? — pergunta ela, uma sobrancelha levantada.

Clara é muito bonita, mas alguma coisa nela parece um tanto inalcançável, como se ela tivesse noção de quão linda é e empunhasse isso como uma arma. Talvez Justin curta esse tipo de coisa. Pessoalmente, prefiro aquele tipo de arrogância que não soa tão impenetrável.

Pare de pensar em Theo e concentre-se.

— Hã, sim — digo, enfiando a mão na mochila e pego a caixinha com o cheesecake. Ela abre, um sorriso surgindo no rosto quando percebe o bilhete e o lê. Seus olhos se movimentam ao longo dele. Por fim, ela o dobra, enfia no bolso e diz:

— Valeu.

— Hã, de nada.

Ela não diz mais nada antes de retornar à aula, mas vou presumir que a missão foi bem-sucedida, já que Clara não fez nenhum escândalo. De qualquer forma, só vou saber o resultado disso quando encontrar Justin depois da escola.

...

Quando as aulas terminam, minhas pernas estão exaustas. Estou dividido entre o alívio por não poder treinar futebol e o receio por ter de ir à reunião do comitê da festa, à qual não posso faltar, visto que preciso muito manter meu passe livre.

Quando chego, os principais membros do comitê já estão na sala. Na verdade, está rolando um bate-boca daqueles, então eu simplesmente me enfio num canto da sala para me afastar da confusão.

Vivi está recostada na parede, celular na mão. Eu me aproximo e digo:

— O que rolou aqui?

Ela dá de os ombros.

— A Melissa entrou no modo general, já que faltam poucas semanas para a festa.

Vivi não está totalmente errada a respeito de Meli, mas me sinto obrigado a defender a honra da minha melhor amiga.

— Ela só quer manter tudo em ordem. É muita pressão.

— É uma festinha do ensino médio. Ninguém vai se lembrar mais no ano que vem. Ela precisa de terapia.

Guardo minha resposta — é *ensino médio, todos precisamos de terapia* —, pois Meli acabou de perceber minha presença, e agora está olhando para mim.

— Por que diabos você se atrasou tanto? — questiona.

— Desculpa — respondo, mesmo que eu não tenha me atrasado tanto assim.

Vivi assobia como se tivesse acabado de enxergar minha vida passando diante de seus olhos, daí se afasta, fingindo se ocupar com alguma coisa do outro lado da sala. Que belo espírito de equipe.

— Isso é ridículo, Gabi. Ou você está comprometido, ou não está.

O que, mais uma vez, é superirônico, considerando que foi ela quem me arrastou para essa zona para começo de conversa... Mas me limito a calar a boca e assentir. Se tivermos de fazer um barraco, a última coisa que quero é que seja diante de todos esses espectadores.

...

Fico aliviadíssimo quando finalmente escapo da reunião do comitê. Nem me dou ao trabalho de falar qualquer coisa com Meli na saída. Não vale a pena.

Sigo direto para o estacionamento, para ir à casa de Justin. Já tenho preocupações suficientes sem o estresse extra com a fixação da vez de Meli. Só quando estou entrando na garagem de Justin é que me lembro de que devia ter me encontrado com Vivi, então antes de sair do carro mando uma mensagem curta para ela:

Desculpa, rolou um lance aqui.

Theo abre a porta para mim, ostentando um olhar familiar de aborrecimento. Basicamente o mesmo que ele me dava só de eu pisar no campo de futebol, mas dessa vez ele fecha a porta atrás de mim, revira os olhos e abaixa a voz para dizer:

— O Justin está me dando uma enxaqueca danada.

Não é bem um comentário digno de um sorriso, mas não consigo evitar. É bom saber que ele não está chateado comigo.

— O que aconteceu?

— Acho que ele e a Clara fizeram as pazes, e agora ele está chato pra cacete.

Ah, então tá. Tem um pouco de culpa minha aí.

Chegamos à cozinha, onde Justin está curvado sobre o celular, os olhos praticamente formando coraçõezinhos enquanto encara a tela avidamente.

Theo anuncia, *Gabi está aqui!*, usando o tom mais dramaticamente sarcástico que já ouvi dele, mas Justin nem pisca ao me dar um aceno preguiçoso.

Theo se volta para mim e levanta as sobrancelhas em uma expressão que diz, *entendeu agora?*

Dou risada.

— Mas, enfim — começa Theo —, vamos ao que interessa. Temos algumas receitas novas para testar. Ah, e uma pergunta para responder. Como vamos manter essa estrutura quando não pudermos mais usar os passes?

— O quê? Por que não vamos poder usar os passes?

— Ué, o dia da festa já está chegando, e depois que passar, já era.

— Ah.

Em meio a todo o caos, eu meio que perdi a noção do tempo, mas ele está certo. A festa já está batendo à porta, e isso quer dizer que o meu prazo para salvar a cafeteria está batendo à porta também. O tempo está se esgotando.

— Meus pais vão vender a loja depois do baile, então acho que não faz diferença nenhuma para mim — digo.

Theo estremece, baixando o olhar.

— Puxa, foi mal.

Até Justin desvia o olhar do celular depois de eu jogar essa bomba no meio da cozinha.

Dou de ombros.

— Tudo bem. Mas você está certo. Não sei como a gente conseguiria manter uma operação dessas sem os passes do comitê, então acho que temos aí um novo prazo para fazer tudo funcionar.

Theo assente.

— Assim, estamos gerando muita receita. As pessoas adoram os nossos produtos. Sei que posso estar forçando um pouco a barra, mas isso deve contar para alguma coisa, certo?

Faço que sim com a cabeça.

— É, definitivamente você está forçando a barra. Esperava que a gente fosse ganhar muito mais, e que nossa popularidade na escola pudesse convencer as pessoas a frequentar as lojas, mas talvez meus pais repensem a venda quando virem o tanto que fizemos até agora. Você vai usar o mesmo argumento com os seus?

Theo apenas ri.

— Nem ferrando. Eles jamais vão cogitar mudar o cardápio ou alguma coisa assim, mas consegui ganhar o suficiente para segurar as pontas por um tempo. Posso travar a grana um pouco, e ir dando para eles aos poucos, e aí simplesmente fingir que ainda estou fazendo entregas, até a gente descobrir um jeito de contornar esse lance dos passes.

Theo congela, e eu o encaro de olhos arregalados, sem entender por que ele parece tão afobado, até que ele balança a cabeça e diz:

— Quero dizer, até *eu* descobrir um jeito de contornar esse lance dos passes. Isso obviamente não vai ser problema seu, uma vez que você conseguir convencer seus pais a não venderem a cafeteria.

E é estranho ver Theo desorientado, ouvir a hesitação em sua voz enquanto ele olha para as meias. Tipo, ele é Theo Mori, o intocável, o mesmo cara que sempre admirei, mas que me intimidava demais para permitir uma aproximação. E agora cá estamos, na cozinha de Justin, com ele todo corado e nervoso, e a única coisa em que consigo pensar é que quase nos beijamos há não muito tempo, e que eu simplesmente não consegui fazer acontecer.

Enfim digo:

— Não tem problema dizer "a gente". Tipo, eu ainda quero ajudar, mesmo que meus pais vendam a loja. Eu não deixaria vocês na mão.

Theo olha para cima, um sorrisinho se formando em seus lábios.

— Está insinuando que não dou conta de fazer tudo sozinho?

— Eu... O quê? Não! Só quis dizer que... Assim... Se quiserem minha ajuda, vocês vão ter. Porque agora somos amigos. Certo?

As palavras pairam entre nós por um instante, e meu coração pulsa enquanto espero ele dizer que estou confundindo as coisas, que não somos nem nunca seremos amigos, que tudo isso foi só um meio para um fim e que está muito contente por finalmente poder me dar um pé na bunda.

Ele sorri, cruzando os braços.

— Relaxa, Gabi, foi uma piada. — Ele dá de ombros. — É, acho que somos amigos agora. É o apocalipse chegando.

Justin ri, enfiando o celular no bolso de trás da calça.

— Por acaso, Theo Mori acabou de admitir um lapso de julgamento?

Theo revira os olhos.

— Não entendi o que você quis dizer, mas, seja lá o que for, temos trabalho a fazer.

Theo me pede para pegar o açúcar na despensa, mas minhas mãos tremem quando alcanço o pacote. Não consigo explicar direito, é como se meus nervos estivessem em chamas, cada pedacinho de mim elétrico demais para conseguir ficar parado. Meu desejo é correr por um campo de flores com a roupinha da Julie Andrews em A *noviça rebelde* e cantar até desmaiar.

Pela primeira vez, me sinto perfeitamente à vontade com um grupo de caras.

Theo e Justin são meus amigos.

. . .

Perco a noção do tempo enquanto zanzamos pela cozinha preparando todas as comidas e bebidas para o dia seguinte. Tem uma coisa quase mágica em como me permito me perder completamente no momento com Theo e Justin, como se por um curto período nada mais importasse e eu estivesse meramente flutuando a esmo.

Uma vez que está tudo empacotado e pronto para ser transportado, volto ao carro e pego meu celular pela primeira vez desde que cheguei à casa de Justin. Tem um monte de chamadas perdidas de Vivi, e mais algumas mensagens um tanto irritadas.

Recosto a cabeça no volante. É raro eu me sentir esgotado depois de trabalhar com Theo e Justin, mas meus músculos doem, e minha única vontade é a de ir para casa e tirar um cochilo. Mas daí talvez eu só esteja sendo um covarde.

Uma pancadinha na janela quase me mata de susto, e bato a cabeça no volante, apertando a buzina sem querer.

Uma onda de gargalhadas inocentes cerca meu carro, e olho para cima para ver Theo se estrebuchando de rir do outro lado do vidro. É a primeira vez que o vejo gargalhando desse jeito, mas é uma pena que esteja rindo de mim.

Abaixo o vidro e digo:

— O quê?

Ele enxuga as lágrimas, o riso ainda escancarado.

— Tá tudo bem? Você parece prestes a jogar o carro num rio.

— Isso é meio mórbido, não acha?

Theo revira os olhos.

— Estou absorto no trabalho e acho que uma das minhas amigas está encarando isso muito mal.

— Opa, desculpa — diz Theo. — Pode levar isso aqui para ela, se quiser.

Ele estende uma pequena caixa de isopor em minha direção. Fico olhando para ela por um instante, daí a acomodo no banco do carona.

— O que tem aí? — pergunto.

— Só alguns doces. Percebi que não temos embalagens individuais o bastante para levá-los amanhã, então eu ia trazer para você levar para sua família.

Dou um sorriso sem graça.

— Você está virando sua mãe.

Theo arregala os olhos por um instante, e então sorri.

— É, acho que ia acontecer uma hora ou outra. De qualquer forma, boa sorte com sua amiga. Me manda uma mensagem se as coisas ficarem muito acaloradas. Posso fingir que fui atropelado por uma moto e que preciso de você para me salvar ou alguma coisa assim.

Dou risada, mas na verdade sinto um calorzinho gostoso no peito.

— Valeu.

Theo me dá um sorriso que quase faz meu coração parar ali mesmo, na garagem de Justin.

— Não tem de quê.

VINTE E UM
THEO

Assim que Gabi sai da garagem, volto à casa de Justin. Está ficando meio tarde, então precisamos limpar tudo rapidinho se eu quiser chegar em casa antes que meus pais desconfiem de alguma coisa. Tipo, Justin está tão abobalhado com Clara que eu provavelmente poderia pular a limpeza e ficar de boas em casa, mas, como estou de bom humor, acho que vou fazer esse sacrifício pela equipe.

Justin está sentado em uma das banquetas, o olhar grudado na tela do celular. Eu não entendo. Mesmo. Quero dizer, eu gosto de uma pessoa e sei como é, mas não compreendo como Justin sai de "a Clara não é importante, tanto faz" para "nem pisco porque não quero perder nenhuma mensagem dela". E é ainda mais ridículo porque o não relacionamento deles sempre foi praticamente restrito ao reino físico.

Agacho junto à pia e pego um spray de limpeza antes de caçar o papel-toalha. Acho que vou dar uma geral, dar uma lustrada em tudo, e então, quando a cozinha estiver quase pronta, vou reclamar com Justin que ele não está ajudando e fazê-lo se sentir culpado, assim ele se oferece para lavar a louça.

Mas limpar neste silêncio todo meio que é um saco, principalmente porque meu cérebro não é lá grande fã do ócio. Não consigo parar de pensar no prazo da loja dos pais de Gabi, nem em como os olhos dele se iluminaram igual a uma árvore de Natal quando mencionei que a gente poderia continuar trabalhando junto mesmo depois disso, nem em como isso teria me irritado um mês atrás, mas que agora soa quase adorável.

Solto um gemido, fazendo uma bolinha com um papel--toalha usado e jogando-o na cabeça de Justin. Ele nem mesmo olha para cima quando a bola atinge sua testa e cai na bancada.

Com os olhos ainda colados no celular, ele estende a bolinha para mim.

— Acho que você deixou cair isso aqui.

— Guarda o celular por um segundo, idiota. Temos que limpar a cozinha.

— Passei a tarde toda te ajudando, agora estou ocupado.

Contorno a bancada e arranco o celular das mãos dele. Ele me olha de um jeito que poderia esmorecer um sujeito mais frouxo, mas na situação atual só serve para me irritar.

— Que porra é essa? — questiona ele.

— É, eu já entendi. Você tá perdidamente apaixonado pela sua namorada. Então me ajuda a limpar aqui, aí eu saio do seu pé, e você pode voltar para sua punheta.

Justin faz uma cara feia, dando um passo à frente e me empurrando contra a máquina de lavar louça para tentar arrancar o celular da minha mão.

— Sabe, é uma merda esse jeito como você me enfia nos seus problemas e depois espera que eu largue tudo por você.

Levanto uma sobrancelha.

— Espera aí, então agora você tem um problema *comigo*?

— É, meio que tenho, sim — insiste Justin. — Estou cansado de viver no mundinho do Theo. Eu tenho minhas próprias merdas para cuidar.

As palavras me atingem como um soco no estômago, mas o que mais me irrita nisso é que ele está equivocado.

Não é o mundinho do Theo. Eu não o obrigo a fazer nada. Para começo de conversa, precisei abrir mão de toda a minha vergonha para pedir a ajuda dele, e ele só estava me ajudando porque é um amigo relativamente decente. Ou pelo menos pensei que fosse.

Justin volta para o celular, digitando sei lá o quê, e eu jogo o papel-toalha usado no lixo e vou embora da cozinha. Tanto faz. Se Justin quer a cozinha limpa, que limpe sozinho.

. . .

Quando volto para a loja, pouco depois das oito, não vejo meus pais em nenhum lugar, mas Thomas está varrendo o chão, o celular no balcão sofrendo enquanto toca uma banda de pop punk. Assim que entro ele olha para cima, está com os lábios contraídos.

— Está atrasado — alerta ele.

Sinto um frio no estômago quando me lembro da mensagem que minha mãe mandou na segunda aula. Esqueci por completo, e agora me sinto culpado pra caramba por confiar na minha memória ridiculamente não confiável, e irritado porque vou levar um sermão de Thomas.

— A mãe e o pai vão ficar putos da vida — diz ele, abaixando a música.

Reviro os olhos.

— Isso não é novidade.

O jeito como minha própria família me trata parece sempre muito pior depois que passo um tempo com os pais de Gabi. Quer dizer, foi meio bizarro ver o pai dele todo empolgado comigo, mas por um instante me senti como Thomas. Como se meus talentos fossem estimados e as pessoas realmente gostassem da minha presença.

Thomas sorri maliciosamente para mim, manobrando a vassoura para apoiá-la no balcão.

— Então... onde você estava? Por favor, me diga que não estava se agarrando com algum carinha em um *drive-in*.

Reviro os olhos de novo. Existem algumas razões pelas quais Thomas e eu não combinamos. Além do fato de ele ser tudo o que meus pais querem que eu seja, nós também não temos nada em comum. Ele é bom nas coisas que exigem cérebro, acha que futebol é perda de tempo e só assiste a filmes independentes ou porcarias de antes de 1989.

E ele ainda é ruim de papo.

— Acho que a mãe está preocupada com você — diz ele. — Sabe, não que ela admita isso, mas ela não para de falar sobre suas constantes ausências.

— Daí ela pediu para você me interrogar e descobrir o que ando fazendo? — rebato.

Ele revira os olhos.

— Não, só pensei em perguntar, porque você sempre pega muito pesado com eles, então me perguntei se você não se abriria comigo.

— *Eu* pego pesado com *eles*? — questiono, minha irritação anterior vindo à tona. — Você tá de sacanagem, né? Eles são os pais nessa história, são eles quem definem as regras e agem como se eu fosse algum demônio porque não me encaixo no molde perfeito. Não tenho o que fazer para mudar isso.

Thomas solta um suspiro profundo, apoiando-se no balcão.

— Ok, eles não são perfeitos, mas ainda são seus pais, e estão se esforçando.

Mas essa é a questão, não é? Todo mundo está se esforçando. Todo mundo está dando o melhor que pode. Mas, por alguma razão, eles esperam que eu sempre lhes dê o benefício da dúvida diante de cada erro ou pisada de bola, mas nunca é recíproco, ninguém faz o mesmo por mim. Nem Justin, nem meus pais, e com certeza não Thomas.

— Acho que seria muito importante para a mãe se você se abrisse com ela de vez em quando, sabe? — sugere Thomas. — Quero dizer, com tudo o que está acontecendo, acho que ela só está preocupada, e você não está exatamente ajudando.

— Tá, e o que exatamente você está fazendo? — retruco, e sei que deveria me conter, mas não consigo. — Como você está ajudando? Você aparece uma vez por mês, dá uma varridinha no chão e acha que isso resolve as coisas? Não venha me dizer que não estou fazendo o suficiente sendo que você quase nunca está por perto.

Thomas me encara como se não acreditasse no que acabei de dizer, e talvez ele não acredite mesmo. Antes de ele ir para a faculdade, eu nunca teria dito nada parecido. Não sou um bicho. Fui educado para respeitar os mais velhos e coisa e tal.

Só que não vejo sentido nisso mais. Estou cansado de respeitar pessoas que nunca vão fazer o mesmo por mim. Estou cansado de ouvir, dia após dia, que devo carregar o fardo de todos ao meu redor, de permitir que isso me derrube e me esmague a ponto de me tornar irreconhecível, e estou cansado de, mesmo depois de tudo isso, ser acusado de ainda não estar fazendo o suficiente. Porque eu nunca vou ser o suficiente. Sempre vou ser Theo, o estúpido, o inútil, o não heterossexual — o filho sem valor, aquele que só ocupa espaço.

Eu me dirijo para as escadas, mas paro quando Thomas diz:

— Theo, espera.

Ficamos em silêncio por um momento.

Então ele completa:

— Seja legal com a mãe, tá bem? Ela está passando por muita coisa.

Reviro os olhos.

— E não estamos todos?

VINTE E DOIS
GABI

Chego à entrada da garagem de casa e congelo. Vivi está sentada bem na frente da minha casa, com uma carranca daquelas e o celular na mão. É esquisito vê-la ali, já que ela só tinha vindo à minha casa, tipo, uma vez, e não faço ideia do por que ela resolveu aparecer assim, do nada. Olho meu celular para verificar e, claro, ela me ligou três vezes enquanto eu estava vindo.

Solto um gemido, estacionando o carro e pegando os doces que Theo me entregou. Vivi nem sequer me dá uma chance de cumprimentá-la e já manda um:

— Sério, Gabi? O quê? Você não pode nem atender o telefone agora?

— Eu estava dirigindo.

— Por quatro horas inteiras?

Penso no que devo dizer a seguir, mas acabo me calando. Mesmo que ela tenha aparecido sem ser convidada, sei que qualquer palavra que sair da minha boca só vai servir para me incriminar ainda mais, e já tenho problemas o suficiente, não preciso de mais uma briga. Em vez disso, entrego o isopor a ela e digo:

— Desculpa. Toma, é para você.

Ela levanta uma sobrancelha.

— Não sei que joguinho é esse o seu...

— Não tem joguinho nenhum, tá bom? — digo. — É só que tenho trabalhado demais.

— Trabalhado no quê?

— Para meus pais — explico. — E ajudando o Theo Mori.

Ela exibe um olhar que não consigo decifrar, mas que gela meu sangue. Soa como um questionamento, um que sei que não tenho condições de responder: *O que está rolando entre você e o Theo?*

Mas o problema não é só que não sei o que está rolando entre mim e Theo. Mas que não tenho como ser honesto com Vivi sem sair do armário, e ainda não estou pronto para isso. Quero dizer, somos amigos, mas não tão íntimos.

Vivi aceita os doces, abrindo a tampa para dar uma boa examinada neles. Ela parece ter alguma coisa importante na ponta da língua, mas, por fim, apenas desvia o olhar e diz:

— A Meli está enchendo meu saco — diz. — Desculpa se descontei em você.

Solto um suspiro profundo, mesmo sabendo que não deveria estar tão aliviado por Vivi estar chateada com minha melhor amiga. Mas, até aí, acho que Meli está enchendo meu saco também.

Sento na varanda e dou um tapinha no chão ao meu lado.

— Quer conversar?

Vivi me olha com cautela por um instante antes de assentir.

— É melhor você não contar nada disso para ela.

Dou uma risada.

— Não vou. Prometo. E, sinceramente, ela meio que está me dando nos nervos também. Assim, eu adoro a Meli, mas ela está se preocupando demais com as coisas da festa, e já está meio cansativo.

— É, é irritante — concorda Vivi, sentando ao meu lado. — Assim, quem ela pensa que é? E tipo, quem liga para a festa? Só concordei em ajudar porque posso colocar como atividade extra nas minhas inscrições para as faculdades.

Concordo com a cabeça.

— Entendo. Concordei em ajudar porque a Meli é minha melhor amiga, mas, se eu soubesse que ela ia agir desse jeito, provavelmente não teria topado.

Mas daí, se eu não tivesse ajudado, as coisas com Theo e a loja não estariam indo tão bem, então talvez eu tenha tido sorte. Eu só queria que as coisas parassem de desmoronar tão ao mesmo tempo. Ou lido com a loja ou lido com Meli, os dois não dá.

Vivi está assentindo, unindo as sobrancelhas em um olhar que demonstra fúria. Ela pega um pastel de nata e enfia na boca.

— Eu meio que queria que a gente fizesse as coisas da festa de qualquer jeito e tchau. Tipo, aí a Meli ia se sentir mal por ter sido escrota com a gente.

Dou risada, mas balanço a cabeça.

— A escola inteira vai sair perdendo se a festa for um fracasso. Quero dizer, estamos quase lá, sabe? Acho que a gente alcança a linha de chegada sem estrebuchar.

Vivi revira os olhos.

— Nossa, como você é otimista, hein, Gabi?

E não sei por que ela diz como se isso fosse uma coisa tão ruim, mas, sim, sou otimista. Porque, no final das contas, tem tanta coisa fora do meu controle… E se eu abrir mão dessa esperança de que vai dar tudo certo… Bom, aí não me sobra mais nada.

. . .

Deixo Vivi passar uma hora inteirinha reclamando antes de dizer que provavelmente devo avisar aos meus pais que ainda estou vivo, daí ela diz que também precisa ir porque tem dever de casa para fazer. Meus pais estão sentados na sala assistindo à TV, aí eu entro e casualmente sento ao lado da minha mãe no sofá.

Ela me olha de soslaio e diz:

— Gabi, está tarde. Onde você estava?

Dou de ombros.

— Ali na varanda, com a Vivi.

Ela me lança mais um olhar antes de soltar um suspiro e dizer:

— Da próxima vez, avisa quando chegar em casa.

Meu pai ri, virando-se para mim quando a TV corta para um intervalo comercial.

— Deixa o garoto. Ele não está fazendo nada perigoso, certo, *mi hijo*?

Faço que sim.

— Só assuntos da festa da escola e trabalho.

— Você tem passado tempo demais com aquele garoto — diz minha mãe. — Sei que você só está tentando ser útil, mas…

— Mas o quê? — ouso perguntar, mesmo não querendo ouvir a resposta.

Meu pai balança a cabeça.

— Sua mãe está preocupada porque você tem passado tempo demais com o inimigo, mas se isso for necessário para vencer o jogo não tem nada de errado em fazer um pouco de sacrifício.

Dou um suspiro, mas não sei mesmo o que dizer, já que com certeza a gente vai perder o jogo, de um modo ou de outro.

— Além disso — continua meu pai, e por um glorioso segundo fico aliviado de ele não estar me obrigando a falar. Até ele soltar a bomba: — É bom que você esteja fazendo amizade com um garoto pela primeira vez. Não queremos que as pessoas tenham a impressão errada.

Minha mãe assente, mas uma fúria cresce no meu peito e, antes que eu consiga me controlar, pergunto:

— Impressão errada?

— Ay, relaxa, Gabi — ralha minha mãe. — Estamos só dizendo que, quando você passa o tempo todo conversando só com garotas, as pessoas começam a pensar coisas.

— Quem liga para o que os outros pensam? Que diferença isso faz?

Não sei por que minha voz soa tão irritada. Normalmente, sou bom em segurar a língua quando meus pais vêm com afirmações ignorantes, mas alguma coisa no jeito como estão falando agora faz meu sangue ferver.

Por fim, meu pai suspira e diz:

— Acho que você se esforçou bastante para construir sua reputação. Você tem boas notas, está no comitê das festas escolares, joga futebol... Se as pessoas tiverem uma impressão errada de você...

— Que impressão? — insisto. — De que sou amigo das garotas? Isso é ruim?

— Ay, *cariño*, nós só não queremos que as pessoas pensem que você é gay, está bem? — solta minha mãe, e meu sangue gela.

Claro que eu tinha entendido que era isso que eles queriam dizer, mas ouvir isso de forma tão explícita faz com que eu sinta uma dor aguda no peito.

Eu me levanto, enfiando as mãos nos bolsos.

— Tenho dever de casa para fazer.

Enquanto vou para o quarto, fico na expectativa de que eles me chamem de volta, mas nenhum deles diz nada quando bato a porta. Sim, eles provavelmente vão ficar furiosos por eu ter batido a porta, mas nesse momento não dou a mínima. Nada que eles façam comigo vai ser capaz de me machucar mais do que essa dor que carrego no peito.

...

Sexta de manhã, encontro Meli na frente da escola, e ela imediatamente me fuzila com um olhar mortal. Tipo, um olhar frio como gelo, capaz de cortar vidro, um olhar que não vai ser amaciado nem com um balde do café que trouxe para ela.

Eu a cumprimento com um desconjuntado "E aí, Meli?".

— Não me venha com "e aí, Meli" — começa ela. — Você é um traíra.

— Eu... Espera aí, o que foi que eu fiz?

— Não me faça de boba, Gabi. O passe livre é um privilégio que concedi para que você pudesse ajudar o comitê da festa, não para você ter seus casinhos secretos por aí.

Enrijeço, meus olhos arregalados. Como Meli conseguiu descobrir o que venho fazendo com os passes?

Respiro bem fundo antes de dizer:

— Desculpa, Meli, mas não é o que você está pensando.

— Uma pessoa me enviou o link da sua cafeteria clandestina, e disse que se eu fizer um pedido alguém vai chegar na sala usando o comitê como pretexto. Achou mesmo que eu não ia descobrir?

Sinceramente, nem pensei na possibilidade de Meli descobrir. Quando Theo pediu o cronograma de aulas dela para que pudéssemos fazer as entregas sem darmos de cara, não pensei além disso. Simplesmente não estava no topo da minha lista de prioridades, acho, mas com certeza não vou falar isso para ela agora. Em vez disso, apenas digo:

— Desculpa, Meli. Sério. Eu só… estava desesperado. Quero dizer, não estou tendo nenhum "casinho", ok? Fiz isso para salvar a loja dos meus pais. É a nossa única chance.

O olhar dela abranda um pouco, mas ainda parece mais chateada do que nunca. Ela cruza os braços e se afasta de mim.

— Você traiu minha confiança, seu traíra.

— Desculpa — repito. — Eu… vou compensar as coisas com você. Prometo.

Ela se vira para mim, com o dedo apontado.

— Vou ser bem clara. Se você for pego abusando dos seus poderes como membro do comitê, vou te derrubar tão rápido que você nem vai perceber de onde veio o golpe. Vou até contar para a diretoria que você roubou os passes. Não estou brincando, Gabi. Eu me empenhei muito nisso para acabar perdendo tudo só porque você inventou alguma operação obscura pelas minhas costas.

As palavras machucam, mas sinto que estou me safando com certa facilidade. Assim, eu sabia que Meli ficaria chateada se descobrisse, mas ao menos ela não vai me dedurar. E também não recolheu os passes ou me expulsou do comitê, nem bloqueou meu número. Só me alertou de que não fosse pego. Por mim, tá ótimo.

Faço que sim com a cabeça.

— Entendi.

Ela estreita os olhos ainda mais e diz:

— Além disso, você me deve uma.

— Qualquer coisa.

Ela me encara por um momento, e meu coração por um instante para de bater. Talvez "qualquer coisa" não tenha sido uma boa ideia.

Finalmente ela diz:

— A Juniper Mayor ia fazer uma dança no carro alegórico. Ela desistiu por falta de tempo, mas você pode cuidar disso, não pode?

— Eu... Você quer que eu dance? Tipo, em público? Ela revira os olhos.

— Eu já te vi dançando. Você é bom. Além disso, não é como se tivéssemos tempo para procurar alguém melhor.

E, sim, ela já me viu dançar, mas isso é totalmente diferente. Quer dizer, às vezes eu entro no embalo de uma música ou alguma coisa assim, mas é bem diferente de me apresentar na frente de pessoas de verdade.

— Eu... não posso fazer isso — digo. — Meus pais nem sabem que faço balé.

Ela dá de ombros.

— Não precisa ser balé. Pode ser qualquer coisa. Só preciso de alguém para substituir a Juniper. Você pode fazer uns passos aeróbicos do País das Maravilhas, por mim tudo bem.

Dou um suspiro. Nós dois sabemos que meus níveis de confiança não me permitem perder o restinho da minha dignidade me acabando na aeróbica, mas não sei que tipo de coreografia ela espera que eu invente em uma semana. Além disso, precisa ser alguma coisa "hétero" o suficiente para que meus pais não deem muita importância caso algum trecho dessa merda acabe parando na internet.

Mas também sei que estou enrascado. Meli está certa, eu traí a confiança dela. Fiquei tão envolvido na loja de Theo e na dos meus pais, e na minha tentativa de ser um bom filho, que me esqueci de ser um bom amigo.

— Certo — concordo, enfim. — Vou inventar alguma coisa.

A ruga entre as sobrancelhas de Meli finalmente se suaviza quando seu olhar fulminante desaparece. Ela passa o braço em volta da minha cintura e diz:

— Viu, eu sabia que você não ia me decepcionar.

Mas ela pode estar sendo otimista demais, já que ainda preciso inventar uma coreografia inteira e, francamente, tenho a sensação de que o negócio vai ser feio.

VINTE E TRÊS
THEO

Não sou do tipo que fica bolado se alguém coloca ou não um ponto de exclamação no final de uma mensagem, mas fico vagamente preocupado quando Gabi não faz isso. Tipo, ele nem é daqueles que racionam cuidadosamente seus pontos de exclamação. Ele só vai jogando um monte deles com um entusiasmo imprudente em todas as mensagens; por isso, quando peço a ele para pegar o pedido mais recente no nosso site e recebo um mero *ok*, não consigo deixar de me perguntar se ele está chateado comigo. E nem dá para pedir a opinião de Justin, pois ele eu sei que está bravo comigo.

Gabi me encontra no finzinho do almoço, sentando à mesa com o suspiro mais profundo que já ouvi e me encarando.

— Estou esgotado.

Levanto uma sobrancelha.

— A entrega foi tão ruim assim?

Ele geme, balançando a cabeça.

— Não, estou falando de todo o resto.

Ele definitivamente soa como se estivesse bravo comigo.

Olho para cima e vejo Jeff e Joey nos observando, mas decido simplesmente ignorá-los. Não sei bem em que momento o time de futebol resolveu confiar na minha palavra a respeito de Gabriel Moreno, mas depois que nós dois começamos a nos ver mais, não pude deixar de notar que o restante do time ficou menos hostil em relação a ele. Talvez eu fosse tão babaca que eles tivessem medo de me contrariar.

Gabi pega um sanduíche e o mordisca por um momento antes de me fitar com os olhos arregalados.

— Theo?

— O quê?

— Por acaso você não sabe dançar, sabe?

Encaro-o até seu rosto começar a corar, daí ele apenas olha para seu sanduíche outra vez.

— Por quê?

— Eu… Deixa para lá.

Ficamos em silêncio por um tempo antes de ele olhar para mim de novo.

— Você tem alguma coisa para fazer amanhã?

— Por quê? — repito.

— Achei que a gente pudesse agendar um treino extra para o jogo. Assim, se você não estiver ocupado.

— Não estou ocupado.

Ele dá um sorriso tão reluzente que fica até difícil acreditar que, um momento atrás, achei que estivesse com raiva de mim, mas talvez esse seja o jeitinho dele. É como se nada fosse capaz de deixá-lo para baixo por muito tempo. Isso é meio que admirável.

— Beleza. Posso encontrar você na sua casa, se der. Sábado de manhã eu costumo ajudar meus pais a abrir a loja, e aí depois tô livre.

Faço que sim com a cabeça.

— Claro. Agora você vai me contar por que perguntou se eu sei dançar?

Gabi cora e desvia o olhar.

— Eu... prefiro não falar.

...

Apesar dos nossos conflitos, Justin não impede que a gente use a cozinha da casa dele. O problema é que agora temos a sensação de que há um bloco de gelo gigante bem no meio do cômodo, sugando todo o calor do ambiente e me deixando distraído demais para conseguir trabalhar.

Conseguimos terminar cedo, e provavelmente é melhor dessa forma, já que nas últimas semanas andei chegando muitíssimo tarde em casa, e meus pais odeiam quando isso acontece.

Gabi se oferece para ficar e limpar tudo — ou porque ele notou que Justin e eu estamos estranhos um com o outro, ou porque se sente mal de nunca ficar para a faxina. Enfim, sei lá, mas ainda assim permito.

Quando volto para a loja, uma garota que reconheço da escola, mas cujo nome não sei, está comprando um pãozinho e um chá com leite. Ela me dá um sorriso quando se dirige à saída, e fico muito grato por não mencionar nossa operação secreta, embora eu esteja um pouco curioso, me perguntando se ela mora aqui no bairro ou se veio porque conheceu os produtos por meio das minhas vendas na escola.

— Oi, Theo — diz meu pai, assim que passo pela nossa cliente de saída —, como foi a escola? Boa?

Assinto.

— Foi, foi boa.

Quando a garota sai de vez da loja, ele me dá o sorriso mais animado que já vi em anos.

— Aquela menina é da sua escola?

— Eu... Por quê?

— Ela disse que ficou sabendo da nossa loja na escola, e que era viciada nos nossos produtos — diz meu pai. — Os cartões de visita deram certo mesmo, hein?

Eu me esqueci dos cartões de visita, mas eles são um bom bode expiatório e, sinceramente, meu pai está tão feliz que não tenho nem coragem de contestá-lo. Ainda que aqueles cartões de visita pareçam obra de uma criança de seis anos.

— Fico feliz — digo. — Então, as coisas na loja estão indo bem?

— Ainda um pouco lento, mas estão melhorando — diz ele. — Continue divulgando entre seus amigos e fazendo as entregas, e tenho certeza de que em breve vamos estar cheios de clientes.

Dou um sorriso.

— É, vou continuar fazendo isso.

Minha mãe desce, mas não parece contagiada pela alegria do meu pai. Na verdade, parece triste, e não consigo deixar de me lembrar do que Thomas me disse, o que meio que suga minha alegria também.

— Tá tudo bem? — pergunto.

Minha mãe sorri para mim, mas é o sorriso mais ridiculamente falso que já vi.

— Sim, sim, está tudo bem. Como foi na escola?

Dou de ombros.

— O de sempre. Estou ajudando o Gabi a treinar para o jogo. Por causa disso não vou conseguir ajudar vocês na loja amanhã.

Minha mãe apenas assente, como se nem estivesse me ouvindo.

— Desculpa ter me atrasado no outro dia — digo, esperando para ver se ela vai berrar comigo, mas não, ela não berra. — Sobre o que você queria conversar?

— Nada, nada — responde, acenando despretensiosamente. — Não se preocupa com isso.

Meu pai começa a contar a ela sobre o movimento da loja, e ela também fica assentindo, mas ainda parece um espectro, como se nem estivesse presente, e eu me sinto tão mais merda, de um jeito que não me sentia há tempos. Quer dizer, que porcaria de filho eu sou, que nem percebi nada de errado com ela, a ponto de Thomas precisar dizer como ela estava se sentindo? E que tipo de criatura indigna eu sou por ela estar tão à vontade com mentir na minha cara, alegando estar tudo bem?

...

Sábado de manhã, Gabi chega pouco depois das nove.

Estamos em outubro e faz bastante frio. Gabi está usando o uniforme de futebol, mas eu estou com casaco e calça de moletom, já que ainda não posso jogar. Devo voltar ao médico na quarta, e então estarei liberado. Já estou me coçando para chutar algumas bolas e enfim tirar esse peso do peito.

Seguimos para a escola, caminhando em silêncio a maior parte do tempo. Gabi se oferece para dirigir, mas sejamos realistas: ele precisa de todo treinamento possível, então uma boa caminhada num tempo ameno está longe de ser a pior opção. Vou até a quadra para pegar uma bola, e então boto Gabi para fazer uns aquecimentos básicos. É meio ridículo que ele ainda esteja em um estágio tão simples, mas considerando a situação toda ele definitivamente está melhorando.

— Então… Por que você está bolado? — pergunta ele.

Enfio as mãos nos bolsos do casaco.

— Como assim?

Gabi se vira para mim, a respiração um pouco ofegante por causa do treino.

— Bom, você disse que não dormiu, e parecia meio tenso. É por causa do Justin?

— Não, não.

— Por que vocês brigaram?

— Já disse que não tem a ver com o Justin, ok? — rebato, e Gabi arregala os olhos, mas daí se limita a olhar para suas chuteiras. Meu instinto é dizer a ele para cuidar da própria vida, mas não posso. Acho que parte de mim sabe que eu deveria abordar isso, não importa o que "isso" de fato seja, e tenho certeza de que essa parte é a mesma que sabe que não há ombro amigo melhor que o de Gabi.

Mas também odeio quanto isso tudo me torna vulnerável. Tipo assim, um mês atrás, Gabi e eu éramos inimigos jurados, e agora? Agora quero abrir meu coração para ele no campo de futebol? Não me parece um plano lá muito bom.

— Desculpa — diz ele. — Não queria me meter.

Balanço a cabeça.

— Não, a culpa é minha. Ou o problema é meu, acho. Sei lá.

Gabi volta a chutar a bola levemente, a habilidade com os pés ainda patética, mas agora ele ao menos consegue mirar. Por fim, dou um suspiro, desabando na grama.

— É que outro dia eu estava conversando com meu irmão, Thomas — começo —, e ele falou umas coisas que mexeram comigo.

Gabi levanta uma sobrancelha.

— Ele estava enchendo seu saco?

— Eu… Não, nada disso. O Thomas é só… Sabe aquelas pessoas que são boas em tudo e toda vez que dizem alguma coisa parece que estão sendo condescendentes?

Gabi ri, depois dá um passo em falso, tropeça na bola e cai de bunda, bufando em protesto. Ele se vira para me olhar, o rosto meio vermelho, e não sei se é por causa do treino, de vergonha ou ambas as coisas. Finalmente, ele diz:

— Então é de família, hein?

— Ah, qual é, eu não sou assim.

— Não? — questiona Gabi, agora soando brincalhão. — Pelo amor de Deus, Theo, você é incrível no futebol, é bom cozinheiro, é confiante e inteligente...

— Eu sou um aluno bem mediano — digo.

Gabi dá de ombros.

— E daí? Isso não significa que você não seja inteligente.

E, sim, eu já ouvi isso. É um daqueles elogios indiretos que vêm logo depois de eu levar um esporro por não ser organizado o suficiente ou por ter esquecido alguma coisa importante ou por focar nas coisas erradas.

— Se você disser que isso só acontece porque não me organizo, juro que vou gritar.

Gabi está deitado de costas na grama, admirando as nuvens lentas no céu.

— Não, eu não ia dizer isso. Só ia dizer que você tem um tipo diferente de inteligência. O melhor tipo.

— E?

Mas ele não responde.

— Mas e aí, o que você estava dizendo sobre seu irmão?

Dou um gemido, deitando na grama também, ao lado dele. Não sei por que ele está fazendo isso até agora, admirando o azul amplo e desbotado do céu, observando o jeito como fiapos de nuvens dançam junto a outras mais densas e fofas. Parece tão... infinito? É essa a palavra?

Encarar esse espaço tão vasto me dá a sensação de que eu poderia percorrê-lo para sempre, sem jamais chegar ao outro lado. E, de alguma forma, essa sensação é quase reconfortante, como se nesse momento nenhuma palavra e nenhum gesto meu tivesse importância porque sou só um pontinho no mundo, um pequeno nada flutuando numa onda de azul infinito.

— Não passo de uma decepção, sabe? — digo. — Estou sempre decepcionando minha família. Principalmente meus pais. E, outro dia, o Thomas ficou falando uns lances, que preciso ser mais legal com a minha mãe porque ela está passando por muita coisa, e isso me deixou bem puto porque ninguém se dá ao trabalho de perguntar pelo o que estou passando. Mas aí também fiquei com esse receio de que ele possa estar certo. Acho que minha mãe está passando por alguma coisa, mas que sou uma decepção tão grande que ninguém faz questão de me contar o que é.

— Mas quanto dessa conversa o Thomas expôs diretamente e quanto disso você está projetando?

Sento, meus olhos voando para o rosto de Gabi.

— O quê?

Mas ele ainda está encarando as nuvens, seus olhos distantes. Eu meio que esperava que ele fosse me olhar com malícia, como se estivesse tentando me irritar ou coisa assim, mas acho que isso não faz o estilo dele. E eu sei disso, mas é muito difícil acreditar que as pessoas de fato sejam capazes de se importar comigo, que não apenas me alfinetem ou provoquem só para me ver explodir. Meu Deus, qual é o meu problema?

Por fim, Gabi pisca e diz:

— Você fica dizendo que é uma decepção e que está decepcionando todo mundo, mas o Thomas falou isso ou é *você* quem está dizendo isso?

Dou de ombros.

— Faz diferença?

Gabi ri.

— Só acho difícil acreditar que sua família diria um negócio desses.

— Porque eles são educados?

— Porque ninguém com bom senso consideraria você uma decepção.

E o tom dele ao dizer isso chama minha atenção, como se isso fosse um fato bem simples, uma verdade superóbvia. Claro que não sou um fracasso. Claro que qualquer família teria sorte em ter a mim como parte dela. É esquisito porque, no meu coração, eu sei que Gabi está equivocado, mas ele soa tão confiante que é difícil pensar o contrário.

— Então o que eu faço? — pergunto.

— Hein?

— Em relação à minha mãe. E ao Thomas — explico. — Bom, a tudo, acho.

Gabi suspira, se apoiando nos cotovelos para sentar.

— Não sei mesmo. Assim, eu não sou a melhor pessoa para dar conselhos sobre essa coisa de não decepcionar os pais, já que os meus provavelmente me trocariam por um lulu-da-pomerânia se pudessem, mas sei lá. Tipo, você pode só perguntar à sua mãe o que está acontecendo.

— Eu perguntei. Ela sempre diz que não é nada.

— Então pergunta ao Thomas.

Levanto uma sobrancelha.

— Foi ele quem disse que tinha alguma coisa acontecendo, certo? Você perguntou a ele por quê? Talvez ele conte — diz Gabi.

— Talvez, mas não quero falar com ele. Isso só vai fazer eu me sentir uma merda maior ainda.

Gabi dá de ombros.

— Justo. Acho que a dúvida aqui é se você prefere ficar alheio ou perder quinze minutinhos conversando com seu irmão. Aí já não tenho como responder a isso. Não tenho irmãos.

— Não precisa se vangloriar.

Gabi sorri, levantando-se da grama e limpando a terra da bunda. Ele olha para a bola de futebol por um momento e seu rosto fica vermelho.

— Eu…

— O quê? — pergunto.

Ele suspira.

— Tem uma coisa que acho que eu deveria te dizer.

— O que é?

— A Meli descobriu que estamos usando os passes do comitê para fazer entregas.

— Eu… Peraí, o quê? Ela vai recolher os passes?

E a pergunta soa até ridícula, porque é claro que ela vai recolher, partindo do pressuposto de que ela não vai nos fazer ser expulsos da escola primeiro.

Mas Gabi apenas balança a cabeça, embora seus olhos ainda pareçam tristes.

Então ele diz:

— Ela falou que não vai impedir a gente, mas também não vai dar cobertura se formos pegos, o que eu já imaginava. Só que ela deu uma condição para a gente poder continuar usando os passes.

— Beleza — digo. — Qual?

— Ela quer que eu… dance em cima do carro alegórico do baile.

— Não é tão ruim assim, é?

— Eu… acho que não. Eu só… — Ele olha para as chuteiras novamente. — É que estou muito tenso com isso, Theo. Nunca dancei na frente de uma plateia, e meus pais nem sabem que eu danço, e tem tanta coisa…

— Opa, calma aí, ok? — digo, erguendo a mão para ele. — Relaxa. É por isso que você me perguntou se eu sei dançar? Você quer que eu dance no seu lugar?

— Eu... — Ele está me encarando, os olhos imensos. Daí o olhar arregalado se transforma em um olhar de escrutínio. — Não, eu não faria você se submeter a uma coisa dessas. Eu só queria... saber se você aceitaria dançar comigo. Assim eu não teria que dançar sozinho.

Deus do céu, o olhar dele é tão triste e vulnerável, que equivale a uma facada no estômago. Que tipo de pessoa horrível eu devo ser para fazê-lo se sentir desse jeito?

Fico de pé e vou até ele, agarrando seu pulso.

— Em qual estilo de dança você está pensando?

Ele me encara e sorri.

— Nada muito complicado, já que só vou ter uma semana para montar. A Meli diz que não faz diferença. Ela só precisa de alguém para preencher a vaga. Eu... imaginei que se botasse uns amigos juntos, a coisa não ficaria muito óbvia para os meus pais.

Dou um suspiro.

— Certo, tudo bem, eu aceito dançar com você. Considere isso um agradecimento por tudo o que você fez para ajudar a loja da minha família.

E quando ele sorri para mim de novo, sou pego totalmente desprevenido, e quero tanto beijá-lo que meus lábios chegam a doer. Mas então ele se afasta e se volta para a bola de futebol, com um olhar de determinação.

— Muito bem — diz. — Vou meter essa bola no gol. Fica olhando.

Dou uma gargalhada.

— Duvido, mas boa sorte.

VINTE E QUATRO
GABI

Quando chego em casa no fim da tarde de sábado, meus músculos parecem ter sustentado um trem de carga, e minha pele está coberta por uma fina camada de suor. A única coisa que preciso fazer é perguntar ao meu pai se Theo pode vir aqui; no entanto, a imagem que roda continuamente na minha cabeça do meu pai nos vendo dançar juntos no carro alegórico me deixa nauseado.

Então eu amarelo e acabo ligando para Vivi.

— Você quer que eu faça *o quê*? — pergunta ela assim que lanço a ideia.

— É só uma dancinha curta — digo, minha voz saindo como um solavanco. — Não vai ser tão difícil. Inclusive posso fazer sua parte ser bem pequena, só que isso é muito importante para a Meli, então se você puder fazer esse favor para mim...

— Um favor para a Meli — repete Vivi, a entonação ascendente — ou para você?

Paro por um instante.

— Hã, para nós dois, acho?

Por fim, ela suspira e diz:

— Tá bom, eu vou, mas tem que ser *o mínimo*, tá? Vou ter que ficar de babá para minhas irmãs, então não posso demorar muito para aprender essa coreografia. Além disso, eu danço bem mal.

— Você vai arrasar! Não se preocupa!

Quando desligamos, parte de mim está meio decepcionada porque essa dança não vai ser mais um pretexto para passar um tempinho a sós com Theo, mas afasto esse pensamento. Mesmo que eu consiga fazer uma coreografia super-hétero ao envolver Vivi, ainda vou precisar manter a calma para falar com meu pai.

Quando entro em casa, ele está sentado na sala, examinando alguns papéis, e tento ignorar o conteúdo deles, lembrando que, mesmo que digam respeito ao contrato da loja, não é como se eles fossem vender tudo já. Sendo assim, ainda tenho tempo.

Ele me espia com uma sobrancelha levantada, e então, quando seus olhos percorrem meu uniforme e meu visual desleixado, um sorriso se abre.

— Jogando futebol, Gabi? — pergunta.

Dou de ombros, mas sei que isso deixa meu pai muito feliz. Pensar que o filho estava jogando futebol *de bom grado*? Isso nem chega perto de ganhar na loteria.

Mas minha esperança é que isso funcione a meu favor enquanto caminho em direção às escadas, dizendo:

— Estava treinado com o Theo. Ele está me botando em forma para o grande jogo.

O sorriso do meu pai se alarga mais ainda.

— Ah, eu sabia que gostava daquele garoto. Esse ano vocês vão vencer?

— Hã, sim, talvez — arrisco, mesmo sabendo que isso definitivamente não vai acontecer. — Mas enfim, tudo bem se o Theo e a Vivi vierem aqui amanhã? A gente, hã, tem trabalho da escola para fazer.

O maior problema é que meus pais não vão estar em casa, e eles odeiam me deixar ali sozinho, mas ao mesmo tempo preciso que eles estejam ausentes para que não tenham ideias erradas a respeito de nossa reuniãozinha.

Daí o meu dilema.

Mas em vez de me dar aquele olhar julgador que sempre vem quando peço coisas que provavelmente não devia estar pedindo, meu pai assente preguiçosamente e volta sua atenção para a papelada.

— Você já sabe as regras, Gabi — diz —, mas confio que vocês três vão se comportar. Nada de festas secretas ou de fumar, *correcto*?

Dou uma risadinha, pois sejamos sinceros: eu sou a última pessoa do planeta capaz de fazer uma festa secreta.

Mas também sei que estou me safando fácil até demais, pois, se meu pai soubesse o que vamos mesmo fazer, ele acharia muito, muito pior.

— *Claro que no. Gracias, papi.*

. . .

Theo e Vivi chegam logo depois da uma da tarde, e é o *timing* perfeito, já que assim temos pelo menos três horas até o horário em que meus pais costumam chegar da loja aos domingos. Bom, na verdade, só Theo chega logo depois da uma da tarde. Vivi está um pouco atrasada.

Antes que ele chegasse, abri um bom espaço na sala de estar — empurrando os sofás e a mesinha de centro para os cantos e tirando os papéis aleatórios que meu pai largou espalhados. Theo trouxe uma caixa de doces da loja dos pais, que coloca na mesa de jantar.

— Minha mãe não me deixou vir sem os doces — diz ele.

Eu rio.

— Mas é bom. Agora temos uma recompensa por fazer essa dança juntos.

Ele sorri em retribuição, mas dura pouco, e seus olhos rapidamente percorrem a sala. A última vez que ele esteve aqui, eu estava tão concentrado nas opiniões dos meus pais a respeito dele, que nem pensei se ele estava à vontade ou não. Ele olha para seus sapatos por um momento, então cruza e descruza os braços desajeitadamente.

— Você tá bem? — pergunto.

Ele olha para cima e dá de ombros.

— Tranquilo. Por quê?

— Parece que você está um pouco desconfortável.

Ele olha para trás por um segundo, em direção à porta, daí suspira e diz:

— Vocês não têm sapateira.

Olho para a porta, depois de volta para Theo, e dou uma risadinha.

— Não tem problema. A gente limpa o chão, sabia?

— Eu sei, mas… — Ele olha para meus sapatos de dança e suspira. — Você está usando sapato dentro de casa.

— Ah, se eu dançar de meias, provavelmente vou cair — digo.

Ele balança a cabeça.

— Você tem pés.

Parece uma preocupação besta, mas simplesmente digo:

— Pode tirar os sapatos se quiser.

— Vai ser estranho, já que você está usando os seus. Mas, enfim, que dança é essa que você quer fazer?

— Hã, falando nisso — começo, desviando o olhar, sem jeito —, espero que esteja tudo bem para você se mais uma pessoa se juntar a nós. Caso meus pais acabem vendo a dança...

— Tudo bem por mim.

Eu me viro para Theo e ele está impassível, o que na verdade me decepciona um pouco, mas pego meu celular e digo:

— Valeu. Deixa eu ver onde ela está.

Vivi aparece alguns minutos depois, com um olhar aborrecido.

— Depois daqui vou ter que cuidar das minhas irmãs, então só posso ficar algumas horas.

— Tudo bem — digo. — Vamos agilizar.

Então começamos escolhendo a música. Bom, *eu* começo escolhendo a música. Theo e Vivi só estão aqui por caridade, então não quero obrigá-los a tomar decisões importantes.

Abro o Spotify e vou navegando pela minha playlist — algumas coisas populares, umas músicas de boate, umas latinas. Penso em usar algum *K-pop* para animar a galera, mas acho que vai ser difícil a gente conseguir atender às expectativas uma vez que as batidas do BTS começarem. Além disso, ainda temos que respeitar a temática do País das Maravilhas, então talvez uma coisa instrumental...

— Espero que você não esteja planejando fazer nada complexo — diz Theo.

Dou risada.

— Assim, minha formação é no balé clássico, mas nunca que eu dançaria balé em um carro alegórico, então vai ter que ser uma coisa mais simples. Que tipo de dança vocês sabem?

Ele dá de ombros.

— Nenhuma, a não ser que você considere minhas imitações dos vídeos de *J-pop* quando eu era criança.

E agora estou imaginando um Theozinho saltitando ao som de *J-pop* na frente da TV.

Vivi revira os olhos.

— É sério que você chamou a gente sem ter um plano pronto?

— Se nós dois não pudermos ajudar em nada, eu trouxe lanche — diz Theo.

— Não, espera aí! — chamo. — Fica aqui.

Então ele obedientemente se acomoda ao meu lado enquanto começo a formular uma coreografia na cabeça. Coreografar uma dança só para mim normalmente não é tão difícil, mas coreografar para *três* pessoas e ainda inventar uma coisa que deixe as demais suficientemente animadas, e sem que a gente precise se tocar, se aproximar demais ou se olhar muito intimamente? Bom, aí é outra história.

Tento me lembrar do conselho que Lady sempre me dava. *Não pense demais.*

Argh, por que não pensar tanto é tão difícil?

Na verdade, pensar em Lady está me dando outra ideia. Embora nunca tenhamos terminado de coreografar nossa dança, isso não significa que eu não possa me inspirar nela. E se eu pegasse a maior parte do que fizemos, simplificasse e transcrevesse, e então simplesmente acrescentasse um final, e pronto, tudo resolvido?

Então junto Theo e Vivi, pensando neles como Lady e eu. Na verdade, se vamos seguir a estética do País das Maravilhas, cada trecho pode simbolizar diferentes partes da história, então cada um de nós pode assumir trechinhos mais concisos, e depois é só cada um seguir a sua deixa.

Dentro de poucas horas nosso plano está bem delineado, com alguns movimentos simples que vamos fazer ao longo dos poucos minutos que o carro alegórico leva para cruzar o campo de futebol. O único problema é que a transição da parte de Vivi para a de Theo parece um pouco apressada, então talvez eu precise cortar alguns passos de um dos dois ou retrabalhar o trecho para que nossas partes sejam mais fluidas...

— Ok, desculpem — diz Vivi, acenando diante do meu rosto —, mas preciso ir embora.

— Eu...

— Prometi aos meus pais que cuidaria das minhas irmãs — reitera ela.

Certo. Eu já sabia disso.

— Não tem problema — intervém Theo. — Nós dois podemos cuidar da última parte e te atualizar depois, certo?

E Theo parece muito mais confiante do que eu, então simplesmente assinto, daí Vivi pega suas coisas e sai correndo antes mesmo que eu possa dizer a ela que seria bom já deixar marcado outro dia para ensaiarmos. Mas, enfim, não é grande coisa. É só um favor para Meli, de qualquer forma. Se a parte de Vivi não sair perfeita, a gente encurta ou alguma coisa assim.

— Vamos ensaiar mais uma vez, daí podemos fazer uma pausa para o lanche — digo.

Theo sorri.

— Você que manda, Gabi.

Ligo a música e começamos a ensaiar. Como o carro alegórico da nossa turma vai ser o terceiro na fila do desfile, resolvo focar no clímax da história. Sou o primeiro a entrar, representando o momento em que as cartas de baralho chegam marchando, seguido pela batalha de Vivi contra a Rainha de Copas, e depois Theo numa corrida com o Gato de Cheshire durante a fuga de Alice. Estou na metade da minha introdução quando a porta da frente é aberta e tropeço nos meus próprios pés, caindo em Theo e derrubando-o.

A música continua tocando na sala de estar, mas não consigo ouvi-la por causa das batidas nos meus ouvidos. Meu pai está parado à porta, as chaves ainda na mão enquanto nos encara.

Theo me empurra de cima dele, levantando todo atabalhoado e espanando a roupa. Leva um segundo para seus olhos pousarem no meu pai; entretanto, ele soa despreocupado quando diz:

— Oi, senhor Moreno.

Meu pai pisca uma vez, semicerrando os olhos levemente ao perguntar:

— O que vocês estão aprontando?

— Só um trabalho de escola! — Eu me levanto um pouco rápido demais. Depois dou uma tossida, me aprumando, e explico: — Nada de mais. Acabamos de saber que vamos precisar fazer uma performance na festa da escola. É um projeto da aula de artes. A Vivi está ajudando, mas teve que sair mais cedo.

Meu pai me encara por um momento, como se não conseguisse decifrar minhas palavras ou de qual planeta acabei de vir, daí solta uma gargalhada forte e gutural e diz:

— Eles botam vocês para fazerem um monte de coisas ridículas hoje em dia, não é mesmo? É pior do que nossos trotes na faculdade.

Dou uma risadinha nervosa porque acho que isso significa que estou a salvo. Se ele considera tudo isso algum tipo de tortura acadêmica, pelo menos ele não acha que sou gay.

— Não é tão ruim assim — comenta Theo. — Tipo, eu não sou muito de dançar, mas também não odeio.

Meu pai ri de novo.

— Theo, você é um santo. Mas não saia por aí dizendo essas coisas, ou sempre vão te chamar para fazer.

— Que coisas? — indaga Theo.

Meu pai acena sem muita pretensão e continua:

— Essas coisas, sabe, essas coisas gays que as mulheres estão sempre tentando obrigar a gente a fazer.

O ar ao nosso redor esfria, mas meu pai não parece notar enquanto se dirige à cozinha.

Então meu sangue gela quando Theo diz:

— Eu *sou* gay. Só para deixar registrado.

As costas do meu pai enrijecem, e ele não dá nenhum passo a mais, simplesmente para à porta da cozinha como se alguém tivesse apertado o botão pausa e ele não conseguisse mais se mexer até alguém apertá-lo de novo.

Então ele se vira para fitar Theo por um momento, e alguma coisa reluz em seus olhos, que eu não via há muito tempo. Incredulidade? Decepção? Não, está mais para como se alguém tivesse dito para ele que o céu é verde e que fermento não faz o pão crescer. É o mesmo olhar que ele me deu quando eu disse que queria fazer balé, como se todos os seus sonhos e expectativas estivessem desmoronando. Como se todas as suas esperanças tivessem sido construídas sobre uma mentira.

Finalmente, ele fala, com a voz baixa:

— *Perdón*? Acho que entendi errado, Theo.

— Não, não entendeu — reitera Theo, embora cada pedacinho do meu corpo deseje que ele simplesmente faça o jogo do meu pai, que finja que a audição dele não está lá essas coisas. — Eu disse que sou gay. E também não tenho vergonha disso.

Então meu pai se volta para a cozinha e comenta:

— Mas talvez devesse ter.

Theo se vira para mim, os olhos semicerrados, e sei o que ele espera que eu faça. Sei que ele quer que eu diga que isso é um absurdo. Que não tem problema nenhum ser gay, e que meu pai passou dos limites.

Mas quando abro a boca, a única coisa que sai é:

— Eu...

Porque não consigo defendê-lo. Eu sei que ele precisa disso, mas não consigo.

Porque, se eu defendê-lo, meu pai vai sacar que eu também sou gay. Não, pior. Meu pai vai pensar que a convivência com Theo fez com que eu me tornasse gay.

E ele nunca mais vai deixar a gente se ver de novo.

Theo dá meia-volta e sai correndo da sala, e são necessários exatos vinte segundos antes de as minhas pernas finalmente colaborarem para que eu vá atrás dele.

Fico na expectativa de encontrar Theo correndo asfalto afora, mas não o vejo em nenhum lugar da rua. Na verdade, ele está parado, chutando uma pedrinha na calçada, com um olhar raivoso.

Assim que apareço, ele se vira de súbito, como se já soubesse que eu o seguiria, e irrompe:

— Você tá de brincadeira, né? É sério que você não foi capaz de dizer nada?

— Eu... Desculpa — digo, porque lamento de verdade, mesmo sabendo que não fiz nada para provar isso. — Eu... não podia arriscar que ele descobrisse...

— Meu Deus, Gabi — resmunga Theo —, não dou a mínima se você quer contar aos seus pais ou não, mas *aquilo*? Aquilo não foi justo! Não acredito que você me fez... me fez passar por aquilo...

Ele suspira quando termina de dizer isso, como se quisesse dizer mais alguma coisa, e eu já sei o que é.

Sozinho. Não acredito que você me fez passar por aquilo *sozinho*.

Porque ele sabe que não tenho como controlar meus pais, mas o que aconteceu não teve a ver só com o comentário do meu pai. Mas com o fato de que Theo se viu naquela situação por minha causa e, quando o bicho pegou, eu não consegui segurar a barra dele.

Theo balança a cabeça, chutando a pedra para o asfalto.

— Esquece.

— Eu...

Mas, antes que eu possa pensar em qualquer desculpa que não soe rasa, ele vai embora.

VINTE E CINCO
GABI

Para a surpresa de ninguém, Theo não responde a nenhuma das minhas mensagens naquela noite nem na manhã seguinte. Eu meio que espero que ele não vá aparecer na aula, mas quando chego ele está lá, e sou simplesmente ignorado pelo restante do período.

Tento me distrair me concentrando nas entregas, mas até acompanhar nosso estoque fica difícil, já que Theo não está falando comigo e, pelo que sei, nem com Justin. Trouxe minha parte dos suprimentos que normalmente precisamos, mas dou uma escapadinha durante a terceira aula para ir à sala de dança e verificar o que ainda temos disponível.

Quando entro, Justin e Clara já estão lá, as costas de Clara coladas no espelho enquanto eles se beijam. Os dois meio que se desgrudam quando apareço, mas não parecem ter pressa nenhuma, pois se separam lentamente.

— E aí, Gabi? — diz Justin, e eu apenas reviro os olhos.

— Já conversou com o Theo hoje? — pergunto.

Ele dá de ombros.

— Eu deveria?

— Ele não está falando comigo — explico.

Justin sorri maliciosamente.

— Parabéns, cara.

Dou um suspiro.

— Tanto faz. Eu só queria verificar nosso estoque. Você sabe se ele trouxe alguma coisa?

Justin dá de ombros de novo, e é meio irritante, já que sei que ele é o único que não trouxe nada.

— Vocês precisam de ajuda? — pergunta Clara. — Não me importo em dar uma mãozinha, ainda mais quando foi o pequeno café de vocês que salvou nosso relacionamento.

Justin levanta uma sobrancelha.

— Foi?

Eu estremeço, mas Clara está apenas sorrindo e balançando a cabeça.

— Por favor, você acha que eu teria aceitado você de volta sem aquele cheesecake de *matcha*?

Justin a encara por um segundo, e assim que percebe que precisa fingir, Clara se dá conta de que ele não tem a mais ínfima ideia do que ela está falando.

Merda.

— Não foi você que mandou aquele cheesecake de *matcha*, né? — pergunta ela.

— Claro que foi, gata! — diz ele, mas Clara já está seguindo rumo à porta.

— Vai se ferrar — diz ela. — A única vez que achei que estivesse fazendo algum esforcinho por mim, não era você. Já devia saber.

— Clara!

Mas ela simplesmente bate a porta ao sair e, antes que eu me dê conta do que está acontecendo, Justin se vira para mim, puto.

— Que porra foi essa?

— Eu...

— De que cheesecake de *matcha* ela está falando? O que vocês fizeram?

E é nítido para mim que ele está botando a culpa em Theo, e alguma coisa nisso me deixa inexplicavelmente irritado. Quero dizer, nada disso foi culpa de Theo, e o fato de Justin estar sendo gratuitamente babaca com ele é bem injusto.

Eu apenas balanço a cabeça e digo:

— Não foi o Theo, ok? Vi como você estava infeliz e quis ajudar.

— Nossa, ótimo, agora você acabou de fazer minha namorada perceber que eu poderia ter sido mais legal com ela — retruca ele.

— Bom, você *deveria* mesmo ter sido mais legal com ela, e isso não é culpa minha!

Justin faz uma breve careta para mim, e enfim me ocorre que eu definitivamente passei dos limites. Que inferno, estou sempre passando dos limites. Nesse momento, eu sou um profissional em passar dos limites.

E não sei bem o que estou esperando disso tudo, mas ainda me sinto meio decepcionado quando Justin também sai da sala sem olhar para trás.

Não que eu merecesse um tratamento melhor.

...

Na terça de manhã, não consigo pensar com clareza. Tem tanta coisa passando pela minha cabeça — meus pais, Theo, Justin —, e, mesmo enquanto leio nossos pedidos, não os estou absorvendo de fato. Na verdade, estou só encarando a tela, na esperança de que as letras e os números embaralhados comecem a fazer um pouco de sentido, mas falho miseravelmente.

Meu prazo acaba no fim da semana, e depois?

Uma parte do meu cérebro diz que nada disso importa mais agora que perdi… agora que perdi tudo o mais que importa.

Então não chega a ser uma surpresa quando Theo aparece na terça de manhã e diz:

— Não dá mais para continuar trabalhando com você nesse lance do café, então se você quiser fazer as entregas sozinho, vai em frente.

Mas antes que ele possa ir embora, eu o agarro pelo pulso. Estou meio surpreso por ele não ter se desvencilhado logo em seguida, ou por não ter me dado um tapa ou alguma coisa assim, daí digo:

— Theo, esse lance foi ideia sua. Não posso simplesmente roubar o seu negócio.

Ele balança a cabeça.

— Entregas na escola? Essa parte foi ideia sua. Isso sem falar em usar a sala de dança, e no site, e… Olha, esquece, tá bom? Não quero nada do que você fez, ok?

— Mas…

— Eu não preciso da sua caridade, então vai se foder — retruca ele, finalmente puxando o braço e seguindo para a aula. E, sério, foi uma ideia bem inteligente sair logo se o objetivo principal dele é ficar longe de mim, porque mesmo se sentarmos lado a lado na sala, não vai rolar de eu tentar conversar sobre isso sem fazer uma cena.

Dou um suspiro, recostando na parede do corredor e ignorando todos os transeuntes e olhares de soslaio. Estou pouco ligando se pareço um bicho exposto no zoológico ou alguma coisa assim. Só estou esgotado e estressado com a ideia de administrar tudo sozinho, mas, mais do que qualquer coisa, meu coração dói.

Não só porque Theo não quer mais nada comigo, mas também porque sei que isso só aconteceu porque eu o magoei. Ou talvez porque eu sabia que ele estava certo quando disse que era melhor fazer tudo isso sem mim, afinal eu iria acabar estragando tudo.

. . .

Faço as entregas ao longo do dia, mas sem o menor empenho e, francamente, não tenho forças para conseguir segurar sozinho um trabalho de três pessoas.

Depois do almoço, atualizo o site para mostrar que estamos sem estoque nenhum, embora ainda tenhamos algumas coisas — bom, *eu* ainda tenho algumas coisas —, porque estou cansado demais para continuar.

Volto para a sala de dança depois do almoço a fim de fazer um balanço do que sobrou e contar o dinheiro. Eu me sinto mal por ficar com tudo, sendo que o justo é que parte vá para Theo — mas embolso na íntegra mesmo assim, porque sei que ele não aceitaria um tostão meu.

Vai ter uma reunião do comitê da festa logo depois da escola, mas não quero nem saber. Mesmo que Meli resolva confiscar meu crachá, não faz diferença mais, já que não tenho esperanças de manter a loja na ativa. E, para mim, é um alívio ter um motivo para desistir — talvez isso sirva para tirar um pouco do peso de que as coisas só desmoronaram por minha causa.

Sigo para a sala de dança para pegar as sobras, e então ir para casa, mas congelo quando descubro que a porta está trancada e que tem um aviso colado nela.

As salas de aula são somente para uso dos professores e de alunos autorizados. O abuso do privilégio estudantil resultará em ação disciplinar.

O aviso me atinge como um tapa na cara enquanto meu cérebro luta para descobrir onde foi que errei.

E então me lembro.

Esqueci de limpar tudo antes da última aula.

Merda.

VINTE E SEIS
THEO

Terça depois da escola, tento vender alguns pães na loja, mas ninguém se importa, já que compraram mais do que o suficiente durante as aulas.

Parte de mim sabe que tenho culpa por dizer a Gabi que ele poderia continuar a fazer entregas, mas o que mais eu devia fazer? Não posso continuar a trabalhar com ele, pois toda vez que vejo seu rosto só consigo pensar na merda que o pai dele disse e em como Gabi simplesmente… deixou rolar.

Não, acho que é pior do que isso. Não consigo encará-lo porque sei que sempre que fizer isso, vou me lembrar de como foi, pela primeira vez desde minha saída do armário, sentir que alguém se importava comigo, que alguém estava ao meu lado, de modo que eu não precisasse mais ser tão solitário. E de como me equivoquei totalmente em relação a isso.

Então, assim que as aulas acabam, não faço questão de me demorar e falto ao treino pela primeira vez em anos; de que adianta comparecer, sendo que nem posso jogar ainda? E não quero encontrar Gabi ou Justin ou qualquer outro cara do time, já que, para começo de conversa, eles são os culpados por terem apoiado aquela porcaria de Café Fusão.

Eu estava muito animado para ir ao médico amanhã e ser liberado para voltar a jogar, mas agora sei lá. Quer dizer, vai ser bom voltar ao normal, mas tem tanta merda acontecendo que é difícil ver o lado positivo de qualquer coisa.

Minha única certeza é que não vou mais conseguir salvar meus pais vendendo os produtos na escola.

Quando chego em casa, vou direto para o meu quarto, me agacho e pego a caixa de sapatos debaixo da cama. Quando tiro a tampa, odeio o aperto no coração que sinto quando encaro as gorjetas roubadas que venho guardando para a faculdade.

Realmente foi um absurdo da minha parte pensar que o único obstáculo para um futuro de sucesso era a falta de fundos monetários. Minhas notas são péssimas, e eu sou péssimo, e mesmo se eu me afastasse de Vermont o máximo possível, não seria o bastante para consertar essa coisa em mim que faz tudo em que eu toco dar errado.

Dou um suspiro, passando a mão pelo rosto e respirando uma golfada de ar. Estou cansado de me sentir impotente, mas, mais do que isso, de me sentir culpado. Estou cansado de sentir que todo mundo ficaria melhor sem mim.

Tomo cuidado enquanto desço as escadas, me certificando de que não tem ninguém à vista antes de voltar para o escritório nos fundos e pegar a lata de gorjetas. Não sei como vou explicar o súbito aumento das gorjetas no dia, mas tenho certeza de que meus pais não vão se importar. Devolver o dinheiro que peguei é o mínimo que posso fazer, e talvez ajude pelo menos um pouco.

Mas mesmo que não dê em nada, pelo menos é uma coisa a menos para aumentar minha culpa.

Depois de enfiar o dinheiro na latinha e de devolvê-la ao devido lugar na escrivaninha, volto à loja — e congelo. Meus pais não estão, mas Thomas está atrás do balcão, limpando a vitrine. Ele olha para cima assim que percebe minha presença, e levanta uma sobrancelha.

— O que você está tramando aí? — pergunta.

— Nada — retruco, mas tenho certeza de que a repentina explosão de raiva na minha voz me denuncia.

Thomas suspira e diz:

— Tanto faz, só não causa nenhum problema, ok?

— Pode deixar, porque é só isso que eu sei fazer — digo.
— Theo, o encrenqueiro. Theo, o filho que estraga tudo e dificulta a vida de todo mundo.

Thomas arregala os olhos e me encara como um cão raivoso que acabou de se soltar da guia, e acho que ele está certo de fazer isso. Quase me sinto mal por estar descontando toda a raiva reprimida no meu irmão, o perfeito, mas ao mesmo tempo meio que não estou nem aí. Quer dizer, pelo menos metade disso é culpa dele, por ter nos abandonado e ficar esperando que a gente se virasse para juntar nossos caquinhos.

Thomas pousa o pano no balcão e diz:

— Você está bem?

Eu só balanço a cabeça.

— Não importa.

Thomas ri, e eu meio que quero socá-lo, mas ele apenas se recosta no balcão e insiste:

— Você acabou de fazer uma cena e agora vem fingir que não quer atenção?

Quanto drama, afinal não temos uma plateia para esse teatro todo. Mas quando tento dizer isso a única coisa que sai é:

— É tão ruim assim querer atenção?

Thomas me encara por um instante antes de olhar lentamente para o balcão.

— A mãe e o pai não estão te ignorando, tá bem? Eles só estão com a cabeça cheia.

— Eu sei. Eles têm coisas melhores com que se preocupar.

— E eu soo amargo para cacete, mas não consigo fingir que não estou ressentido. O único problema é que não sei bem o que está causando esse ressentimento. Meus pais, acho, por nunca me colocarem no topo da lista de prioridades. Por elogiarem Thomas, que nunca está por perto, e nunca darem a mínima para o que tento fazer por eles.

Thomas balança a cabeça, se virando para me olhar.

— Theo, o que você espera? Eles têm que lidar com o tio Greg, e com a loja e... Bom, a questão é que eles têm coisas mais urgentes. Você tem dezesseis anos. Você dá conta de se cuidar sozinho.

— Então eu já tenho idade suficiente para me cuidar sozinho, mas não sou digno da confiança deles em relação a mais nada — protesto. — Eles ficam guardando segredinhos de mim, e ainda me acham um incapaz...

— Eles não acham você um incapaz.

— Claro que acham! — berro. — Eles nem quiseram me deixar fazer as entregas sozinho. Eles preferem deixar o filho do inimigo lidando com as coisas a deixar que eu faça tudo.

— Você torceu o pulso! — argumenta Thomas. — Eles estavam preocupados com você, ok? Estavam só tentando proteger você. Não seja tão duro com eles.

— Duro com *eles*? E quanto a eles serem duros comigo? Você acha que é fácil passar o tempo todo tentando corresponder às expectativas deles? Você acha que é fácil seguir os *seus* passos? A escola, o futebol, os assuntos da faculdade, a loja... Eu não consigo nem entender o que eles querem de mim! Eu não dou conta de tudo! Eu não sou você!

A loja fica em silêncio, e a única coisa que preenche o silêncio entre nós é o som da minha respiração ofegante. Sinto um peso no meu peito por ter surtado e, caso meus pais estivessem aqui, provavelmente me botariam de castigo pelo resto da vida, mas não consigo me desculpar pelo que disse. Que inferno, não consigo nem sair correndo da loja e subir para o meu quarto. Minha única vontade é desabar no chão ali mesmo, por mais imundo que esteja, e chorar até entrar em coma.

Thomas me olha direto nos olhos por um momento antes de suspirar e dizer:

— Você está com raiva *deles* ou de mim?

E então sinto uma lágrima deslizar pelo meu rosto e a enxugo rapidamente. A última coisa de que preciso agora é me humilhar chorando na frente do meu irmão.

Mas, claro, ele está certo. Thomas, o perfeito, sempre com a solução em mãos.

Eu *estou* com raiva dele. Eu o *odeio*. Não, na verdade estou com raiva porque *não consigo* odiá-lo.

Porque mesmo depois de ele ter largado a gente e me deixado carregando o fardo de todos os nossos problemas familiares, mesmo depois de ele ter me botado para preencher um papel que não faço ideia de como preencher, estou bravo porque não consigo sequer odiá-lo por isso. Eu me sinto inútil sabendo que não consigo preencher o vazio que ele deixou. Não consigo fazer *merda nenhuma*. Só consigo ficar aqui parado, desejando que meu irmão mais velho resolva as coisas, como sempre fez.

Thomas olha para os próprios pés quando diz:

— A mãe tem andado estressada porque está brigando com a família de novo. Eles querem que a gente vá visitá-los no Ano-Novo, mas…

O silêncio recai no cômodo outra vez, e temo que até se eu respirar errado acabe causando uma grande explosão.

Então Thomas continua:

— Mas a vó diz que primeiro você tem que deixar de ser gay.

E então as lágrimas começam a correr fartamente pelas minhas bochechas, e eu tento enxugá-las o mais depressa possível, mas porra. *Porra*. Tipo, eu sabia que minha família me odiava. Que ninguém ia querer saber de mim no momento em que eu me assumisse, mas *isso* é diferente. Isso é totalmente novo.

— O que a mãe disse? — pergunto, minha voz falhando.

— Como assim…

— Quando a vó falou isso. O que a mãe respondeu pra ela?

E eu meio que não quero ouvir, mas preciso. Preciso saber se minha mãe disse que se sentia igual, que não queria ser vista perto do filho gay. Preciso saber se ela ao menos ainda me chama de filho.

Thomas apenas balança a cabeça e diz:

— Obviamente defendeu você, seu idiota. Por que você acha que ela anda tão estressada? Ela tem brigado com a família faz semanas.

E não sei por quê, mas isso só me faz chorar ainda mais.

Thomas contorna o balcão, estendendo a mão como se fosse me abraçar ou alguma coisa assim, mas não fazemos isso. Não me lembro da última vez que alguém da minha família me abraçou. Simplesmente não faz nosso estilo.

Por fim, digo:

— Desculpa. Nunca quis causar problemas para ela.

Thomas balança a cabeça de novo.

— Relaxa, tá? Não é culpa sua. Você sabe como é a família. Eles são… bom, eles são uns babacas, mas se você acha que a mãe e o pai não vão defender você, aconteça o que acontecer, você está enganado, ok? — E depois de um momento, ele acrescenta: — E eu também.

Enxugo as lágrimas, mesmo que meus olhos ainda estejam nitidamente inchados e vermelhos. Mas, sério, essa provavelmente foi a coisa mais legal que Thomas já me disse, e parte de mim quer fugir de vergonha, mas a outra está muito grata pelas palavras dele.

E então, quando penso no fato de que Gabi nunca teve nada disso, alguma coisa dói em mim.

— Theo — continua Thomas, colocando a mão no meu ombro —, me desculpa. Por tudo. Eu sou o mais velho aqui. Eu devia estar ajudando e, em vez disso, deixei tudo nas suas costas, e sinto muito.

Apenas dou de ombros, já que não consigo encontrar palavras para expressar o quanto eu precisava ouvir tudo isso.

Thomas sorri.

— Eu devia ter me esforçado mais para vir aqui. E, bom, ver como as coisas estão. A verdade é que vi uma oportunidade de fugir e fazer minhas coisas, e foi muito libertador, mas também muito egoísta. Você é meu irmão, e preciso estar aqui se você precisar de mim.

Balanço a cabeça.

— Como se eu fosse precisar de você.

Mas ele claramente enxerga além das minhas palavras, pois apenas ri quando se vira e volta para o balcão.

— Sabe, você na verdade fez muito mais coisas boas do que imagina.

Arqueio uma sobrancelha.

— Ah, é? Como assim?

— Bom, para começar — diz ele —, sua operação de entregas ajudou muito a loja. O tio Greg ainda está sendo um babaca, mas ouvi a mãe dizendo que no mês passado arrecadamos muito mais do que esperávamos. Foi uma ideia muito boa. Eu nunca teria pensado nisso.

E aí fico esperando ele completar com algum elogio sarcástico, dizendo que eu poderia ter conseguido muito mais se tivesse feito um esforço extra, mas ele não fala mais nada. Apenas me olha como se estivesse realmente impressionado comigo.

Daí continua:

— E eu sei que foi difícil para você se assumir e lidar com toda a reação das pessoas, mas, para ser sincero, isso me deu coragem para começar a questionar um pouco minha própria identidade.

Arregalo os olhos e gaguejo quando pergunto:

— O quê?! Você?!

Thomas revira os olhos.

— É, mas deixa isso entre nós por enquanto, ok? Ainda estou descobrindo as coisas, e você sabe como é a nossa família.

Não consigo nem processar a ideia de o meu irmão mais velho estar me revelando que só tem coragem de fazer uma coisa porque *eu* fiz primeiro, mas agora sinto um quentinho no peito, como se essa constatação de que eu não estava sozinho fosse menos ridícula do que eu imaginava.

— Eu... Valeu — digo. — Assim, por me ter me falado tudo isso.

Thomas sorri.

— Não tem de quê. Mas, sério, esse fica sendo o nosso segredo, tá?

Reviro os olhos.

— Não vou entregar você. Que tipo de babaca acha que eu sou?

VINTE E SETE
GABI

Terça à noite, recebo um e-mail no portal do aluno dizendo para me apresentar à diretoria na quarta de manhã, antes das aulas. É uma pena que eles não expliquem mais nada no e-mail, mas, considerando que sou o réu nessa situação, reconheço que não cabe abusar da sorte.

Quando chego ao gabinete da diretora, quinze minutos antes da aula, a sra. Perkins apenas faz sinal para que eu me sente e diz:

— Estamos aguardando mais uma pessoa.

Fiel à sua palavra, quando Melissa chega para responder pelos meus crimes — realização de vendas nas dependências da escola, uso inadequado do espaço docente e distúrbio das aulas sob o disfarce do comitê da festa, conforme evidenciado nas normas do site —, ela ouve pacientemente as acusações, daí me encara com uma expressão abobalhada e diz:

— O Gabi fez isso?! Não acredito!

Aparentemente a diretora acredita, porque cai piamente na encenação de Meli ante a grande traição de ver o melhor amigo quebrando as regras da escola pelas suas costas e tudo o mais.

A sra. Perkins se vira para mim e diz:

— A Lady nos contou que confiou a sala a você para uso do comitê da festa, e que não fazia ideia de que você estava violando as regras da escola. Então, o que você tem a dizer sobre isso, Gabi?

— Eu… realmente sinto muito. Eu estava desesperado, e simplesmente… Me desculpa.

Fico esperando ela me dizer que já escuta mil e uma historinhas tristes todos os dias e que é perfeitamente plausível me expulsar, mas ela apenas se recosta na cadeira e solta um suspiro profundo.

— Todo mundo está ansioso por causa do jogo, e não quero que isso interfira nas festividades, então você vai ficar sete dias suspenso, a partir da semana que vem. E, claro, seus pais serão informados.

Uma bolha de pavor surge em minha mente quando penso que vou ter de justificar minha desobediência às regras para os meus pais, mas então percebo o quanto a pena foi leve se comparada ao que poderia ter sido.

— E-espere, você está falando sério?

Ela levanta uma sobrancelha.

— Algum problema?

Balanço a cabeça rapidamente.

— Não, não, tudo bem. Vou ficar os sete dias em casa.

— É melhor isso não voltar a se repetir, está me ouvindo?

Faço que sim com a cabeça.

— Prometo.

Eu me levanto e sigo em direção à porta, daí ela diz:

— E mais uma coisa.

Paro, me virando lentamente para encará-la.

— Parece que o esquema foi bastante elaborado. Você realmente fez tudo sozinho ou teve ajuda?

Engulo em seco.

— Não, não tive ajuda nenhuma. Era só eu mesmo.

Ela me encara por um instante, como se não tivesse certeza se deveria acreditar em mim, daí finalmente assente e desvia o olhar.

Meli e eu somos dispensados, nos restando cinco minutos para chegar à sala de aula, mas assim que chegamos ao corredor não me importo mais com pontualidade nenhuma.

Sei que Meli me disse que era exatamente isso o que aconteceria caso eu estragasse tudo, e está bem claro que a culpa por cagar tudo foi *minha*, mas ainda estou furioso. Talvez não tanto com Meli, Theo ou Justin, mas mais com meu pai. Ou comigo mesmo.

De um modo ou de outro, paro Meli no corredor, e ela se vira para mim com um olhar de desdém que revira meu estômago.

— O quê? — pergunto.

— Não fode o meu lado, Gabi. Estou farta das suas merdas.

— *Minhas merdas?* — retruco. — Você tem sido uma péssima amiga ultimamente. E não estou nem falando de como você acabou de me jogar aos leões…

— *Eu* tenho sido uma péssima amiga? — questiona ela. — Ah, por favor! Você arriscou o comitê inteiro por causa da sua façanhazinha egoísta. E não estou nem falando do amigo de merda que você tem sido para mim.

— Do que você tá falando?

— Ah, então você vai ficar aí parado e fingir que não estava falando merda de mim com a Vivi? — pergunta ela. As palavras me atingem como um tapa na cara, e eu não sei direito qual a expressão no meu rosto, mas sem dúvidas é o suficiente para confirmar que ela está certa.

— *Ai, a Meli é tão tensa. Ai, a Meli está estragando tudo!* Pelo menos não coloquei todo o nosso trabalho em risco para correr atrás de um cara.

— Eu não estava correndo atrás de cara nenhum — protesto, entre dentes, mas não importa. Ela sabe que o comentário foi maldoso e o fez de propósito. Para me machucar.

Ela revira os olhos.

— Tanto faz. Tenho muito trabalho a fazer depois de todos os transtornos que você causou.

Não consigo dizer mais nada quando ela se vira e segue para a aula.

...

Enfrentar o restante do dia é... dureza. E não só porque preciso passar a maior parte dele tentando evitar Theo, Justin e Meli — eles e todo mundo do comitê, já que Meli já deve ter contado para todos que sou um traidor. É difícil me concentrar em qualquer coisa além da dor no meu peito e da raiva que zune dentro de mim.

Conforme o dia avança e enfim termina, seguindo devagarzinho para o estacionamento dos alunos, finalmente coloco a cabeça no lugar e admito algo que venho evitando há bastante tempo.

A pessoa de quem tenho mais raiva sou eu mesmo.

Bato a porta do carro, jogando a cabeça contra o volante, aí buzino sem querer, um bipe alto ecoando pelo estacionamento, e todos os olhos se voltam para mim.

E, olha, eu mereço isso. Mereço ser exposto, mereço que apontem todos os erros que cometi em meio ao meu egoísmo.

Traí a confiança de Meli porque tinha medo de perder a loja. Magoei Theo porque tinha medo de meus pais descobrirem que sou gay. Estraguei o relacionamento de Justin porque tinha medo de que nossas vendas fossem prejudicadas caso ele se distraísse com Clara.

Dou um jeito de não chorar até chegar à entrada da garagem de casa. Mas assim que paro o carro, coloco tudo para fora, agarrando o cinto de segurança enquanto as lágrimas escorrem aos montes, sabendo que preciso superar todas essas emoções distorcidas antes de enfrentar meu pai, pois ele jamais vai permitir uma cena dessas.

Assim que as lágrimas cessam, respiro fundo. Solto o cinto de segurança. Respiro. Desligo o carro. Respiro. Abro a porta. Respiro.

Finalmente, penduro a mochila no ombro e meus pés me arrastam até a porta da frente.

Meus pais estão sentados na sala, o que só me lembra mais uma vez de que está tudo dando errado. Eles não deveriam estar em casa tão cedo. Alguém deveria estar na loja.

Mas a loja vai ser vendida nesse fim de semana, então é claro que eles não se importam mais.

E assim, estou chorando de novo.

Corro para enxugar as lágrimas, mas meus pais me encaram, os olhos arregalados.

— Gabi? — chama minha mãe, e meu pai semicerra os olhos quando ela se levanta e vem até mim, tomando minhas mãos nas dela. — O que foi, *mi hijo*?

Eu me afasto dela, pronto para correr para o meu quarto sem olhar para trás, mas não consigo me mexer. Quero fugir, mas não consigo. Acho que não vou conseguir sobreviver ao peso da culpa caso fuja mais uma vez.

Por fim, respiro fundo e digo:

— O Theo não é um cara mau.

Minha mãe me examina por um momento antes de se virar para o meu pai. Tenho certeza de que ele contou a ela o que aconteceu, mas não duvido nada que ele tenha deturpado as coisas e dito que Theo estava sendo predatório ou agressivo ou alguma outra besteira terrível que ele associa a pessoas gays.

Meio que odeio o jeito como ela se vira para olhar para ele, como se a coisa toda fosse totalmente culpa dele. Sim, foi ele quem afastou Theo, mas a homofobia dele não começou nas palavras cruéis daquela noite. O ódio não está apenas nas coisas que alguém diz. Está também em como ela fica em silêncio quando alguém vomita ódio, em como ela assente ou acolhe as ideias.

Meu pai pode ser o mais direto do casal, mas sinto o mesmo arrepio na espinha quando vejo como minha mãe concorda prontamente com todas as merdas dele. Além disso, tem as pequenas coisas. A maneira como ela jamais defendeu meu direito de fazer balé. A maneira como ela jamais me disse que não tem problema algum em chorar quando meu pai não estiver por perto.

O fato de ela ainda não ter dito nada sobre Theo.

Ela acha que, ao deixar meu pai ser a personificação do desgosto que eles nutrem, ela de algum modo se desresponsabiliza de tudo. Só que isso é tão doloroso quanto uma ação direta, saber que ela me odeia tanto quanto meu pai, mas que nem tem coragem de assumir isso.

Por fim, meu pai suspira e diz:

— Ele é gay, Gabi.

— E daí? — grito, e acho que nunca gritei tão alto. Minha garganta dói só de ter berrado essas duas palavras, mas não consigo parar. — Então é isso? Você achou que ele fosse perfeito e agora simplesmente o odeia? Por causa das pessoas por quem ele sente atração? Porque você acha que é errado ou contagioso viver de um jeito diferente do seu?

— Gabi — intervém minha mãe, mas dou um passo para trás, colocando o máximo de distância possível entre a gente sem sair do cômodo.

— Você realmente odeia gays tanto assim? — Quero saber, meu rosto tomado por lágrimas. — Depois de tudo o que Theo fez por mim, vocês preferem mesmo afastá-lo e tratá-lo feito um merda do que aceitar que ele é gay?

Meus pais ficam calados, e sei que alguma coisa está para acontecer, já que eles ainda não me repreenderam pelo linguajar.

Meu pai cruza os braços e diz:

— Você quer mesmo andar com um garoto como ele? O que você acha que as pessoas vão dizer?

— Não estou nem aí!

— *Cállate*! Você não sabe o que está falando — rebate meu pai. — Você sabe o que fazem com garotos assim, Gabi? Só estamos tentando proteger você. Se você passar muito tempo com gente assim, vão começar a pensar que você também é gay. Você quer ir para a faculdade? Quer um bom emprego? As probabilidades já não são das melhores para você, *mi hijo*. Muitas portas se fecharão se continuar fazendo essas coisas.

Balanço a cabeça.

— Você quer que eu lide com a intolerância sendo intolerante? — questiono. — Não ligo para o que as pessoas pensam de mim. Eu ligo para... — Faço uma pausa, respirando fundo antes que eu fale demais. — O Theo é meu amigo. Como é que vocês podem me pedir para virar as costas para ele só para me proteger? É assim que vocês me educaram?

Meu pai fecha os olhos com força. Meio que espero que ele venha até mim e me dê um tapa na cara — não que ele já tenha feito alguma coisa assim antes, mas também não consigo me lembrar de tê-lo visto tão chateado ou de eu já ter sido tão respondão assim.

Por fim, ele suspira, olha para mim e diz:

— Gabi, já vi garotos como você sendo espancados até a morte só porque alguém achou que fossem gays. Sabe quantos caras conheci na escola que mal chegaram à formatura? Essa vida... Você acha que quero isso para você?

— *Papi*...

Ele corta minha fala com um gesto.

— Lamento muito pelo Theo, mas ele não é meu filho. Não é minha função protegê-lo e não posso impedir que ele se machuque. Só quero o melhor para você.

— Uma semana atrás você achava o Theo bom para mim — digo.

Ele suspira de novo e diz as últimas palavras que eu esperava ouvir:

— Você está certo.

Eu o encaro e, pela expressão em seu rosto, ele parece em conflito.

Então continua:

— Lamento que as coisas tenham sido assim, Gabi. É importante ficar ao lado dos seus amigos, mas sua segurança também é importante.

E eu fico sem saber o que dizer, porque não era o que eu esperava. Durante todo esse tempo, presumi que meus pais tivessem nojo da ideia de eu ser gay porque achavam que ser homossexual fosse um pecado. Nunca achei que eles pensassem que, na verdade, o mundo era o problema.

E sei que isso não os torna menos equivocados. Não muda em nada a maneira como magoaram a mim ou a Theo. Mas às vezes as pessoas fazem coisas terríveis quando estão com medo, e não posso fingir que não conheço essa sensação.

A sala cai em um silêncio constrangedor. Por fim, meu pai olha para mim e diz:

— Vou deixar a decisão nas suas mãos.

Arregalo os olhos.

— Espera aí, sério?

— Acho que não é seguro para você andar com gente assim. Preferiria que você não escolhesse isso, mas acho que não posso fazer muita coisa para impedir.

Minha mãe entra na conversa:

— Só tome cuidado, ok, *mi hijo*? Não queremos que você perca tudo.

Isso definitivamente não é aceitação, mas ao menos é um avanço.

E sei que estou abusando da sorte, mas mesmo assim insisto:

— E a loja?

— Gabi... — começa minha mãe.

— As coisas estão melhorando, certo? — insisto. — Com o Theo e eu fazendo entregas? A gente fez muita coisa. Sei que você disse que a oferta era boa demais para recusar, mas já estamos nos saindo muito melhor, e se você nos der mais tempo tenho certeza de que...

Minha mãe coloca a mão no meu ombro e eu me calo. Seus olhos têm uma tristeza avassaladora quando ela diz:

— *Cariño*, não vamos ficar com a loja. Essa nunca foi uma opção.

— M-mas você disse que era porque a gente não estava ganhando o suficiente...

— Entre a escola e tudo o que está acontecendo... Não vale a pena, *mi hijo*. É preciso muito tempo e muita energia para administrar a loja e, quando eu me formar enfermeira, seu *papi* não vai dar conta sozinho.

— Eu posso ajudar! — insisto. — É sério. Eu posso ajudar.

Meu pai apenas balança a cabeça.

— Já está decidido, Gabi. Você pediu para mantermos a loja aberta até a festa da escola, e concordamos porque queríamos que você tivesse tempo para a notícia assentar. Mas é isso. A gente vai vender.

Tudo dói quando finalmente volto para o meu quarto, mas mesmo depois de fechar a porta estou cansado demais para chorar, então apenas me deito na cama e fico encarando o teto, esperando a dor passar.

...

O único benefício de ficar deitado na cama uma noite inteira sem nada para fazer e ninguém com quem conversar é que o cérebro acaba ganhando tempo para pensar nos próximos passos.

A primeira coisa que preciso fazer é conversar com Vivi. Assim, na quinta de manhã eu a encontro junto aos armários da escola, pouco antes de entrarmos na aula. Ela está com uma carranca que desaparece assim que me vê, e me sinto meio mal por estar aqui para arrumar encrenca, mas apenas digo:

— Por que você contou para a Meli o que falei dela?

Ela me encara por um segundo, como se estivesse processando minhas palavras, aí faz uma careta e fecha o armário.

— Como você descobriu?

— Como eu não descobriria? Era claro que ela ia me dar um esporro por causa disso.

Vivi suspira e ajeita uma mecha do cabelo castanho atrás da orelha.

— Ok, olha, sei que parece ruim, mas não foi bem assim... Não cheguei nela e falei "o Gabi acha que você está sendo escrota". Meio que... eu soltei, sei lá.

— Você disse que eu a chamei de *escrota*? Por quê?

— Já falei, simplesmente escapou! — Ela balança a cabeça, olhando para o outro lado por um segundo antes de se voltar para mim. — Tá, vamos ser realistas. A Meli tem sido um pesadelo ultimamente... Bom, não que ela já não fosse um pesadelo sempre. E então eu rebati depois que ela disse que...

A pele de Vivi é só um pouco mais clara do que a minha, mas seu rosto fica supervermelho quando diz:

— Bom, não importa.

Levanto uma sobrancelha.

— Depois que ela disse o quê?

— Não quero falar disso.

— Vivi!

— Tá bom, tá bom.

Ela olha ao redor por um segundo antes de agarrar meu pulso e me puxar em direção ao bebedouro. O bebedouro fica num vão escondido de todas as portas das salas de aula, mas até parece que alguns metros a mais vão fazer essa diferença toda na nossa privacidade.

Finalmente, Vivi baixa a voz e diz:

— No verão, confessei um lance para a Meli, e ela meio que jogou na minha cara.

— O que você confessou para ela? — pergunto, mantendo minha voz baixa também.

— Eu falei que era a fim de um cara, e ela me disse para simplesmente superar porque não tinha qualquer chance de ser recíproco — explica ela. — Assim, mesmo que ele não queira nada comigo, ainda foi uma coisa muito cruel de se dizer, e sei que ela só disse isso porque queria que eu me concentrasse mais na organização da festa, mas quem faz *uma coisa dessas*? Então acho que só falei aquilo para magoá-la também, sabe? Para fazê-la se sentir mal por ter falado uma coisa tão babaca para mim.

— Tá bom. Mas por que você tá sendo toda discreta com isso? O que tem de mais?

E então ela arregala os olhos e faz uma cara de "alô-ou", e de repente tudo se encaixa.

— Peraí, *eu*? — digo, minha voz ainda baixa, mas definitivamente em pânico. — Você é a fim de *mim*?

Vivi revira os olhos.

— Dã. Pensei que fosse óbvio. Tipo, a gente se dá muito, muito bem, e tem muita coisa em comum, e acho que outro dia, na sua varanda, a gente estava bem conectado, então eu só conseguia pensar nisso durante nossos encontros...

Mas mal consigo processar o que ela está dizendo. Parece que estou debaixo d'água e ela, gritando comigo lá da costa, e não consigo ouvir nada além do fluxo das ondas contra meus tímpanos.

— Eu... sou gay — solto, e Vivi congela, os olhos arregalados.

Finalmente, ela balança a cabeça e suspira.

— Se você não gosta de mim, pode só falar. Não precisa inventar nenhuma desculpa para...

— Não estou inventando uma desculpa — explico, mas soa como uma piada de mau gosto. Meus pais passaram a vida inteira me dizendo que preciso fazer o possível para garantir que ninguém me interprete como gay, e sempre fui tão bom nisso que agora cá estou eu tentando convencer minha amiga de que é verdade. — Eu sou mais gay que qualquer coisa. A Meli já sabe. Deve ser por isso que ela falou aquilo.

— Ah — diz Vivi, e a decepção em sua voz é palpável.

O sinal toca e eu me viro. O corredor está completamente vazio, mas não posso deixar Vivi parada ali perto do bebedouro. Eu estava meio bravo com ela desde minha briga com Meli, mas agora me sinto muito mal por ela.

Não conseguimos controlar nosso interesse pelas pessoas. Sei disso melhor do que ninguém.

Mas, Deus do céu, por que tinha de ser logo *eu*?

Finalmente, dou uma risadinha sem jeito e digo:

— Passei os últimos anos tentando esconder ao máximo minha homossexualidade, mas sempre achei que estivesse fazendo um péssimo trabalho.

Vivi sorri para mim com melancolia e diz:

— Eu jamais teria imaginado que você é gay. Você fez direitinho esse lance de parecer hétero.

Em outros tempos, acho que teria sido um alívio saber que ninguém sacou nada e que consegui esconder que era gay, mas agora ouvir isso dói. Faz minha pele pinicar e meu estômago pesar.

Talvez isso aconteça porque sei do orgulho que Theo tem de sua homossexualidade, e quero muito ser igual a ele. Talvez tenha a ver com o que ele disse sobre todas as vantagens de ser gay, e também com alguma parte cruel e autoflagelante do meu cérebro, que acha que não tenho direito a nada disso enquanto estiver trancado no armário.

Ou talvez tenha a ver com o fato de eu finalmente estar admitindo para mim mesmo que ser gay não é ruim. E nem uma coisa neutra. É uma coisa ótima, que merece meu orgulho, da mesma forma que tenho orgulho de ser porto-riquenho. É tão parte de mim quanto minha própria cultura, assim como a loja dos meus pais, o balé e os meus amigos, e todas as outras coisas que passei a associar a Gabi.

Não quero parecer hétero. Não quero machucar minhas amigas sendo obrigado a dizer que jamais me interessaria por elas. Não quero fingir que odeio dançar ou que amo futebol.

Só quero ser feliz na minha própria pele.

Vivi está me encarando, e percebo que meu momento eureca deve estar explícito no meu rosto.

— Hã, desculpa — digo.

Ela levanta uma sobrancelha.

— Está tudo bem?

Não, não está. Ainda não, de qualquer forma. Ainda tem tanta coisa que preciso consertar, e tanta coisa que ainda não consigo entender direito. E, além disso, tem o fato de que nós dois estamos superatrasados para a primeira aula, e não posso me esquecer de que já estou pisando em ovos com a diretora.

— Obrigado por ter sido honesta comigo — digo.

Ela ri.

— Sério? É você que acabou de se assumir para mim. O que eu fiz não foi nada.

— Bom, a gente não precisa comparar uma coisa com a outra, certo? — digo, pois sei que foi difícil para ela, mesmo que não tenha sido tão impactante quanto foi para mim. Isso não significa que ela precisa fingir que sua confissão não foi nada de mais.

— Verdade — diz ela. — E viu...

Fico esperando ela falar, uma sobrancelha levantada.

— Eu... sei que prometi dançar com você no carro alegórico, mas acho melhor não continuar com isso — diz ela, ainda cochichando. Aí dá uma risadinha antes de olhar para mim. — Você é a fim do Theo, né?

Arregalo os olhos.

— Eu...

— Eu não tinha notado isso, mas agora acho que parece meio óbvio. Vocês dois formariam um belo casal.

Balanço a cabeça, pois não sei como processar essa ideia.

— É, eu gosto do Theo, mas não significa que você não pode dançar com a gente.

— Não é só isso... — Sua voz baixa novamente. — Acho que preciso de um pouco de distância. De você. Para superar meus sentimentos, quero dizer.

— Ah.

E o motivo pelo qual ela está me afastando não é nada parecido com o motivo pelo qual meus pais faziam a mesma coisa, mas dói do mesmo jeito.

— Desculpa — diz ela.

— T-tudo bem. Eu entendo — respondo. Eu me viro para sair, mas então paro. — Já que você não vai dançar, acha que poderia me ajudar com outra coisa? Vou te dar o seu espaço, mas tem uma coisa que preciso fazer.

Ela sorri.

— Claro.

E assim, meu plano segue para a fase dois.

. . .

Recebo um e-mail de Lady me pedindo para encontrá-la depois da escola, o que é perfeito, já que eu queria mesmo falar com ela. A gente se encontra em frente à sala de dança. Ela está com uma expressão severa, totalmente diferente de sua personalidade habitual.

— Gabi, o que diabos aconteceu? — questiona ela assim que me aproximo.

E não sei o que disseram a ela, mas dou só uma risadinha sem jeito e digo:

— Eu, hã, estava tentando ajudar a loja dos meus pais, mas acho que me empolguei.

Ela me encara por um instante antes de suspirar e balançar a cabeça.

— Quando você pediu para usar a sala de aula, não pensei que ia se meter em tantos problemas.

— Desculpa — digo. — Sério. Sei que traí a confiança de todo mundo.

— Eu não sou a sua mãe — diz ela —, então não vou gritar com você. Só espero que não volte a se meter em problemas. Poderiam ter te expulsado.

Concordo com a cabeça.

— Eu sei. Na verdade, tenho certeza de que só estão me dando uma colher de chá por causa da festa. Inclusive queria falar com você sobre isso.

Ela levanta uma das sobrancelhas, mas não me diz mais nada.

— Fui escalado para fazer uma dança no carro alegórico e, resumindo a história, eu tinha que dançar com dois amigos, mas parece que vou ter que fazer sozinho agora.

— Então do que você precisa? — pergunta ela.

— Preciso descobrir como condensar uma dança de três pessoas em uma só, para que eu possa fazer sozinho.

Lady me observa com cautela por um momento antes de soltar um suspiro profundo.

— Gabi, você não acha que já me pediu demais?

— Eu… — Faço uma pausa, meu rosto entristecendo. — Sim, acho. E sei que você está certa. Só que não sei mais o que fazer. Concordei em fazer a dança para minha amiga porque ela está encarregada do comitê, mas a verdade é que… Depois disso, comecei a perder tudo. Meus pais estão fechando a loja, e nenhum amigo meu quer falar comigo, e sei que nunca mais vou poder dançar de novo, então se eu abrir mão de tudo agora… Quero fazer essa última dança valer a pena, sabe? Mas entendo se você não puder ajudar. Posso dar meu jeito.

Permanecemos em silêncio enquanto fico encarando meus sapatos. Olhar para Lady é muito intimidador, mas também me sinto mal porque, depois de tudo, cá estou eu pedindo a ela que me dedique mais de seu tempo.

Por fim, ela cruza os braços e diz:

— Só concordei em te ensinar a dançar porque vi quão importante isso era para você. Tem muita gente com habilidade por aí, mas poucas tão dedicadas e apaixonadas pelo balé quanto você. Pessoas como você são a razão de eu ter me tornado professora.

Olho para cima, abrindo lentamente um sorriso quando encontro os olhos dela.

— Quer dizer que você vai ajudar?

Ela assente.

— Claro. *Maaaas...*

Congelo.

— Sei que sua paixão é uma parte enorme de quem você é, Gabi, mas entenda que algumas coisas você simplesmente não pode controlar. A escola vai contratar oficialmente um novo professor de dança semana que vem, e isso significa que vou sair em definitivo. Preciso que você prometa que não vai se meter em problemas e deixar as coisas seguirem seu curso, está bem?

Meu coração está pesado, mas assinto mesmo assim. Sei que já fiz bastante merda para uma vida inteira. Quando tudo acabar, vou aceitar que não posso controlar tudo, por mais que despedidas me machuquem. Preciso cumprir essa promessa.

Lady me dá um sorriso doce e diz:

— Ótimo. Ah, e mais uma coisa. Muita coisa você não pode controlar, mas a dança não precisa ser uma delas, ok? Você pode continuar, mesmo sem mim. Você ficou muito bom nisso.

Assinto de novo, pois quero acreditar nela, mas sei que isso não vai acontecer. A dança não é a mesma coisa sem Lady, e mesmo que fosse, mesmo que eu tivesse controle total sobre os meus sonhos e o meu futuro, não tenho qualquer controle sobre os meus pais, então essa porta já está fechada para sempre.

VINTE E OITO
THEO

Quarta, depois das aulas, recebo autorização para voltar ao futebol, e se antes eu estava na expectativa de retornar empolgado e com vontade de ganhar, agora percebo que estou esgotado. Mesmo depois de todo o tempo e de toda a energia que depositei ao tentar ajudar Gabi a jogar melhor, sei que não vai ser o suficiente para causar uma mudança significativa nas habilidades dele. E faltando apenas alguns dias para nossa grande partida, estou meio que impaciente, torcendo para que tudo acabe logo.

Na quinta, vou para os treinos e tento seguir o fluxo, como se o jogo mais importante da temporada não fosse no dia seguinte e não tivesse toda essa expectativa de que eu carregue o time nas costas. Gabi nem sequer apareceu, então acho que isso demonstra quão empenhado ele está em não nos envergonhar.

O técnico faz algumas simulações de lance, e sei que devia estar me sentindo mais confiante, já que Gabi não está por perto para trombar em mim e a essa altura todos provavelmente já perceberam quanto sou essencial para o time. Mas a verdade é que estou me sentindo completamente fora de lugar. Destreinado, com certeza, mas também deslocado. Do outro lado do campo, Justin encontra meus olhos, mas imediatamente se vira para o gol, e isso acende minhas emoções.

Treinar, vencer — não importa mais qual era o objetivo quando entrei em campo no início da temporada —, nada disso parece relevante mais. Não estou aqui para impressionar ninguém. Não meus pais, que têm outras preocupações na vida, ou olheiros de faculdades em que, já aceitei, nunca vou conseguir entrar. E aquela alegria que eu sentia ao treinar com Gabi também se foi. Não consigo nem fingir que estou aqui para curtir o jogo com meus amigos.

Mas mesmo me sentindo péssimo ainda sou o melhor jogador em campo, e quando driblo a defesa dos meus adversários no treino e marco mais um gol, não tenho certeza se isso faz eu me sentir melhor ou pior.

O técnico finalmente encerra o treino, apitando e chamando todos nós.

— Muito bem — diz ele, mas todos sabemos que não está nada bem, e sério, começar o discurso usando especificamente essas palavras só deixa mais claro quanto estamos ferrados. — Ouçam, amanhã... Bom, não se preocupem demais, certo. O objetivo da festa é reunir a escola, e todo mundo vai ficar feliz, independentemente de se ganharmos ou perdermos.

— Eu ainda meio que quero vencer — resmunga Jeff, e o time inteiro se junta a ele com murmúrios e suspiros irritados.

O técnico nos dispensa e ouço alguém comentar que está "indo ao tal Café Fusão" para compensar nosso treino de merda, mas simplesmente ignoro. É engraçado como um mês atrás isso teria me deixado com raiva, mas agora só me causa uma espécie de vazio.

Quem liga se eles preferem o Café Fusão? Assim que os Moreno fecharem a loja deles, meus pais vão perder um concorrente, aí as coisas vão voltar ao que eram antes de o Café Fusão abrir.

Odeio quanto isso me deixa decepcionado, e odeio quanto odeio a ideia de voltar às coisas como eram antes.

Passei por tudo isso só para evitar que meus pais perdessem a loja, para mantê-los ativos e não desmoronassem quando eu fosse embora de Vermont para a faculdade, mas agora que tudo parece estar no rumo que eu queria, não consigo entender por que foi que eu quis isso.

— Theo.

Estava tão imerso na minha chateação que só percebi Justin atrás de mim depois que ele já estava alguns metros à minha direita, olhando com desconcerto para além de mim, como se não suportasse olhar direto na minha cara.

— Hã — diz ele —, podemos conversar?

O restante do time já saiu do campo, e avisto o técnico um pouco mais longe, carregando o galão de água de volta para o prédio. Não consigo inventar nenhuma desculpa para escapar dessa conversa, mas poderia dizer que tinha de voltar logo para casa e ajudar meus pais ou coisa assim.

Mas a verdade é que a caminhada até minha casa tem sido uma droga ultimamente, e não só porque eu estava acostumado com as caronas de Gabi. As coisas simplesmente não são as mesmas sem Justin, e isso ficou bem claro no treino de hoje. Não quero ir para o jogo amanhã com essa mesma sensação.

Olho para ele, mas não digo nada. Ele me encara e acho que nota alguma coisa no meu rosto que serve de deixa para começar a falar, porque diz:

— Como está seu pulso?

Dou de ombros.

— Tranquilo.

Então ficamos calados outra vez. Sério, acho que a parte mais estranha da minha amizade com Justin é que nos damos bem independentemente de tudo, visto que nenhum de nós precisa se desculpar para resolver as coisas. Normalmente a gente acaba deixando tudo de lado e fingindo que nada aconteceu.

Encaro a grama seca enquanto tento reunir energia para falar... Bom, nem sei o quê, talvez alguma coisa para nós dois nos sentirmos menos escrotos.

Então Justin recomeça:

— Olha, eu realmente sinto muito por ter explodido com você. E por todo o resto, acho.

Levanto uma sobrancelha, mas Justin não está olhando para mim.

— Você estava certo. Sou eu quem sempre gira em torno do próprio umbigo.

Ele balança a cabeça.

— Não, não é. Quero dizer, não é que você tenha dominado tudo ou alguma coisa assim. Tinha muita coisa rolando na sua vida, e acho que nunca acontece nada de mais comigo.

— Você teve o lance com a Clara — recordo, embora tenha notado que eles não andavam juntos nos últimos dias. Acho que não tenho permissão para perguntar sobre o relacionamento. — Desculpa não ter reconhecido isso.

— Não é nada — diz ele. — A Clara e eu... bom, você estava certo, acho. Quero dizer, eu sou a fim dela, mas não *tanto* assim. E acho que ela também não é tão a fim assim de mim. Só comecei a sentir que precisava me aproximar dela por causa de você e do Gabi.

Arregalo os olhos, e meu rosto esquenta.

— O *Gabi* e eu? Por que... O que isso tem a ver com você e a Clara?

Justin ri.

— Tá, não fica com raiva de mim nem nada, mas parece que você gosta mesmo dele — diz. — Tipo, nunca vi você ficar todo estranho assim perto de um cara.

E não sei o que dizer porque obviamente ele está certo, mas também não posso revelar que Gabi é gay, e é esquisito pensar que esse tempo todo Justin sacava o jeito como nós dois interagíamos e entendia que tinha alguma coisa rolando ali.

Porque isso significa que não era coisa da minha cabeça. Realmente estava rolando *alguma coisa*.

Mas agora não mais.

— Enfim — diz Justin —, desculpa ter deixado aquele climão. Acho que fiquei um pouco enciumado ou preocupado que você se apaixonasse pelo Gabi e me deixasse de lado ou alguma coisa assim.

— Eu me apaixonei mesmo pelo Gabi, mas isso não significa que eu iria largar você de lado.

E assim nós dois ficamos parados em um silêncio atordoado por um bom tempo, pois sei que nenhum de nós sabe como reagir a isso. Na verdade, foi uma merda da minha parte jogar a informação no ventilador assim.

Mas é tudo genuíno, e sei que é por isso que meu coração tem andado tão pesado. E também sei que é por isso que as palavras de Gabi doeram tanto. Já estou acostumado com a homofobia. Tanto faz. Nem minha própria família me quer por perto porque sou muito gay, e encaro isso numa boa. Nada de mais.

Mas sei quanto Gabi se preocupa com a família dele, e sei que ele nunca vai se sentir confortável perto de mim enquanto eles não tiverem estômago para ver nós dois juntos.

E isso significa que não importa se eu tenho sentimentos por ele, ou se é recíproco, porque aconteça o que acontecer os pais dele jamais vão aceitá-lo enquanto eu estiver presente no cenário.

O silêncio entre mim e Justin se prolonga por tempo demais, até que ele finalmente se manifesta:

— Você disse a ele como se sente?

Balanço a cabeça.

— Ele seria um idiota se não retribuísse seus sentimentos — diz Justin. — Tipo, você é Theo Mori, o fodão.

E ele fala como se aquilo fosse uma coisa impressionante, mas parece o contrário. Como Gabi poderia sentir o mesmo em relação a mim quando sou Theo Mori, o fodido, o filho do inimigo dos pais dele, o garoto que mal consegue passar numa prova de matemática ou entrar na faculdade?

O cara que os pais de Gabi absolutamente desprezam.

Como ele poderia se apaixonar por um cara assim?

...

Justin e eu voltamos para casa juntos pela primeira vez em muito tempo, e ficamos praticamente o trajeto todo calados, mas é bom saber que ele não me odeia.

Antes de seguirmos cada um para seu lado, ele diz:

— Não se estresse com o jogo de amanhã. Não é importante.

Abro um sorriso para ele, mas acho que sai mais parecido com uma careta. É meio difícil reunir forças quando já estou tão confuso.

Assim que chego à loja, tem um casal de idosos saindo e uma mulher de vinte e poucos anos junto ao balcão aguardando sua bebida. Meu pai me vê quando estende a mão para pegar um canudo e entregar o copo de plástico a ela.

— Olá, Theo — diz ele, acenando para mim como se eu fosse um vampiro que só sabe chegar nos lugares de surpresa.

Minha mãe está parada no canto contando caixas de canudos, mas assim que a cliente sai ela se vira para mim.

— Aconteceu alguma coisa? — pergunto, pois toda vez que recebo tanta atenção deles geralmente quer dizer que estou encrencado.

— O Thomas disse que conversou com você outro dia — começa minha mãe.

— Ah.

Eu já devia esperar que Thomas daria com a língua nos dentes, mas considerando que ele também me confiou um segredo imaginei que estivéssemos quites. Até parece que eu teria essa sorte toda.

— Então… estou encrencado ou alguma coisa assim? — pergunto.

Meu pai não me olha nos olhos, mas minha mãe suspira e contorna o balcão. Daí me leva até uma das mesas e espera até que eu me acomode para dizer:

— Sobre sua vó — começa.

Simplesmente dou de ombros.

— Tanto faz. Eu não ligo.

Minha mãe me encara fixamente, até que meu pai interrompe:

— Deixa sua mãe terminar, Theo.

Então me calo.

Minha mãe junta as mãos, o que é esquisito, porque ela nunca faz isso. Que inferno, ela sempre falava para eu parar de me mexer ou de me contorcer. Por fim, ela diz:

— Eu falei para ela e para o resto da família que a gente não vai lá para o Ano-Novo. Ela disse que a família devia estar toda junta, mas falei que não vai dar.

— Mãe — digo, mas ela continua olhando para a mesa —, se você quiser ir, pode ir. Não vou ficar bravo se você, o pai e o Thomas quiserem ir. Sei que você sente saudade deles, e eu vou fazer dezessete anos em fevereiro. Posso muito bem ficar em casa sozinho.

Ela finalmente me encara, mas seus olhos estão marejados, e meu estômago revira. Odeio saber que tudo isso é por minha causa, que ela está sofrendo porque não consigo ser o filho que ela merece. E eu me odeio porque também estou com vontade de chorar, mas não consigo. Minha garganta dói, mas meus olhos estão secos, como se meu corpo soubesse que não mereço chorar, já que tudo isso é minha culpa.

— Theo — diz ela, a voz embargada —, sua vó está certa. A família tem que estar junta no Ano-Novo, e é por isso que eu nunca deixaria você para trás.

Balanço a cabeça.

— Desculpem — peço, minha voz baixa. — Eu... Desculpem por causar tantos problemas. Desculpem por afastar vocês da família. A culpa é minha, e eu não vou ficar bravo se vocês quiserem ir. Vou entender.

Agora as lágrimas rolam fartamente pelo rosto da minha mãe e, nossa, nunca me senti tão culpado. Que tipo de filho eu sou por fazer isso com ela?

Mas então ela as enxuga e diz:

— Theo, já chega. Você é meu filho. Quem não aceita isso não é nossa família. Não é assim que uma família funciona.

E não sei o que aconteceu, mas de repente meus olhos não estão mais secos. As lágrimas vêm e eu rapidinho puxo a manga para enxugá-las, mas não rápido o suficiente.

Sinto a mão de alguém no meu ombro e olho para cima, para meu pai de pé ao meu lado, sorrindo.

— Theo, você não achou que escolheríamos o *bao* da sua vó em vez de você, não é?

Dou risada, mas minha voz ainda falha quando digo:

— O *bao* dela é bem gostoso.

Minha mãe pega minha mão sobre o tampo da mesa, e é quentinho, reconfortante. Ela acaricia as costas da minha mão com o polegar.

— O Thomas nos contou que você estava se culpando, e eu... — Ela faz uma pausa, respira fundo e então diz palavras que eu nem sabia que faziam parte de seu vocabulário. — Sinto muito, Theo. Nada disso é culpa sua. Nem a loja, nem sua vó, nem nada, ok?

Meu pai aperta meu ombro e diz:

— E estamos orgulhosos de você. Sei que nunca dizemos isso o suficiente, mas você ajudou muito a loja, e somos gratos. Temos sorte de ter meninos tão incríveis. Sabemos disso.

Minha mãe assente, e só percebo que estou tremendo quando ela aperta minha mão com mais força para me dar firmeza.

Não, não estou só tremendo. Estou soluçando, meu corpo inteiro chacoalhando a cada fungada.

Meu pai passa a mão nas minhas costas, mas os dois não dizem mais nada enquanto continuo sentado ali, no meio da loja, me esgoelando de chorar, como se alguém tivesse acabado de morrer.

Porque nem sequer consigo expressar como é bom ouvi-los dizer tudo isso. Que têm orgulho de mim. Que têm sorte por eu ser filho deles.

Que durante todo esse tempo Gabi estava certo, e todo o ódio que pensei que eles sentissem por mim era apenas coisa da minha cabeça. Porque eles têm orgulho por eu ser filho deles. Eles estão orgulhosos.

E eles não dizem que me amam, mas não preciso que digam. Dá para sentir isso na maneira como meu pai segura meu ombro. Dá para ver nas lágrimas da minha mãe.

Todo esse tempo, tive muito medo de eles me considerarem uma decepção, um fracasso. De se livrarem de mim a qualquer custo e fugir.

Mas a única pessoa tentando fugir de mim era eu mesmo.

E agora todo esse peso está desaparecendo, como se um pedaço de mim tivesse morrido — aquele pedaço que estava me arrastando para baixo sem eu perceber. Como uma espécie de sanguessuga, sorvendo qualquer esperança, amor ou validação que já recebi na vida.

E agora que esse pedaço se foi, é como se eu finalmente conhecesse a liberdade.

. . .

Sexta de manhã, estou um pouco atrasado para a escola, e tudo porque não tinha certeza se deveria trazer minha roupa para a festa. Afinal, prometi a Gabi que dançaria com ele — mas como não estamos nos falando, isso meio que dá a entender que não vou precisar mais, né? Mas e se eu não levar a roupa e ele estiver contando comigo…?

Então saio tarde e, para chegar na aula a tempo, nem passo no meu armário. Provavelmente vamos ter aula normal até o meio-dia, e depois vamos todos para o campo para a festa, por isso a sala de aula está fervilhando de energia, como se ninguém conseguisse se aquietar por causa de tudo o que ainda está para acontecer.

Só depois que o sinal do início da primeira aula toca, e que todos correm de volta a suas carteiras, é que noto a ausência de Gabi. Sinto uma onda repentina de medo e culpa quando percebo que não faço ideia de como anda a vida dele agora — uma coisa terrível pode ter lhe acontecido. Afinal de contas, Gabi é pontual, e ele não ia faltar justamente hoje, no dia da festa.

E então esse medo é seguido por uma onda de tristeza quando lembro que não estou mais em posição de perguntar essas coisas para ele.

Quando o sinal toca e todos saímos para a próxima aula, finalmente vou até o armário para pegar minhas coisas. Congelo no meio do corredor quando meus olhos pousam em um grupinho de pessoas bem ao redor do meu armário; tem alguns papéis colados nele, mas não consigo ver o que é.

Meu estômago revira quando penso no que pode ser. Normalmente não sou alvo dos valentões da escola, e hoje seria um dia bem estranho para eles começarem a pegar no meu pé, mas, que droga, quem mais iria aprontar com meu armário assim?

Então começo a andar de novo, as mãos tremendo junto ao corpo enquanto acelero para chegar ao meu armário o mais rápido possível.

A multidão se afasta quando me aproximo, todo mundo resmungando, mas pelo menos me deixam chegar no meu próprio armário.

E então congelo de novo. A porta do armário está toda forrada com papel de embrulho cheio de pequenos desenhos de pãezinhos e *bubble tea*. O papel vai formando uma faixa até o armário abaixo do meu, que por sua vez está enfeitado com um papel cheio de desenhos de café e *pastelitos*. Mas tenho certeza de que o que está chamando mais a atenção de todo mundo é a mesinha bem em frente aos dois armários: em cima dela, um pãozinho ao lado de uma xícara de café, um monte de corações ao redor e um balãozinho de pensamento que diz: *Sinto falta dos seus pães.*

— Theo?

Estou rindo antes mesmo de me virar. Gabi está parado alguns metros atrás de mim, com uma única rosa vermelha na mão e o rosto corado.

Dou uma risadinha e digo:

— Isso de sentir falta dos meus pães era pra ser uma piada gay, seu besta?

Ele estremece e diz:

— Eu quis dizer literalmente, mas acho que todo mundo está interpretando para além do que eu pretendia.

E aí rio ainda mais, porque isso é a cara de Gabi.

Ele olha para o chão enquanto diz:

— Desculpa… De verdade. Por tudo. E eu… bom, se você puder e quiser me perdoar, topa ir à festa da escola comigo?

Ele ainda está olhando para os sapatos enquanto estende a rosa desajeitadamente.

Ainda tem um monte de gente nos encarando ao longo do corredor, mas vou enxotando um a um enquanto me aproximo de Gabi, aí empurro a mão dele para baixo. Ele então me encara, seus olhos meio tristes.

— Você percebe que acabou de se assumir para toda a escola, certo? — digo.

— Eu… É, eu sei — diz ele. — Sei que é meio exagerado, mas é que eu… estou cansado de ter medo. E acho que estou cansado de fingir ser uma coisa que não sou.

Dou um sorriso.

— Você contou para os seus pais?

Ele balança a cabeça.

— Não, mas vou contar. Ainda não descobri exatamente o que dizer, mas quero que eles saibam.

— É seguro?

Ele olha para os pés um segundo antes de olhar para mim de novo e assentir.

Pego a rosa da mão dele, segurando-a junto ao meu rosto.

— Ok, você precisa contar a eles antes do baile de amanhã. Com certeza eles vão juntar dois mais dois no momento em que virem você com seu amigo gay.

Ele faz que sim com a cabeça, um sorrisinho se espalhando em seu rosto.

— Eu vou contar. Prometo.

— Então eu topo ir ao baile com você — respondo. — Só não cause nenhum climão.

Ele ri, e de repente o corredor irrompe em aplausos e vivas, e devo admitir que é um pouco demais até para mim.

Gabi estremece e diz:

— Desculpa por tudo isso.

— *Você* está pedindo desculpas para *mim*? Estou surpreso que você tenha conseguido sobreviver a toda essa atenção.

Ele sorri.

— Não ligo mais. Só me importo com você. — Então ele pisca, e aí arregala os olhos. — Ai, não, isso causou um climão?

Volto a sorrir, pousando um dedo em seus lábios.

— Não, não. Foi muito bom, na verdade.

O sinal toca e percebo que ainda nem abri meu armário. O corredor começa a esvaziar e Gabi diz:

— Tenho que ir para a aula, antes que a diretora me chame para a sala dela de novo.

— *De novo?* — pergunto

Ele ri.

— Mais tarde eu explico. Eu... Você ainda vai querer dançar no carro alegórico?

Faço que sim com a cabeça.

— Tá, legal, eu, hã… — Ele se vira, encarando o corredor quase vazio. Com um suspiro, volta-se para mim e diz: — Vou te mandar uma mensagem com os detalhes. Ah, e vou tirar você da aula às onze e meia, tá bom?

Concordo com a cabeça novamente, mas ele já está correndo para ir embora. Se ele conseguir correr assim durante o jogo, pode ser que a gente tenha uma chance de vitória.

VINTE E NOVE
GABI

Nem acredito que fiz aquilo. Não acredito que tomei coragem para convidar Theo Mori para sair.

Ainda tenho mais um monte de preocupações em relação à festa, sem contar o lance de me assumir para os meus pais, o jogo, o carro alegórico e a coreografia…

Mas mal consigo sentir meus pés quando volto para a sala de aula, e só escapo de uma detenção porque a turma está tão caótica que ninguém nem percebe meu atraso.

Theo Mori.

Tipo, puta merda.

Eu me dou mais alguns minutos para poder surtar antes de tentar voltar os meus pensamentos para o que ainda está por vir.

Theo diz que ainda está disposto a fazer a coreografia, o que significa que preciso buscá-lo na aula e mostrar a ele as modificações que fiz.

Já que não tem nenhuma grande mudança na parte dele, acho que não vai ser muito difícil para ele acompanhar; de qualquer forma, estou um pouco agitado com a coisa toda, principalmente porque também vou ter de dançar a parte que seria de Vivi. Ou talvez eu só esteja ansioso com a performance em geral, e com tudo o mais que vai acontecer depois.

Respire, Gabi. Uma coisa de cada vez.

O carro alegórico é só para o corpo estudantil dar início ao evento, então não é como se meus pais fossem ver. Só vou precisar lidar com eles depois da escola.

Então só preciso achar um jeito de manter a calma até lá.

...

Saio da aula às onze para me encontrar com o restante do comitê. Meli precisa resolver algumas questões administrativas, então ela felizmente não está por perto enquanto arrumamos o carro alegórico para levá-lo ao campo. Pouco antes das onze e meia, volto à sala para buscar Theo. Enquanto caminhamos pelo corredor, ele me olha com apreensão com a mochila de roupas pendurada no ombro.

— Você está bem? — pergunta ele.

— Por que eu não estaria?

— Porque te conheço bem, e sei que você fica tenso com tudo.

Dou uma risadinha, mas, sim, minhas mãos estão tremendo.

— Você não está tenso?

Ele dá de ombros.

— Assim, na pior das hipóteses a gente vai passar vergonha na frente de um monte de gente que não tem a menor importância, e todo mundo vai esquecer isso em uma semana, então não, não estou.

E, sim, invejo muito a confiança dele, e acho que é por isso que queria tanto que ele dançasse ao meu lado. Tudo parece um pouco menos assustador quando Theo está ao meu lado.

Seguro a mão dele e fico um pouco surpreso quando ele aperta a minha enquanto nos dirigimos para o vestiário para eu poder me trocar.

— A música e tudo continua igual para você. Eu basicamente vou assumir o papel que era da Vivi — explico de uma das cabines do banheiro. Eu me sinto quase culpado por isso, mas ainda não fico confortável em trocar de roupa na frente de ninguém.

— Beleza — responde Theo, do outro lado da porta.

— A gente pode dar uma passada rápida na coreografia, já que são poucos minutos.

— Beleza.

Saio da cabine e vejo Theo vestido conforme o planejado: calça preta e uma regata vermelha para combinar com o tema *Alice no País das Maravilhas*. E é um lookinho tão simples, que só vai fazer sentido de verdade quando ele colocar a tiara de copas e espadas que eu fiz. Mas ele está tão gato que fico até meio abalado, e percebo que passei tanto tempo tentando não admirar meninos que preciso reunir todas as minhas forças para não ficar encarando-o igual a um bobo.

Theo ri e diz:

— Recolhe o queixo do chão. Temos trabalho a fazer.

Eu pisco.

— Ah, eu... Desculpa.

Ele pega minha mão e me puxa gentilmente.

— Vamos resolver logo isso para chegar à parte divertida.

Sorrio e concordo com a cabeça.

Dez minutos depois, estamos no campo esperando que tudo seja liberado para podermos subir no carro alegórico. O desfile só vai começar daqui a quinze minutos, mas vamos ficar aguardando aqui mesmo, para estarmos prontos para ir assim que eles começarem a guiar a saída dos carros.

Theo senta ao meu lado e eu fico mexendo desajeitadamente em alguns fios soltos na barra da minha camisa. Minha roupa é o oposto da de Theo — regata preta, calça vermelha —, e resolvi customizar uma camiseta velha para ficar legal. Eu devia ter arrematado melhor os fios soltos na barra, mas sinto que eles me dão um visual meio brabo, ainda que agora eles mantenham minhas mãos ocupadas.

Para me acalmar, repasso várias vezes a coreografia na minha cabeça. A verdade é que, quando pensei nela pela primeira vez, meu foco era fazer alguma coisa realmente boa. Foi por isso que no fim pedi a ajuda de Lady, para evitar que eu pensasse demais. Por fim, conseguimos manter a estranheza desconexa do País das Maravilhas com danças separadas, mas depois reorganizamos tudo para que eu pudesse fazer cada parte individualmente. Agora, com Theo assumindo seu papel outra vez, poderemos fazer nossas partes separados e nos encontrar no final, uma metáfora perfeita para como tudo no País das Maravilhas é tão caoticamente diferente, mas de alguma forma ainda possível de se fundir em um único mundo.

Mas agora eu meio que preferiria uma coreografia só com a gente pulando no mesmo lugar. Pelo menos não teria de me preocupar com a possibilidade de estragar tudo.

Theo pega minha mão e aperta suavemente.

— Vai dar tudo certo, tá? — assegura. — Isso aqui não é futebol. Você é realmente bom nisso.

Reviro os olhos.

— Não sei, não.

— Você ama dançar. Essa paixão vai transparecer, e todo mundo vai adorar. Prometo.

E não sei se realmente acredito nele, mas Theo é tão confiante que me contagia.

Ouvimos o primeiro carro entrando em movimento e daí nos agachamos rapidamente para nossas posições. Conto até dez, meu coração pulsando no peito.

A música começa e as luzes do nosso carro alegórico se acendem. Eu me levanto primeiro, virando lentamente para o público, o sangue latejando nos meus ouvidos. Tento não deixar o medo transparecer na minha expressão, mas não sei dizer se estou fazendo um bom trabalho.

Em vez disso, me concentro na batida, no ritmo da música e nas luzes coloridas que chovem em cima mim. Sinto o ritmo latejar nos meus músculos, nos meus quadris e pés enquanto me remexo. Quando Theo se junta a mim, ele se torna o centro das atenções. Congelo como uma cena pausada no canto do carro alegórico até a minha próxima deixa, aí rodopio em torno dele. Somos duas peças de uma velha caixa de música que ganhou vida, assim como costumam ser todas as coisas no País das Maravilhas.

Finalmente, dou um giro, daí Theo agarra meu braço e me puxa para ele. E assim paramos em nossa pose final, corpos colados, mas cabeças voltadas para fora — duas peças nitidamente conectadas, porém opostas em todos os sentidos.

Ouço o estrondo distante dos aplausos da multidão, e Theo ri, embora devêssemos estar congelados, como se a caixa de música tivesse voltado a ser apenas uma caixa de música mais uma vez.

— A gente fez isso mesmo? — pergunta ele, em voz baixa. Eu sorrio.

— Foi você quem disse que daria tudo certo!

— Eu estava mentindo.

Eu pisco quando suas palavras me atingem. Talvez o fato de ele também não ser capaz de depositar qualquer fé na gente devesse ser decepcionante, mas, mesmo que a confiança dele não tenha passado de um estratagema, não posso negar que foi a única coisa que me manteve de pé.

O carro finalmente para quando chegamos ao fim do campo, aí somos autorizados a saltar dele.

— Vai querer acompanhar o discurso de abertura? — pergunta Theo.

Faço que sim com a cabeça.

— Podemos trocar de roupa primeiro?

Ele sorri.

— Sim, por favor.

— Gabi!

Nós nos viramos ao mesmo tempo. É Meli vindo até nós, o olhar sério.

Theo estremece e diz:

— Vou deixar vocês conversarem. Vou lá me trocar.

E eu meio que quero pedir a ele para não ir, mas a verdade é que eu sabia que teria de enfrentar Meli em algum momento, então apenas assinto para ele e fico olhando-o ir embora, me sentindo um pouco triste.

— Vocês dois parecem estar realmente se dando bem — diz Meli.

Eu me volto para ela, mas minha garganta está seca. Quero dizer, não tenho certeza se ela me parou porque quer conversar ou só gritar mais um pouco comigo, e tem tanta coisa passando pela minha cabeça agora que duvido muito que eu consiga lidar com a segunda opção.

Ela me encara por um instante antes de suspirar e dizer:

— Gabi...

— Desculpa, Meli — digo.

Ela faz um aceno com a mão e revira os olhos.

— Pode parar, ok? Não vim aqui para gritar com você. Eu... vim explicar o que aconteceu com a Vivi.

— Você falou com ela?

Ela dá de ombros.

— Ela disse que estava preocupada com você, e isso me deixou meio preocupada também. Olha, eu só disse a ela que você não estava interessado porque ela estava caidinha por você, e achei isso muito injusto, já que obviamente você nunca vai gostar dela do mesmo jeito. Não pensei que ela fosse ficar toda vingativa com isso, e também não achei que fosse pressionar você a sair do armário.

— Não pressionou — digo. — Quer dizer, não me assumi para ela porque me senti pressionado. Eu só quis me assumir.

Meli pisca para mim como se mal me reconhecesse, e acho que faz sentido, já que mal me reconheço também.

— Meli — recomeço —, me desculpa por ter abusado dos passes. E me desculpa por ter colocado minhas necessidades à frente de tudo, principalmente quando a organização da festa significava tanto para você.

— Você sabe que não era tão importante assim — diz ela, balançando a cabeça. — Eu só... me envolvi demais e estava estressada, e sinto muito por ter descontado tudo em você. Eu devia estar ajudando você com a loja dos seus pais, e não falando merda por você estar a fim do Theo. Tipo... vocês estão juntos agora?

— N-não sei — digo, suprimindo a parte de mim que pensa em quanto adoraria estar com ele. — Vamos ao baile juntos, mas não conversamos sobre mais nada.

Meli ri.

— Meu Deus, você tá muito na dele.

Meu rosto esquenta quando respondo:

— É, meio que estou.

— Bom, fico feliz por vocês — diz ela. — E me desculpa por não ter sido mais solidária. Eu devia estar do seu lado, mas estava envolvida demais nas minhas merdas. Não vai acontecer de novo, prometo. Sempre vou ser do seu time.

E conhecendo Meli, no futuro ela provavelmente vai se envolver em outra coisa, mesmo que jure que não — mas, se nossa amizade conseguiu superar tudo o que aconteceu ao longo do último mês, então acredito que vamos ser capazes de superar o que quer que venha a seguir.

...

O campo é um mar verde borrado, o uniforme dos nossos rivais é quase idêntico ao gramado sob meus pés. Não sei quantos segundos restam do jogo, mas falta pouco. Estamos perdendo por três a um, sem nenhuma chance real de recuperação, mas o time ainda não desistiu, então estou fazendo o possível para acompanhar.

O fato é que aos trinta segundos de jogo já sabíamos que estávamos ferrados: foi quando o inimigo colocou toda a sua defesa para marcar Theo. Se tivéssemos outro jogador competente, isso teria sido uma sentença de morte para eles, mas nessas circunstâncias Theo só conseguiu marcar um gol, e não daria para esperar muito mais do que isso.

Paro um pouco, dando uma olhadinha ao redor. O jogo está praticamente terminado. A defesa bloqueou o caminho de Theo para o gol e não tem como ele passar.

Então olho para o gol, observando enquanto o goleiro se posiciona junto à trave esquerda para caso Theo tente chutar.

E então me ocorre.

Está tudo completamente aberto para mim.

A rede do gol também.

— Theo! — grito antes de me lembrar de que na verdade não sou um esportista, e que isso pode acabar muito mal para mim.

Theo me avalia e faz alguns breves cálculos antes de olhar nos meus olhos e chutar a bola. Ela voa na minha direção, pousando a apenas alguns metros de distância. A defesa leva um instante para ver o paradeiro da bola. O goleiro ainda não me notou.

Não temos tempo para hesitação.

Respiro fundo…

E chuto.

A ponta da minha chuteira dá uma bicuda certeira na bola, e ela dispara feito uma bala.

E direto para a rede.

Um rugido surdo atinge meus ouvidos quando o time me cerca, todos gritando e dando tapinhas nas minhas costas ou socando meu braço. Percebo um de nossos adversários dizendo "Não entendi. Eles ainda perderam, não é?", mas não ligo.

Então Theo aparece, e me abraça com tanta força que mal consigo respirar.

— Você acertou a bola! — grita ele.

E de certo modo soa como o maior elogio que já ouvi.

O time canta meu nome enquanto me levanta e me carrega até a lateral do campo, onde o técnico nos aguarda com os olhos marejados.

— Nunca tive tanto orgulho de ser técnico de vocês — diz ele quando voltamos, e o time comemora.

Uma vez que estou de volta à terra firme, Theo se aproxima e bate seu ombro no meu.

O técnico faz seu habitual discurso de encerramento, dizendo para mantermos a cabeça erguida, embora hoje ele soe sincero pela primeira vez, e então todos nós formamos uma fila para parabenizar o outro time antes de sairmos de campo.

Uma vez que desfazemos a fila e retornamos para o nosso lado do campo, eu me aproximo de Theo outra vez, mas ele está olhando para além de mim, os olhos arregalados.

Eu me viro para trás e vejo meus pais caminhando em nossa direção, e instintivamente dou um passo para longe de Theo. É ridículo, afinal de contas preciso ser honesto com eles logo, mas não vou fazer isso aqui, de jeito nenhum.

— Você foi incrível, *mi hijo*! — diz minha mãe, beijando minha bochecha.

Dou um sorriso meio constrangido. Theo se posta ao meu lado desajeitadamente, e fico dividido entre dizer a ele que não precisa ficar aqui comigo e simplesmente dizer a meus pais para deixá-lo em paz.

Então meu pai suspira e diz:

— Theo?

As costas de Theo se enrijecem como se ele estivesse se preparando para levar um tapa.

Mas meu pai simplesmente diz:

— Obrigado por ter treinado o Gabi. Ele melhorou muito com a sua ajuda.

— *Papi* — digo, e ele me dá uma olhada antes de balançar a cabeça.

— E sinto muito pelo outro dia — continua meu pai. — Você obviamente é um bom amigo para o Gabi e estamos felizes por ele ter você.

Theo parece superdesconfortável, mas mesmo assim assente e responde:

— Obrigado.

Jeff vem correndo até nós e diz:

— Gabi, Theo, vocês vêm comemorar com a gente ou não?

Theo revira os olhos.

— Comemorar o quê? A gente perdeu.

Dou um sorriso, desviando o olhar dos meus pais para onde o time está reunido, a alguns metros daqui. Então olho para Theo, que também me fita, e digo:

— Eu, hã, na verdade tenho uma coisa para resolver. Você sabe, para aquele lance de amanhã.

Ele me dá um olhar compreensivo, estremece e diz:

— Você me manda mensagem mais tarde?

Faço que sim com a cabeça.

Theo segue com Jeff, e eu me viro para meus pais, dizendo que podemos ir para casa.

Então respiro fundo e tento me preparar para o que sei que vai acontecer.

...

Volto dirigindo sozinho para casa, já que meus pais vieram para a escola em outro carro. A vegetação passa correndo enquanto mergulho nos subúrbios e viro na nossa rua. Durante esse trajeto, minha cabeça ficou praticamente vazia, mas agora que estou entrando na garagem, meu coração martela ao perceber a realidade do momento se instalando ao redor.

É isso.

Quando passo pela porta da frente, vejo meus pais na cozinha. Uma música toca enquanto eles colocam uma assadeira no forno com sabe-se lá o quê.

— O que vocês estão fazendo? — pergunto.

Minha mãe olha para cima e sorri.

— Queríamos fazer alguma coisa para quando você voltasse, para comemorar. É só o tempinho de o bolo de rum assar.

É gentil da parte dela, mas considerando que perdemos o jogo, que estamos prestes a perder a loja e que estou prestes a perder o respeito deles... Bom, acho que não tem muito o que comemorar.

— Preciso conversar com vocês — digo.

Meu pai pega o celular e abaixa o volume da música.

— Que foi, Gabi? — pergunta ele.

Suspiro, mas sei que, quanto mais eu enrolar, mais difícil vai ser. Cerro os punhos e digo de uma vez só:

— Eu sou gay.

Meu corpo inteiro esfria, e a sensação que tenho é que o ar da cozinha de repente ficou seco. Mesmo o cantarolar suave de Celia Cruz ao fundo soa oco e metálico aos meus ouvidos.

Esse silêncio estranho se estende por muito tempo antes de meu pai finalmente dizer "Gabi" no tom mais exausto que já ouvi.

E então minhas palavras saem em um rompante:

— Eu sei o que você vai dizer, mas não tem nada a ver com Theo, ok? Ele não me transformou em gay. E não estou dizendo isso só porque ele é gay ou coisa assim. Já sei disso faz muito tempo, mas nunca soube como contar, e desculpem, mas eu...

— Gabi — interrompe minha mãe, e sua voz soa mais gentil do que a do meu pai, então olho para ela. Isso foi um erro, claro, porque ela está mais triste do que nunca.

Meu pai balança a cabeça e diz:

— A gente sabia que tinha alguma coisa acontecendo pelo jeito como você reagiu em relação ao Theo...

E é basicamente meu pior pesadelo ganhando vida, mesmo que eu tenha me livrado do peso. No entanto, tudo ao redor ainda soa oco.

— Gabi — repete meu pai, a voz baixa —, vamos precisar de um tempinho para pensar.

E eu quero gritar: *pensar no quê?* O que é que *tem* para se pensar? Eles não pensaram duas vezes na hora de vender o trabalho de uma vida inteira, mas precisam pensar se conseguem aceitar o próprio filho?

Mas não faço nada. Cheguei achando que eles iam berrar comigo e atirar coisas. Que iam dizer que eu não era filho deles, que era só uma aberração que havia tomado o meu lugar e que estava acabando com eles.

Então acho que assim é melhor. Bom, até.

Mesmo que pareça que meu coração foi arrancado do peito.

TRINTA
THEO

Depois do grande jogo, todos saímos para comer *maple creemees*, o que é meio que um alívio porque eu estava preocupado de o pessoal querer ir ao Café Fusão Mundial. Todo mundo está comemorando como se tivéssemos acabado de ganhar na loteria, mesmo que não tenhamos nem vencido o jogo, mas tudo bem; e o frio do sorvete está ajudando a segurar minhas emoções.

Porque, se eu deixar minha mente vagar, só vou conseguir pensar em Gabi.

— Você tá bem? — pergunta Justin, sentando ao meu lado no banco de madeira.

Acabamos em uma lojinha com um trilhão de xaropes diferentes e outros petiscos de bordo. Nós dois nos acomodamos no fundo, onde tem um monte de bancos de piquenique e um balanço de madeira voltado para as montanhas. É um daqueles lugares fofos e românticos pelos quais nunca me interessei de verdade, mas agora penso se deveria trazer Gabi aqui depois.

Se os pais dele não o matarem primeiro.

— Eu sou tão óbvio assim? — pergunto.

Justin ri, colocando a casquinha de sorvete inteira na boca. Em seguida diz:

— Uma pena que o Gabi não tenha conseguido vir, já que ele foi basicamente a estrela do jogo.

— Ele tem que resolver um lance com os pais — explico, e acho que tem alguma coisa diferente no meu tom, pois Justin estremece.

— Desculpa ter sido um babaca com ele — diz Justin.

— Sobre aquele lance da homofobia. Não sabia que ele era gay.

Dou risada.

— É, acho que nem eu. Engraçado como a heterossexualidade compulsória funciona.

— Nossa, que palavras chiques, nem parece que reprovou na última prova de literatura — diz Justin, engasgando de rir.

— Eu sei palavras relevantes! E não dou a mínima para bundas macias e janelas quebradas, ok?

Justin revira os olhos.

— *Romeu e Julieta* é sobre jovens apaixonados e desafiar o inimigo. Isso deve ser *particularmente* relevante para você agora, hein?

Vou deixar essa passar. Posso não ter acompanhado noventa por cento da peça, mas me lembro do final, então, se somos Theomeu e Gablieta, eu devia estar ainda mais preocupado com Gabi do que pensava.

Como se estivesse lendo meus pensamentos, Justin diz:

— Assim, não que vá dar uma merda dessa no relacionamento de vocês. Tenho certeza de que vai dar tudo certo.

Reviro os olhos.

Meu celular vibra e vejo uma mensagem de Gabi:

Tá podendo falar?

Respondo rapidamente,

> Tô com o time de futebol, mas posso ir pra casa agora. Tá tudo bem?

> Tô bem! Tranquilo! Divirta-se com eles. Podemos conversar mais tarde :)

Tirando a maneira como esses emojis sorridentes sempre soam meio passivo-agressivos para mim, alguma coisa na mensagem simplesmente parece fora de lugar.

Eu me viro para Justin e digo:

— Estou indo para casa. Se alguém perguntar, diz que meus pais ligaram.

— Quando o estereótipo dos pais asiáticos ajuda — diz Justin.

Apenas reviro os olhos outra vez.

. . .

Pego uma carona com um dos colegas para não perder tempo caminhando. Quando chego, só minha mãe está em casa. Ela apenas sorri para mim e diz:

— Você estava de parabéns hoje.

Faço uma pausa, uma sobrancelha levantada.

— Pelo quê?

— Pelo jogo — esclarece ela. — Você e seu amigo se saíram bem. Ficamos impressionados.

— Espera, vocês viram o jogo? — pergunto, boquiaberto.

Ela assente.

— Claro que vimos, Theo.

— Quem é você e o que você fez com a minha mãe?

Ela semicerra os olhos.

— Theo, que falta de respeito. Não foi isso que a gente te ensinou.

Dou um sorriso.

— Ok, foi quase.

Ela balança a cabeça, totalmente perdida com as minhas piadas, o que é normal, acho.

— Você pode me ajudar com um pedido?

— Eu... Não vai dar — digo. Ela olha para mim, e eu apenas suspiro. — Desculpa, é que vou ver o Gabi.

Ela fica me encarando por um instante, como se fosse me dar um sermão por estar colocando outra pessoa antes da nossa família, mas aí se limita a balançar a cabeça outra vez e dizer:

— Você está tramando mais alguma coisa?

— Eu... O quê?

— Achou que não descobriríamos sobre suas vendas na escola?

Quando minha ficha cai, fico duro igual a uma pedra. Penso um pouco, meu corpo meio voltado para o corredor, então me viro lentamente para encarar minha mãe.

— Eu... posso explicar.

Ela levanta uma sobrancelha daquele jeito crítico que só os pais sabem fazer.

— Olha, me desculpa mesmo — peço. — Quero dizer, por ter mentido etc. Mas não lamento pelas vendas, porque elas ajudaram, certo? Assim, o tio Greg obviamente notou a diferença, mesmo que ele ainda esteja sendo um verdadeiro babaca.

— Theo!

— Desculpa! — digo outra vez, me apressando em encobrir meus rastros. — Eu só... O Gabi e eu estávamos preocupados com as lojas, só isso. E acho que não faz diferença mais, já que os pais dele vão vender a loja de qualquer forma, mas a gente só estava tentando ajudar.

— E ajudaram — diz minha mãe, o que me pega completamente desprevenido, até que ela continua: — Mas é melhor você não mentir de novo. E você não pode simplesmente entregar nossas receitas secretas ao inimigo!

— Desculpa — peço mais uma vez, mesmo que a essa altura já seja totalmente em vão.

Por fim, ela assente, me enxotando.

— Vai ver seu amigo.

Corro para o meu quarto, pego meu celular e abro o FaceTime antes mesmo de me jogar na cama. Alguns segundos depois, Gabi atende. Está sentado no chão do quarto, as pernas cruzadas, os olhos vermelhos.

— Theo? — diz ele. — Pensei que você tivesse dito que estava na rua.

— Eu estava. Mas agora não estou mais. O que aconteceu? — pergunto.

Gabi suspira, passando as costas da mão no rosto.

— Eu me assumi para os meus pais. Foi… bom, acho que poderia ter sido pior, mas não foi ótimo. Eles não foram supersolidários ou alguma coisa assim.

Odeio ver a tristeza no rosto dele, e odeio saber que foram seus pais os responsáveis por deixá-lo desse jeito. É tão injusto.

Mas, mais do que tudo, odeio que estejamos conversando pelo celular e eu não possa simplesmente abraçá-lo e fazê-lo se sentir melhor.

— Sinto muito, Gabi — digo, mas é um pedido de desculpas vazio. Tipo, de que adianta?

Mas ele apenas sorri e fala:

— Valeu. Para ser sincero, estou meio aliviado. Quero dizer, eles não aceitaram muito bem, mas pelo menos não me deserdaram. E isso significa que podemos ir ao baile juntos amanhã, certo?

E odeio como a voz dele falha na última palavra, como se estivesse preocupado com uma possível mudança de ideia da minha parte, seguida de um pé na bunda.

— Claro — respondo, talvez com um pouco de convicção demais, mas com isso ele soa um pouco menos triste do que um instante antes. — Sabe, ainda não sei o que vestir. Tipo, eu não estava planejando ir, então...

— Ah — diz ele. — Você não quer ir?

— Não, seu besta — retruco. — Eu *quero* ir. Só estou dizendo que você devia me ajudar a escolher uma roupa.

— Ah! Eu adoraria.

E é uma coisa simples, e não sei quanto tempo isso vai nos tomar, mas espero que o distraia o suficiente para que ele consiga esquecer os pais pelo menos um pouco.

TRINTA E UM
GABI

No sábado, consigo passar a manhã inteira evitando meus pais, e à tarde me dedico a me arrumar para o baile. Sei que hoje é meu último dia de verdade na loja, já que a venda será concluída no domingo de manhã, mas não consigo encará-los, não depois de tudo o que aconteceu.

Já é pouco mais de seis e meia quando dirijo até a casa de Theo. Passamos a noite anterior tentando combinar nossas roupas da melhor maneira possível, levando em conta o que já tínhamos em nosso armário, e basicamente escolhemos camisa branca e calça preta, já que essas eram as opções.

Ainda assim, devo admitir que essa distração ajudou muito mais do que imaginei, e evitar meus pais ao longo da manhã inteira não foi tão ruim assim sabendo que veria Theo mais tarde.

Vou até a loja dos pais dele e tem uma placa na vitrine, fechado, o que é estranho, já que os Mori geralmente não fecham antes das nove da noite nos fins de semana. A porta está destrancada, então entro e vejo a mãe de Theo atrás do balcão. Ela me dá um sorriso enorme e diz:

— Ah, Gabi, você está tão bonito!

O calor inflama meu rosto quando gaguejo de volta um breve "O-obrigado".

— O Theo está quase pronto — diz ela. — Só mais um minutinho.

Faço que sim com a cabeça. Ela coloca uma caixa de doces no balcão e empurra em minha direção.

— Para seus pais.

Dou um sorriso, mesmo sabendo que não vou entregá-los aos meus pais. Talvez Theo e eu possamos comê-los no carro, na volta.

Finalmente, ouço passos e me viro. Theo está saindo do corredor, o pai em seu encalço. E mesmo que tenhamos combinado nossas roupas na noite anterior, fico surpreso ao ver Theo com um paletó escuro e uma gravata azul-escuro.

Só percebo que estou boquiaberto quando Theo revira os olhos e diz:

— Para de ficar me encarando, bobo.

— Eu... hã, desculpa.

— *Theo* — ralha seu pai, com um sorriso largo demais para passar qualquer sensação de seriedade. E então percebo que ele está segurando alguma coisa, que estende rapidamente para mim. Um paletó. — O Theo disse que vocês dois não tinham nenhum. Acho que esse aqui vai caber em você.

Eu o encaro por um instante antes de minha boa educação assumir o controle.

— Obrigado, senhor Mori, mas não quero dar traba...

— Que bobagem — diz ele, entregando-o para mim. — Queremos vocês dois bem bonitos na hora em que a June e eu fizermos as fotos. Veste.

Então aceito, vestindo-o como se fosse a coisa mais natural do mundo e abotoando-o na frente. Está um pouco largo, mas não ficou ruim.

— Deixa eu te ajudar com a gravata — diz o pai de Theo, me estendendo uma gravata azul-claro.

Concordo com a cabeça, pois não sei o que responder. Ele passa a gravata em volta do meu pescoço, fazendo o laço praticamente no piloto automático e, antes que eu me dê conta, ele dá um passo para trás para admirar sua obra.

Então sinto uma lágrima na minha bochecha, que enxugo rapidamente.

Theo está ao meu lado agora, e pergunta discretamente:

— Tudo bem?

Apenas assinto porque sei que, se tentar dizer mais alguma coisa, vou chorar ainda mais.

— Muito bem, vamos tirar algumas fotos! — diz a mãe de Theo, contornando o balcão com o celular na mão. Só espero que meus olhos não estejam vermelhos.

Theo segura minha mão e abre um sorriso.

— Apenas faça a vontade deles, tá bem? Eles não vão sair do nosso pé se a gente não obedecer.

Concordo com a cabeça e sorrio, mas a verdade é que estou feliz por ter alguém que se importa o suficiente para tirar fotos nossas essa noite. Mesmo que não sejam meus pais, fico feliz que alguém se importe.

Theo passa o braço em volta da minha cintura e sorrimos sem jeito enquanto os pais dele tiram sei lá quantas fotos. Por fim, eles se dão por satisfeitos e seu pai diz:

— Divirtam-se! E estejam em casa às onze.

Theo agarra meu pulso, me puxando para fora da loja no segundo em que somos liberados para sair.

Entramos no meu carro e ele ri quando se recosta no banco.

— Desculpa por todo esse caos — diz, puxando o cinto de segurança. — Às vezes eles são assim.

Só percebo que estou chorando quando sinto as lágrimas e me ponho a enxugá-las, mas Theo as nota antes de mim. Ele então pega minha mão, uma expressão de preocupação nos olhos, e é estranho pensar que essa preocupação seja por mim.

— O que foi? Você está bem? — pergunta ele.

Só fico fazendo que sim com a cabeça, mas é difícil ser convincente quando não consigo parar de chorar. Dou partida no carro, mas não me afasto do meio-fio. Por fim, com uma respiração profunda, digo:

— Desculpa... É só que... Isso tudo é bem legal.

— Ser bombardeado pelos meus pais? — brinca ele, com um sorriso.

Assinto.

— Acho que eu sempre soube que nunca teria isso, sabe? Daquele jeito que eles fazem nos filmes quando você tem um par para o baile, aí os pais se aglomeram para tirar fotos e todo mundo fica falando que vai mostrar aquelas fotos para os netos e coisa e tal? Eu sempre soube que meus pais nunca iriam fazer nada disso. Então acho que é bom saber que seus pais fazem. Sei que eles não são meus pais, mas...

Theo pousa um dedo nos meus lábios e me dá um sorriso, mas tem uma ponta de tristeza em seus olhos, e agora me sinto mal por fazê-lo se sentir assim.

— Está tudo bem — diz ele. — Eu entendo. Assim, para ser sincero, estou um pouco surpreso por meus pais estarem se esforçando tanto. Eles nunca demonstraram muito interesse pela minha vida amorosa, então acho que eles estão tentando me apoiar mais agora, já que as coisas com minha vó têm sido meio... hã, meio ruins.

— Sinto muito por isso — digo.

Ele balança a cabeça.

— Não sinta. Só estou querendo dizer que pode ser que seus pais participem mais em algum momento. E mesmo que não participem, você não precisa ficar chateado por causa disso. Tem muita gente que te ama e quer te ver feliz, tá?

E, nossa, não consigo nem começar a explicar quanto essas palavras significam para mim. Não sei como Theo consegue sempre achar a coisa perfeita para dizer, mas rapidamente enxugo as lágrimas e digo:

— Vamos. Estou bem ansioso para o baile.

Ele sorri.

— Eu também.

...

O salão alugado para o baile fica um pouco mais longe da escola, mas o trajeto até lá é bem legal. Quando chegamos, fico na expectativa de que todos os olhares se voltarão para nós em um silêncio atordoado, uma mistura dos aplausos de ontem com o choque por saber que não apenas tem mais um garoto gay na escola, como os dois garotos gays que eram inimigos agora estão juntos e o mundo está prestes a implodir.

Mas ninguém naquele imenso salão com tema do País das Maravilhas sequer olha em nossa direção quando entramos, os alto-falantes continuam tocando a música e os professores ficam zanzando ao redor, certificando-se de que ninguém está fazendo nada adulto demais.

— Ah, festinhas escolares — diz Theo, passando a mão pelo cabelo. — Boas na teoria, e tão, tão esquisitas na prática.

Dou um sorriso.

— Quer ir embora?

— Não — responde ele, se virando para mim e pegando minha mão. — Vamos ficar um tempinho aqui. Vou perguntar ao Justin quais são os planos para mais tarde.

Theo sai me arrastando pelo salão, e eu meio que sigo tropeçando atrás dele. Estamos todos banhados por uma luz vermelha e a multidão é densa o suficiente para me passar a impressão de que vou me perder dele caso soltemos as mãos.

Justin está no canto com alguns caras do time de futebol, e estou um pouco surpreso por Clara não estar à vista, mas acho que o último rompimento deles foi definitivo.

— O casal da vez finalmente faz sua aparição — zomba Justin, e Theo lhe dá um empurrão de brincadeira.

— Cala a boca — diz Theo. — Você tem sorte por eu ter vindo. Sabe quanto odeio essas coisas.

— Pode parar de bancar o fodão, Theo — diz Justin. — Todo mundo sabe que você é tão cafona quanto o resto de nós.

Theo empurra Justin outra vez, que apenas ri, mas aí deixo escapar, "Justin, me desculpa", e o bom humor morre.

Justin se vira para mim com uma sobrancelha levantada, mas não sei o que responder. Não sei por que abri minha boca sendo que, um instante antes, todo mundo parecia perfeitamente feliz em apenas ignorar minha existência.

Justin se aproxima de mim, passando o braço em volta do meu ombro e me afastando alguns metros da multidão. Daí me vira para ele, se afasta e diz:

— Do que você tá falando?

Dou um suspiro e digo:

— Desculpa por ter me intrometido no seu relacionamento. Eu... devia ter cuidado da minha vida. Desculpa mesmo.

— Não esquenta — diz ele, me dando um sorriso. — Estamos na boa.

— Calma aí, sério?

— Claro, pô. — Ele dá um passo para mais perto de mim, apertando meu ombro e baixando a voz o suficiente para que apenas eu consiga ouvi-lo. — Mas escuta aqui, se você sacanear o Theo assim de novo, vai se arrepender amargamente. Entendido?

Assinto rigidamente.

Ele sorri, soltando meu ombro.

— Então sem ressentimentos.

Theo aparece, lançando um olhar feroz para Justin.

— Não sei o que ele te disse, mas apenas ignore — diz ele.

Justin revira os olhos.

— Estou só lavando sua roupa suja, Mori.

Theo se vira para mim e pergunta:

— Quer dançar?

Concordo com a cabeça, e Theo me leva até a pista de dança. Mesmo depois de nossa apresentação no carro alegórico, é estranho dançar em público, com todos esses olhares em cima de mim. Fico me perguntando se um dia vou conseguir superar isso.

Theo então pergunta:

— Por acaso, o Justin não falou nada estranho para você, falou? Vou ter que colocar uma coleira nele ou alguma coisa parecida?

Só dou um sorriso e balanço a cabeça.

— Ele só está tentando te proteger. Eu entendo.

Theo parece vagamente constrangido, mas considerando quanto ele é péssimo em perceber se está sendo alvo da preocupação de alguém, acho que isso não deveria ser surpresa alguma.

Quando ele finalmente se restabelece, chega mais pertinho de mim e diz:

— Ei, só queria dizer que estou orgulhoso de você. Tipo, por ter se assumido para seus pais. Sei que deve ter sido bem difícil.

— Eu nunca teria conseguido sem você — digo, e ele arregala os olhos.

— Não era minha intenção botar nenhum tipo de pressão...

— Não, você não botou. Eu só quis dizer que... bom, teve aquele lance que você me disse há um tempo, sobre as vantagens de ser gay. Eu nunca vi *vantagem* nenhuma nisso. Sempre achei que fosse essa coisa eterna de fugir e se esconder. Nunca teria percebido o grau de felicidade nisso se não fosse você.

Então Theo segura meu rosto e logo estamos nos beijando, e sinto que minha cara inteira está pegando fogo.

Ele me segura tão gentilmente, meus braços envolvendo sua cintura, que sinto como se meu corpo todo estivesse se fundindo ao dele, um arrebatamento total.

E então, poucos segundos antes de Theo se afastar, vejo Justin parado perto da gente, dizendo que está com fome ou alguma coisa assim, mas só consigo pensar na sensação da pele de Theo contra a minha.

Theo se volta para mim, pegando minha mão, e pergunta:

— Quer ir lá comer com os caras?

E é um pedido tão casual que não deveria significar grande coisa, mas aparentemente Theo está me acolhendo em seu mundo, um mundo onde pensei que jamais teria chance. Um mundo que eu pensava não ter nada a ver comigo.

Mas a sensação agora é que nenhum lugar é mais perfeito do que este ao qual pertenço agora.

...

Nós nos amontoamos em três carros, paramos para pegar alguns hambúrgueres e seguimos para a escola, no entanto ela está toda trancada, então acabamos ficando no estacionamento mesmo. É o pior piquenique do mundo: pegamos todas as mantas que tínhamos nos porta-malas e bancos traseiros e forramos os capôs dos carros, que estacionamos em círculo, com a parte dianteira apontando para o centro. Jeff liga o rádio do carro dele e é como se aquela fosse nossa festinha particular, com comida ruim e piadas piores ainda.

Theo e eu dividimos um milk-shake, e antes que eu perceba estou com sorvete escorrendo pelo pulso. Theo se inclina para a frente, passa a língua nele e meu rosto esquenta.

— O que...

Mas ele só dá um sorrisinho malicioso e diz:

— Bom, isso aí não ia se lamber sozinho...

E meu cérebro se esforça para entender em que momento saímos daquele dia na cozinha dele, quando eu mal conseguia raciocinar por causa do medo de sair do armário, para o presente, com esse entendimento fácil entre nós. Não sei como ele passou de Theo Mori, filho dos rivais dos meus pais, para apenas Theo, meu melhor amigo, a única pessoa no mundo que não permite que eu duvide de mim.

— Você é incrível — digo, e seus olhos se arregalam ligeiramente, como se eu o tivesse pego completamente desprevenido.

— Ah, tá bom — diz ele.

E simplesmente dou risada porque sei que uma noite é pouco para convencê-lo a se desprender de todos os pensamentos ruins que tem a respeito dele mesmo... Mas enfim... A partir de agora temos todo o tempo do mundo.

. . .

Só percebo que estou cochilando no ombro de Theo quando ele me acorda às vinte para as onze, dizendo que precisamos ir para não termos problema em casa.

Depois de deixar Theo são e salvo, dirijo de volta para minha própria casa, subo silenciosamente as escadas e deito na cama ainda de camisa social.

Na manhã seguinte, sou acordado por uma batida forte à minha porta. Meu pai a abre, gritando:

— Gabi, levanta!

Levo um susto, caindo da cama e me estabacando no chão. Meu pai me encara com um olhar severo.

— Ei, Gabi, você não está de ressaca, está? — questiona ele.

Balanço a cabeça, esfregando os olhos.

— Não, a gente não bebeu — digo. — Só estou com sono. Que horas são?

— Pouco mais de sete horas.

Dou um gemido.

— Vamos, Gabi, temos coisas importantes a fazer.

Dou outro gemido.

— Vocês podem vender a loja sem mim. Não preciso estar lá.

— Não vamos vender a loja. Não ainda, pelo menos.

Arregalo os olhos.

— Espera aí. Como é que é?

Meu pai acena despretensiosamente.

— Levanta e vai se vestir. Temos uma coisa para te mostrar.

Não estou conseguindo interpretar muito bem o tom dele, mas obedeço mesmo assim, então troco de roupa e penteio meu cabelo rapidinho, daí desço em alta velocidade. Meus pais me aguardam junto à porta, consumidos pela ansiedade por precisarem me esperar.

— O que está acontecendo? — pergunto.

— A gente explica no carro — diz minha mãe, me conduzindo porta afora.

A viagem de carro começa silenciosa, mas reconheço bem rápido o caminho até a loja. Eu me recosto no banco, na expectativa de que meus pais expliquem alguma coisa, mas como não dizem nada pergunto:

— E então?

Meu pai suspira.

— Sabemos quanto a loja é importante para você.

E para aí.

Minha mãe se vira para me olhar e diz:

— Gabi, achamos que vender a loja seria o melhor porque é muita coisa para administrar, e o dinheiro extra cairia bem, mas quando vimos quanto você e o Theo trabalharam para mantê-la viva... Você realmente falava sério quando dizia que queria assumir a loja um dia, *mi hijo*?

— Claro que falava.

O carro para e olho pela janela, esperando estar em frente à loja.

Mas não, não estamos.

Na verdade, estamos estacionados em frente à loja dos Mori.

— O que está acontecendo? — pergunto.

Meus pais saem do carro e eu também, aos tropeços, tentando acompanhá-los enquanto se dirigem à loja dos Mori, que nesse momento está fechada.

Theo está esperando em um cantinho da loja, descansando preguiçosamente junto a uma das mesas. Seus pais também estão ali. Encontro o olhar dele, que então me lança um sorriso danadinho, como se soubesse de alguma coisa que eu não sei.

— Você contou a ele? — pergunta meu pai, e não tenho certeza de com quem ele está falando, até que a mãe de Theo assente.

— O que está acontecendo? — repito.

— Gabi — começa minha mãe —, uma hora achamos que ganharíamos mais dinheiro vendendo a loja do que a mantendo aberta, mas vendo o sucesso do empreendimento que você e o Theo montaram percebemos que talvez estivéssemos enganados. Vendo o quanto vocês dois se esforçaram, parecia um desperdício se não tivéssemos uma nova chance.

— Uma nova chance de quê? — Quero saber, meu coração martelando.

Meu pai suspira.

— Uma sociedade.

O pai de Theo ri.

— Conversamos ontem à noite enquanto vocês estavam na festa. Obviamente vimos que vocês administraram as coisas de um jeito quase mágico, mas achamos que podemos fazer uma coisa parecida se juntarmos nossas lojas.

Olho para ele, sem expressão.

— Esperem aí, vocês estão falando sério?

Minha mãe assente.

— Com a ajuda dos Mori, vamos economizar muito tempo, e ainda vou conseguir me formar. E os Mori andam brigando bastante com o proprietário deles, e como somos donos do nosso espaço, faz sentido que eles venham trabalhar com a gente.

Theo se inclina em seu assento, me dando um sorriso malicioso.

— Não sei como eles vão fazer isso dar certo, considerando que vivem cagando na cabeça um do outro.

— Theo! — repreende a mãe dele.

O pai dele balança a cabeça.

— Certamente tivemos algumas diferenças respeitosas, mas não vejo motivos para não superarmos isso agora.

Theo revira os olhos.

— Ah, tááááá.

A mãe de Theo lhe dá um tapa no ombro.

Mas não consigo pensar em mais nada, só no fato de que isso significa que a loja ainda vai existir. A loja não vai fechar.

Vai ser diferente, mas ainda será nossa.

Não, mais do que isso, vai ser como trabalhar com Theo para sempre.

Aquele devaneio ao estilo *A Bela e a Fera*, de nós dois dançando juntos na cozinha, ressurge na minha cabeça, mas dou um jeito de afastá-lo. Sim, nosso relacionamento provavelmente nunca vai chegar a esse nível, mas ainda estou mais feliz do que sou capaz de expressar.

— Ainda temos coisas para resolver — diz minha mãe —, e vamos fazer um teste, para ver se vai dar certo, mas queríamos que vocês dois soubessem. E agradecer por tudo o que fizeram para ajudar.

A mãe de Theo assente.

— É, mas, por favor, não mintam para nós de novo, ou vão ficar de castigo, entenderam?

Theo e eu trocamos sorrisos, mesmo que minha vontade seja de beijá-lo. Mas tudo bem. Vamos ter tempo mais do que suficiente para fazer isso no futuro.

Então simplesmente respondemos:

— Entendido.

...

Ficamos um pouco mais para conversar sobre a logística da loja e pegar mais uma caixa de doces com os pais de Theo. Já no caminho de volta para casa, meu pai abaixa o volume do rádio e diz:

— Gabi?

Fico sem saber o que fazer, então começo a ajustar meu cinto de segurança enquanto pergunto "hã?" e aguardo.

Depois das boas novas do dia, eu sabia que deveria estar preparado para uma coisa terrível, afinal as forças do universo precisam se equilibrar, mas precisava ser mesmo aqui, preso no carro, a caminho de casa?

Meu pai suspira e pergunta:

— Como foi o baile?

Olho para os meus sapatos.

— Foi legal.

— Vocês tiraram fotos?

Concordo com a cabeça antes de me lembrar de que ele está dirigindo e não tem como me ver no banco de trás.

— Tiramos.

— Pode mandá-las para mim?

Olho para cima lentamente, mas ele ainda está concentrado na estrada. Sei que não deveria abusar da sorte, mas quando abro a boca para dizer que sim, a única coisa que sai é:

— Por quê? Por que você se importa?

Ficamos em silêncio novamente, e penso em abrir a porta e me jogar na rua.

Então meu pai volta a falar, sua voz baixa:

— *Lo siento*, Gabi.

— Pelo quê?

Ele balança a cabeça e continua:

— Por não ter apoiado você. Eu... A última coisa que eu queria era...

— Que eu fosse gay? — completo inadvertidamente.

O carro dá uma guinada, e eu seguro o cinto de segurança com mais força enquanto vamos desacelerando até o acostamento. Os carros passam zunindo por nós, e tento acalmar a respiração enquanto aguardo meu pai explodir ou alguma coisa assim. Nunca o vi tão bravo a ponto de parar o carro assim de repente, mas agora... agora não faço ideia do que esperar.

Finalmente, ele olha para mim pelo retrovisor — e eu congelo.

Porque ele não parece nem um pouco bravo.

Em vez disso, está com os olhos úmidos:

— A última coisa que eu queria era magoar você. *Lo siento, mi hijo*. Eu achava que...

Minha mãe pega a mão dele, mas ainda está olhando para sua bolsa no chão.

— A gente achava — começa ela — que estava protegendo você. A gente achava que era capaz de proteger você, mas a verdade é que você era quem precisava ser protegido da gente e... pedimos desculpas por isso.

Os dois começam a chorar, e faço menção de enxugar minhas lágrimas também. Não sei como dizer a eles que não importa quanto estejam arrependidos agora, isso não apaga os últimos dezesseis anos, a dúvida, o sofrimento e a dor que carreguei por tanto tempo por causa de como eles me tratavam. Não sei como expressar quanto dói o fato de eles terem tentado me modificar, ainda que tudo tenha sido feito com o intuito de me proteger.

Mas, nossa, como é bom ouvir que eles estão arrependidos. Que não sentem nojo de mim. Que querem consertar as coisas.

Meu pai passa a mão no rosto e diz:

— O Theo... Você gosta mesmo dele, né?

Balanço a cabeça.

— Eu amo ele.

Meu pai enrijece no banco por um momento antes de respirar fundo e enxugar os olhos outra vez.

— Certo. Ele é um bom garoto. Fico feliz que você tenha encontrado alguém que te faça feliz.

Jamais pensei que ouviria meu pai dizer essas palavras, tanto que estou até em dúvida se ouvi *direito* tudo o que ele disse, até que minha mãe fala:

— E gostaríamos de conhecê-lo melhor também, se estiver tudo bem para você...? Talvez convidá-lo para jantar um dia?

— Vocês não podem ser homofóbicos com ele — digo, e os dois estremecem.

Por fim, meu pai diz:

— Obviamente. Pode levar um tempo, *mi hijo*, mas prometemos que vamos melhorar.

E dou um sorriso, porque pela primeira vez em muito tempo realmente sinto firmeza nas palavras deles. Porque parece que, finalmente, vamos começar a juntar as peças desse jogo.

TRINTA E DOIS
THEO

Assim que Gabi e seus pais saem da loja, meus pais imediatamente me encarregam da limpeza. Tiro uma selfie esfregando a pia e mando uma mensagem para Gabi com alguns emojis sofridos, e então clico em enviar — e ao mesmo tempo me pergunto o que diabos aconteceu comigo, pois agora sou uma daquelas pessoas que mandam selfies para o namorado.

Meu Deus.

Agora sou uma daquelas pessoas com namorado.

E, pior, não odeio isso nem um pouco.

Quem sou eu mesmo?

A porta se abre e o tio Greg entra com aquele olhar irritado de sempre.

Antes que eu possa mandá-lo se foder, minha mãe chega carregando uma caixa de copos de plástico arrematada por uma pilha de papéis que ela segura com o queixo.

— O que vocês pensam que estão fazendo? — questiona o tio Greg. — Como assim "trabalhar em outro lugar"? Onde mais vocês acham que podem trabalhar?

Minha mãe pousa a caixa no balcão.

— Vamos trabalhar com os Moreno a partir da semana que vem, então você pode transformar a loja no que quiser.

O tio Greg empalidece.

— Eu... Transformar a loja? Por que eu faria isso quando vocês amam tanto isso aqui? Não precisam ir embora.

— Não, não, você tinha aqueles planos de montar o spa e tal. Vá em frente, Greg. Não vamos segurar você.

Eu mal consigo processar a fina camada de insolência na voz dela, tipo, quem é essa pessoa? Minha mãe *nunca* responderia ao tio Greg.

Mas o tio Greg também mal parece acreditar no que está acontecendo.

— Eu... June, escuta, com o Theo fazendo as entregas, acho que vocês estão ganhando o suficiente. Posso deixar vocês ficarem.

— Na verdade, é por causa do Theo que decidimos seguir em frente. Acontece que o modelo de negócios dele funcionou melhor do que o nosso, então não temos motivos para ficar.

E então o tio Greg me lança o olhar mais maléfico de todos os tempos, o que para mim é uma medalha de honra. Daí diz:

— Não consegui o financiamento para o spa, então a loja não pode fechar agora.

Minha mãe sorri.

— Então você pode assumir o controle dela.

O tio Greg a encara, absolutamente sem palavras, então solta um rosnado, dá meia-volta e sai da loja, furioso.

Eu me viro para minha mãe e digo:

— Você foi incrível!

Minha mãe apenas balança a cabeça, mas noto um sorrisinho em seus lábios.

— Acho que faz tempo que ele merecia isso. Aqui, ó.

Ela me entrega o papel do topo da pilha, com um monte de fontes diferenciadas, mostrando o nome da nova loja.

— O que é isso? — pergunto.

— Concordamos que, já que você e o Gabi deram o nome para a nova loja, vocês deveriam aprovar as placas. O que acham?

Quando sugerimos o nome pela primeira vez, pareceu o mais óbvio, dado que foi o ponto culminante de tudo o que criamos juntos e o item mais vendido do nosso menu, mas olhando-o agora, Café com Lichia, rabiscado em tantas fontes diferentes, tudo parece meio surreal. Mal consigo acreditar que está acontecendo.

Não sou tão exigente quanto às fontes, mas escolho uma de qualquer forma. Se Gabi tiver alguma objeção, ficarei mais do que feliz em deixá-lo vencer essa batalha.

Cerca de uma hora depois, Thomas aparece, e eu apenas jogo um pano sujo em cima dele e grito:

— Estamos fechados!

Ele agarra o pano e revira os olhos.

— Você trata todos os clientes assim?

Dou de ombros.

— Só os feios.

Thomas sorri, se apoiando no balcão, e diz:

— A mãe me contou que vocês estão pensando em juntar a loja com a dos Moreno. Isso teve dedo seu, né?

— Acho que sim — digo, me virando para limpar a vitrine, embora já esteja limpa. Não estou no clima de levar um sermão de Thomas.

Mas ele apenas diz:

— Tem alguma coisa rolando aí?

— Como assim?

— Entre você e o Gabriel Moreno?

E é esquisito pensar que, alguns meses atrás, esse nome teria feito meu coração disparar, mas por um motivo completamente diferente.

Opto pela indiferença enquanto lustro a vitrine lentamente.

— Estamos namorando.

Thomas ri, e faço menção de atirar outro pano nele, mas ele apenas levanta as mãos em sinal de rendição.

— Parabéns. Fico feliz por vocês.

— Sério? Porque parece que você está rindo de mim — digo.

Ele dá um sorriso torto.

— Eu *estou* rindo de você, mas só porque três meses atrás você odiava o cara.

Reviro os olhos.

— Eu não o *odiava* — digo. — A gente só tinha... — penso no que meu pai disse — ... diferenças respeitosas.

Thomas dá de ombros.

— Tá, beleza. Se você está dizendo... Mas, viu, eu vim aqui para te dar isso.

Ele saca do bolso um papel dobrado e entrega para mim. Espio com cautela antes de aceitá-lo, uma sobrancelha erguida.

— O que é?

Começo a desdobrá-lo e congelo.

— Um convite para um show de drag queens — diz ele, os olhos no chão. — Meus amigos meio que fizeram pressão, aí acabei concordando, então acho que você deveria ir. Testemunhar minha estreia como drag.

— Você está fazendo drag — digo, porque essa é a última coisa que eu esperava que meu irmão mais velho, "hétero" e filho de ouro fosse fazer, ao menos *por vontade própria*.

Ele estremece.

— É, e estou convidando você em segredo, então não seja babaca.

— Desculpa.

— Tranquilo. Sei que é meio esquisito, mas achei que você ia gostar de conferir — diz ele. — E pode trazer o Gabi também. Pode ser que ele curta.

Dou um sorriso.

— É, acho que ele vai curtir. Obrigado pelo convite.

Thomas simplesmente faz um aceno, como se isso fosse a coisa menos importante do mundo, mas sei que deve ter sido um grande passo para ele. Principalmente porque ele ainda não está preparado para contar nada aos nossos pais.

E é engraçado, porque três meses atrás, se alguém tivesse dito que Thomas estaria me convidando para um show de drag queens e que eu iria acompanhado de Gabriel Moreno, eu teria perguntado onde a pessoa comprava drogas e se poderia me dar um teco…

Bom, acho que agora nem me lembro mais de por que eu queria tanto ir embora de Vermont; afinal de contas, todos que amo estão bem aqui.

AGRADECIMENTOS

Assim como no caso dos doces perfeitos, todo livro também tem uma receita perfeita. No caso de *Café com Lichia* é mais ou menos assim:

Comece com uma agente que acredite no projeto e segure bem as pontas. Obrigade, Claire, por ser a base que manteve esta história viva.

Em seguida, acrescente uma equipe editorial para fazer a história crescer. Obrigade à minha editora, Alex, por ajudar este livro a atingir seu potencial, e obrigade ao copidesque, ao revisor e a todos os outros membros da equipe da Harper-Collins, que dedicaram incontáveis horas para fazer deste livro o que ele é hoje.

Junte dois amigos para ajudar na manutenção da cozinha. Obrigade, Kelsey e Soni, por serem minha rede de apoio durante essa jornada, aquele parzinho extra de mãos quando mais precisei delas — e por não deixarem a receita desandar.

Polvilhe um pouco de comunidade a gosto. Obrigade a todos os amigos e apoiadores que tornaram essa jornada editorial um pouco menos solitária: Jonny, Aiden, Becky, Rod, Torie, Tee, Blake, Gabhi, Gee, Amanda, Molly, Lilly, Gabriel,

Claudie, RoAnna, Mia, Ocean, Anniek, Blue, Colton, cw, Leah e a todos os outros que se fizeram presente para mim e para os meus livros.

E o ingrediente mais importante: uma boa dose de leitores. Obrigade por continuar a ler, se envolver e se entregar às minhas histórias. Obrigade por pegar estas palavras que brotaram no meu coração e oferecer a elas um espacinho no coração de vocês.

Primeira edição (setembro/2023)
Papel de miolo Ivory slim 65g
Tipografias Brandon Grotesque e Electra
Gráfica LIS